中外经典诗文课

中外經典小小說五十課

ZHONGWAI JINGDIAN XIAOXIAOSHUO WUSHIKE

李韫琬　周金荣　编著

北京师范大学出版集团
BEIJING NORMAL UNIVERSITY PUBLISHING GROUP
北京师范大学出版社

图书在版编目(CIP)数据

中外经典小小说五十课 / 李韫琬,周金荣编著. —北京:北京师范大学出版社,2018.9

ISBN 978-7-303-23991-7

Ⅰ.①中… Ⅱ.①李… ②周… Ⅲ.①小小说—小说集—世界 Ⅳ.①I14

中国版本图书馆 CIP 数据核字(2018)第 177904 号

营 销 中 心 电 话　0537-4459916　010-58808015
电 子 信 箱　hdfs999@163.com

出版发行:北京师范大学出版社 www.bnup.com
　　　　　北京市海淀区新街口外大街 19 号
　　　　　邮政编码:100875
印　　刷:日照日报印务中心
经　　销:全国新华书店
开　　本:710 mm×1000 mm　1/16
印　　张:18
字　　数:280 千字
版　　次:2018 年 9 月第 1 版
印　　次:2019 年 7 月第 2 次印刷
定　　价:42.00 元

策划编辑:康长运　王秀环　　责任编辑:李云虎　许晓诺
美术编辑:王秀环　　　　　　　装帧设计:耿中虎
责任校对:韩兆涛　　　　　　　责任印制:李　飞

序 言

美丽的遇见

王 君

在一线带班久了，日日孜孜以求的是学生语文素养的提升。所以，有一种遇见，成了我恒久的寻找和等待：遇见最好的语文人，遇见最好的语文书。

此刻，手捧这套"中外经典诗文课"系列丛书，我欣喜地感慨："我找到啦！"

我先说说这套丛书。这套丛书扎实而灵动，丰富且雅致。

文学的经典，也是文化的经典。匆匆中乌飞兔走，历史文化的记忆总能在名篇佳作中深蕴；古往今来，无数经典诗文常常历尽劫波才能源远流传。它们闪烁着璀璨的人性光辉，饱含着丰富的思想内涵，虽越千古，但与今人之情感依然相通，哲理依然相寓，意境依然相映。与它们相遇，我们的生命也会因之焕发出一抹灵动，珍存下一片净土，激荡着一份情怀。

阅读这些经典作品，就像在与熠熠生辉的群星对话。抬头仰望，人类群星闪耀，在这茫茫的星辰海洋里，我们徜徉于浩瀚星云之中，勾勒其精神背景，寻味其文化意蕴，鉴赏其艺术风雅，汲取着知识，增进着阅历，也提升着自己的修养，启迪着自己的心灵。从宏观的发展学角度讲，阅读经典作品，不仅是每一个生命个体成长的需要，也是时代发展进步的需要。纵观当代社会，知识的传播得到空前发展，获得知识的方式也日新月异，然而信息泛滥和人心浮躁的弊病也随之而来，尤其在青少年群体中，这一问题愈加凸显。他们对于各种媒介信息信手拈来却又难辨是非，因此他们常将过多的时间和精力耗费在物质享受和精神放松上，而忽略了人文素养的提高和思想道德的完善。

这已然是一个教育学问题，也是本书创作的动机之一。

社会问题会深刻地渗透到学校的教育领域。例如，在语文学科教学中逐渐暴露出来的问题：重分数轻兴趣，重识记轻理解，重方法轻能力，重知识轻素养。思及人本主义心理学家亚伯拉罕·马斯洛在《动机与人格》中所说的，每个孩子都有对美、真理、正义等高级价值的本能需求，在良好的条件下，人们渴望表现出这些高级品质，如爱、慷慨、正直和信任等。这种潜能可以引导人的行为，让人逐渐完善自我。这是自我实现的倾向，亦是人之发展的本能趋向。然而现实教学中非常能体现人文精神的学科——语文，却失"人"、失"文"、亦失"语"了。

如果说教育学的发展史实质是教育问题的追问史，那么语文学科的发展历程即对语文教学问题的不断思考与探寻。其中，如何培养学生对语文的兴趣，如何提升学生的"语""文"能力，始终是教育学者思考的核心议题。虽然答案未必统一，但是基本的共识且存——阅读经典作品不失为一种最行之有效的方式，这仿若席勒所言，美给人以自由。经典作品之美就是为发展中的学生提供了恣意的空间，贮存了生命的能量。初高中语文新课程标准中也明确指出，要通过文学艺术作品的阅读、理解和鉴赏，增强学生审美能力，培养学生高雅情趣，提高学生道德修养，提升学生精神境界。说来容易做来难，如何将学生的课上阅读和课下阅读进行有机结合，如何将学生的知识学习和道德教育融为一体，如何将文本思想价值内化为学生的行动，以什么为载体提升学生的语文素养和审美情趣，这都是广大教师和家长一直感到困惑的"时代之问"。

无论从学科发展角度出发，抑或从现实问题出发，这套"中外经典诗文课"系列丛书都尝试着凭借历史上的诸多伟大人物，及其超越时空的人格个性、心态情感、日常生活与艺术世界，为当下的我们提供一种新的教育的可能。诗歌、小小说、散文是最为青少年所熟悉与感到亲切的文学艺术形式，也是提升学生语文素养的重要载体。"中外经典诗文课"系列丛书中所选的作品是历代诗歌、小小说、散文中的经典之作，是作者高尚思想的凝聚和升华，诚如刘半农的《教我如何不想她》、海子的《面朝大海，春暖花开》、普希金的《假如生活欺骗了你》、契诃夫的《小公务员之死》、史铁生的《想念地坛》、余秋雨的《门孔》、莫言的《母亲》、川端康成的《花未眠》……丛书所选的这些经典作品所蕴含的内在价值对提升学生文学素养，完善学生品德修养，培养学生健全人格具有极其重要的作用。

"中外经典诗文课"系列丛书共三卷，分别是《中外经典诗歌五十课》《中外经典小小说五十课》《中外经典散文五十课》，以同学们喜闻乐见的形式呈现，不仅兼顾了选文的语言艺术价值，而且着重体现了作品的文化思想价值，注重与学生文学接受能力的心理契合。正如英国青少年文学大师艾登·钱伯斯所言，每个作品所传达的，绝不是表面绚丽的文字或情节，而是其背后所蕴含的对生命的爱与期待。这套丛书编著的目的也绝不仅仅在于让同学们欣赏到优美的诗文名篇，更重要的是希望同学们将这些作品内化为成长的精神营养，指引自己未来人生的航程。

再说说两位语文人——"中外经典诗文课"系列丛书编著者李韫琬老师和周金荣老师。

在此之前，我并不认识她们。我只是因书而识人。

我惊叹于两位老师的才气和灵慧。

把这些经典作品整理入册不算太难，难的是编著者赋予自己的整理以什么样的呈现形式。我认为，这个呈现形式便是书的灵魂、书的个性，乃至于这套丛书和其他经典文本的不同之处了。

我看到了李韫琬老师和周金荣老师的非同寻常之处。

在这套丛书中，每篇文章都分为几个不同的部分，每个部分都有其特定的作用。位于文章开篇的作者简介，能够让学生对作者有一个基本的了解；"小编有话"以言简意赅的语言，引导学生兴味盎然地步入阅读之旅；"师生在场"还原上课时的某些精彩片段，展示师生之间的智慧碰撞；"一吐为快"则对经典作品进行进一步的扩展，以打开学生学习的视野，进而让学生到达"知类通达"的境界；"拓展阅读"给同学们提供了与作者相关的意蕴丰厚且饶有情趣的内容，让学生进一步了解作者，从更深的层次理解作品的丰富内涵与艺术特色。这样的功能划分不但让这套丛书具有了丰富的内容、多样的形式，而且给一线教师提供了教学的样板。

李韫琬老师对传统文化有浓厚的兴趣和造诣，一直致力于中华传统文化的研究和传播；周金荣老师有20多年的一线教学经验，对诗歌、散文、小小说三种文体的教学一直用心实践，并取得了一定成效。这套丛书是她们苦心经营三载，在阅读大量资料，遍览中外无数诗文后，严格筛选编撰而成的。在此向李韫琬老师和周金荣老师致以深深的敬意！因奇书而识奇人，幸甚至哉！

无论是情感体验的浓郁深沉，还是生命意蕴的真挚深邃，抑或是艺术境域的澄澈深刻，诗文所触及的是世人最初的悸动，所体现的是文学最初的价值，所彰显的是先人至真、至悯、至旷的情怀。与经典诗文并肩前行，无论是春草萌动，还是落叶飘零，我们都能感觉到诗意的流动；与经典诗文并肩前行，无论将来是春风得意，还是身处逆境，我们都能保持内心的淡定和坚毅。经典诗文会让我们重拾生命最初的纯净和感动，会让我们的内心日益澄澈与坚忍，会让我们的生命闪烁永恒的爱的光芒。

经过两位编著者的努力，这套"中外经典诗文课"系列丛书终于与读者见面了。希望这套丛书不会辜负读者的厚望，能够让读者提升审美，温润性情，涤荡心灵；希望更多爱好文学的朋友能细读深思，常有会心，更能与文结缘，思前所未思，发人所未发，体味品读经典的愉悦和幸福。

愿我们的这次相逢，是人生旅途又一次美丽的遇见。

（作者系清华大学附属中学语文特级教师，广东清澜山学校首席语文教师，王君青春语文名师工作室主持人）

目　录

老 舍

老舍(1899—1966)，北京满族正红旗人，原名舒庆春，另有笔名絜青、鸿来、非我等，字舍予。中国现代小说家、作家，杰出的语言大师、人民艺术家。

他是新中国第一位获得"人民艺术家"称号的作家，也是现代文学史上为数不多的幽默作家之一，有"幽默大师""笑匠"之称。代表作有长篇小说《骆驼祥子》《四世同堂》，剧本《茶馆》等。

小编有话

幽默讽刺的笔调，是老舍小说的语言风格之一。老舍的这篇小小说，讲述了一家人买彩票的全过程，整个故事讲得有条不紊。就在这有条不紊地叙事中，又横生无数妙趣。在想象中的巨额奖金的诱惑下，小说中的人物做出了种种荒唐可笑的行为，使人在忍俊不禁之时，又会陷入深深的思考。

买彩票

在我们那村里，抓会赌彩是自古有之。航空奖券，自然的，大受欢迎。头彩五十万，听听！二姐发起集股合作，首先拿出大洋二角。我自己先算了一卦，上吉，于是拿了四角。和二姐算计了好大半天，原来还短着九元四才够买一张的。我和她分头去宣传，五十万，五十万，五十个人分，每人还落一万，二角钱弄一万！举村若狂，连狗都听熟了"五十万"，凡是说"五十万"的，哪怕是生人，也立刻摇尾而不上前一口把腿咬住。闹了整一个星期，十元算是凑齐；我是最大的股员。三姥姥才拿了五分，和四姨五姨共同凑了一股；她们还立了一本账簿。

上哪里去买呢？还得算卦。二姐不信任我的诸葛金钱课，花了五大枚请王瞎子占了个马前神课……利东北。城里有四家代售处；利成记在城之东北；决议，到利成记去买。可是，利成是四家买卖中最小的一号，只卖卷烟煤油，万一把十元拐去，或是卖假券呢！又送了王瞎子五大枚，从新另占。西北也行，他说；不但是行，他细掐过手指，还比东北好呢！西北是恒祥记，大买卖，二姐出阁时的缎子红被还是那儿买的呢。

谁去买？又是个问题。按说我是头号股员，我应当跑一趟。可是我是属牛的，今年是鸡年，总得找属鸡的，还得是男性，女性丧气。只有李家小三是鸡年生的，平日那些属鸡的好像都变了，找不着一个。小三自己去太不放心啊，于是决定另派二员金命的男人妥为保护。挑了吉日，三位进城买票。

票买来了，谁拿着呢？我们村里的合作事业有个特点，谁也不信任谁。经过三天三夜的讨论，还是交给了三姥姥，年高虽不见得必有德，可是到底手脚不利落，不至私自逃跑。

直到开彩那天，大家谁也没睡好觉。以我自己说，得了头彩——还能不是我们得吗?!——就分两万，这两万怎么花？买处小房，好，房的地点、样式、怎么布置，想了半夜。不，不买房子，还是作买卖好，于是铺子的地点、形式、种类，怎么赚钱，赚了钱以后怎样发展，又是半夜。天上的星星，河边的水泡，都看着像洋钱。清晨的鸟鸣，夜半的虫声，都说着"五十万"。偶尔睡着，手按在胸上，梦见一堆现洋压在身上，连气也出不得！特意买了一副骨牌，为是随时打卦。打了坏卦，不算，另打；于是打的都是好卦，财是发准了。

开奖了。报上登出前五彩，没有我们背熟了的那一号。房子，铺子……随着汗全走了。等六彩七彩吧，头五奖没有，难道还不中个小六彩？又算了一卦，上吉；六彩是五百，弄几块做件夏布大衫也不坏。于是一边等着六彩七彩的揭露，一边重读前五彩的号数，替得奖的人们想着怎么花用的方法，未免有些羡妒，所以想着想着便想到得奖人的乐极生悲，也许被钱烧死；自己没得也好；自然自己得奖也不见得就烧死。无论怎说，心中有点发堵。

六彩七彩也登出来了，还是没咱们的事，这才想起对尾子，连尾子都和我们开玩笑，我们的是个"三"，大奖的偏偏是个"二"。没办法！

二姐和我是发起人呀！三姥姥向我们俩要索她的五分。没法不赔她。赔了她，别人的二角也无意虚掷。二姐这两天生病，她就是有这个本事，心里一想就会生病。剩下我自己打发大家的二角。打发完了，二姐的病也好了，我呢，咋天夜里睡得很清甜。

师生在场

师：老舍是一位有着鲜明创作个性与独特艺术风格的作家，他为我国现代文学的发展和成长做出了巨大的贡献，丰富了中国文学的宝库。同学们，读完这篇小说后思考并谈谈小说运用第一人称"我"的叙事方式有什么好处。

生 A：第一人称的运用使得讲述具有真实亲切的格调，使故事更令人信服，缩短了我们与故事中人物的距离。

生 B：不仅便于抒发主观情感，进行心理描写，还可以实现讽刺、幽默等艺术效果。

师：说到老舍作品的幽默艺术效果，我想起有人曾说过老舍幽默艺术的审美心态有其独特的表现：一是"笑的哲人"心态；二是"改造国民性"救治心态。喜感因素与悲感因素相互交织于作品中，同学们如果想细致了解，课下可以上网查询。

师：小说中除"买彩票"外，还有一条情节发展线索，那就是"我们"的心理变化过程，请同学们谈谈它的作用。

生 C：通过"举村若狂""羡妒""发堵"等词语作者描述了"我们"的心理变化发展，使小说变得有内涵，有张力。

生 D："我们"的心理变化发展，使得人物形象变得丰满、立体，有血有肉；更深刻地揭示出人在奖金引诱下的各种失态、荒唐行为背后的贪婪本性乃至人性的暂时丧失。

师：以《买彩票》为例，说说老舍先生的短篇小说具有哪些特点？

生 E：老舍先生的小说充满了对民族传统文化中的糟粕（如本文中的迷信思想）的反思、批判。

生 F：多以底层人民为描写中心，展现社会上小人物的众生相，如二姐、三姥姥、王瞎子等。

生 G：语言通俗易懂，风趣幽默，富有京味。心理描写特别突出。

师：老舍是新中国第一位获得"人民艺术家"称号的作家。他能够不断突破旧规，超越自己，广收博采。他从不把自己限制在一个固定的艺术格套里。他的短篇小说在艺术上也正如在思想内容上一样，都给人以丰富多彩之感。

一吐为快

伊索曾说过："有些人因为贪婪，想得更多的东西，却把现在所有的也失掉了。"在现实生活中，许多人也像《买彩票》中的人物一样，梦想着好运降临，可是，结局却事与愿违。人总是存有侥幸心理，所以在巨大的诱惑面前往往失去理智，人性的弱点就暴露无遗。守住初心，保持清醒，脚踏实地，勇敢地和自己内心的恶做斗争，用自己的劳动和血汗去换取应得的利益。

拓展阅读

老舍经典语句

1. 生活是种律动，须有光有影，有左有右，有晴有雨；滋味就含在这变而不猛的曲折里。

——《小病》

2. 乱世的热闹来自迷信，愚人的安慰只有自欺。

——《骆驼祥子》

3. 人若是看透了自己，便不会再小看别人。

——《骆驼祥子》

4. 人，即使活到八九十岁，有母亲便可以多少还有点孩子气。失了慈母便像花插在瓶子里，虽然还有色有香，却失去了根。有母亲的人，心里是安定的。

——《我的母亲》

5. 有喜有忧，有笑有泪，有花有果，有香有色。既须劳动，又长见识，这就是养花的乐趣。

——《养花》

6. 怜比爱少着些味道，可是更多着些人情。

——《微神》

7. 生命是闹着玩，事事显出如此；从前我这么想过，现在我懂得了。

——《断魂枪》

8. 一个真认识自己的人，就没法不谦虚。谦虚使人的心缩小，像一个小石卵，虽然小，而极结实。结实才能诚实。

——《四世同堂》

9. 才华是刀刃，辛苦是磨刀石，再锋利的刀刃，若日久不磨，也会生锈。

—— 老舍

10. 经验是生活的肥料，有什么样的经验便变成什么样的人，在沙漠里养不出牡丹来。

—— 老舍

王任叔

王任叔(1901—1972)，浙江省奉化区大堰镇人。字任叔，号愚庵，笔名巴人等。诗人、小说家、剧作家、杂文家、文艺理论家、鲁迅研究家、印尼史专家和翻译家。

著有长篇小说《莽秀才造反记》《阿贵流浪记》，中篇小说《证章》，短篇小说集《监狱》《在没落中》《破屋》，散文《邻人们》《任生及其周围的一群》，文学剧本《费娜小姐》《杨达这个人》等。

小编有话

连年灾荒无以养家，求生不得，求死不能，20世纪二三十年代的中国，是水深火热的熔炉。一篮剧毒河豚，成为一家人告别世界的最后一餐，他们满怀希望却只能迎接死亡的残忍，这是身处物质生活富足时代的我们所无法想象的。作者以其悲悯的胸襟和疾呼，展现了旧中国"人吃人"的黑暗一面，读来令人心下生凉。亲爱的朋友，让我们怀着一颗悲悯之心，开启我们今天的阅读课。

河豚子

他从别人口中得来了这一种常识，便决心走这一着算盘。

他不知从什么地方讨来了一篮的河豚子，悄悄地拿向家中走来。

一连三年的灾荒，所得的谷只够作租；凭他独手支撑的一家五口，从去冬支撑到今岁二三月夜，已算是困难极了。现在也只好挨饥了！

但是——怎样挨得下去呢？

这好似天使送礼物一般的喜悦，当一家人见到他拿来了一篮东西的时候。

孩子们都手舞足蹈地向前进去。

"爸爸，爸爸！什么东西呵！让我们吃哟！"

这么样的情景，真使他心伤泪落的了！

"吃！"他低低地答一声后，无限的恐怖！为孩子生命的恐怖，一齐怒潮般压上心头，喘不过气来。

他嘱咐妻子把河豚子煮熟来吃，自己托故外去一趟。他并不是自己不愿死，不吃河豚子，不过他不忍见到一家人临死的惨状，所以暂时且为避开。

已过了午了，还不见他回来。孩子却早已绕着母亲要吃了。这同甘共苦的妻子，对于丈夫是非常敬爱，任何东西是断不肯先给孩子尝吃的。

日车已驾到斜西，河豚子，还依然煮着。他归来了。他的足如踏在云上一般。他想象中一家尸体枕藉的惨状，真使他归来的力也衰了。

然而预备好的刀下舍生的决心，鼓起了他的勇气。早已见到孩子们炯炯的眼光在门外闪发着，过后，一阵欢迎归来的声音也听到了。

"怎么还没有死呢？"他想。

"爸爸！我们是等你来一同吃呀！"

"哦！"他知道了。

一桌上争争抢抢地吃着。久不得到鱼味的他的一家人，自然分外感到鲜甜。

吃好后，他到床上安安稳稳地睡着，静待着黑衣死神的降临。

但毕竟因煮烧多时，把河豚子的毒性消失了，一家人还是要安安稳稳地挨饿。

他一觉醒来，叹道："真是求死也不得吗？"泪绽出在他的眼上了。

师生在场

师：《河豚子》是作家王任叔于 1924 年写的一篇微型小说，小说写的是连年灾荒无以养家，主人公让一家人吃河豚子求死的悲惨故事。如何评价小说中的主人公？请同学们谈谈自己的看法。

生 A：主人公是旧中国被灾荒、租税逼得走投无路的典型农民。

生 B：忍着极度的痛苦，选择用毒死全家的方法摆脱苦难，又不忍心看到全家惨死，这正是主人公的善良和爱心的曲折反映。

生 C：主人公为生活无路所迫，想用河豚子毒死全家，阴差阳错之后发出悲叹。小说揭示了旧中国农民求生不得、求死不能的悲惨命运，实为对社会罪恶的质问和控诉，具有深刻的社会意义。

生 D：我觉得主人公的做法是一种软弱的表现。海明威在《老人与海》中曾告诉我们：一个人可以被毁灭，但不能被打败。我觉得无论生活多么艰难，我们都不能放弃生命，只要活下去，就会有希望！

师：小说中有三处场面描写，其中有两处是写孩子们欢迎爸爸回来，一处是写全家吃河豚子，这些描写有什么作用？请同学们简要概括。

生 E：我觉得这些场面是在蓄势也是在渲染，正是这些场面描写一步步地把情节推向了高潮。

生 F：孩子们的欢乐中蕴含致命的危险，制造出叫人揪心的紧张气氛。

生 G：我觉得还有反衬作用，作者用孩子们的喜悦衬"他"内心的极度痛苦，使作品更有感染力。

一吐为快

我们现在处于一个物质生活较丰富的时代，冰箱里有永远也吃不完的东西，餐桌上摆满了丰盛的饭菜，有的孩子甚至对吃食挑挑拣拣，饭店、菜馆每天都要倒掉大量的剩饭剩菜。从未挨过饿的人，怎能体会到在旧中国，人饿到两眼发黑，一头栽倒，放弃希望，选择绝望的滋味？朋友们，当今我们在享受丰富的物质生活的同时，不要忘记永怀一颗感恩之心，感恩父母，感恩生活，感恩时代。

拓展阅读

王任叔艰难的晚年生活

1970 年，王任叔被强行遣返原籍浙江奉化。有关机构在他的遣返书中，给他强行规定了三条：一、不准参加群众大会，不准参加一切社会活动；二、不准随意听收音机；三、不准到县外就医。

这三条等于给王任叔定了性，他被剥夺了一切政治权利。一切对阶级敌人进行专政的手段，都用在了他的身上。

王任叔刚回到老家时，在侄儿梦林的带领下，背着自己仅有的一床棉被，迈进了幼年居住过的那间空空荡荡的小木屋。他面对此景，十分感慨。50 年前，他为了拯救破烂不堪的社会，不怕杀头、不怕坐牢，舍命投入政治斗争，赤手空拳离开了他的小木屋。而到最后，他已年过古稀，却仍然赤手空拳、孤零零一人，被遣回这间小木屋。

但是，王任叔是位久经风雨的老人，在感慨之余，在一种美好期望的支撑下，他一时忘了怨言，忘了埋怨，也忘了不满。他把自己的那间幽暗的木屋打扫了一下，将随身带回的被褥和毛毯，铺在了一张破旧的木床上，然后拿出他带回来的一箱有关印尼历史的手稿和资料，拍去旅途中积累的灰尘，规规矩矩地摆在了自己的木床前。就这样，他开始了艰难的晚年生活。

这位百折不挠的老人、这位博学多产的作家，不管自己身处顺境还是逆境，都一直在坚持写作。永不停笔已经成了他终身的嗜好。

汪曾祺

汪曾祺（1920—1997），江苏省扬州市高邮市人。中国当代作家、散文家、戏剧家。他被誉为"抒情的人道主义者，中国最后一个纯粹的文人，中国最后一个士大夫"。

汪曾祺曾就读于西南联合大学中国文学系，师从沈从文等。作品有《受戒》《晚饭花集》《逝水》《晚翠文谈》等。

小编有话

陈小手用他那小小的手迎接了一个又一个生命，为无数家庭带来了幸福与希望。他洒脱率真，特立独行；胸怀仁爱之心，冲破世俗偏见。技艺高超如他，虔诚负责如他，然而他却抵不过一颗来自背后的子弹。生逢乱世，人命卑微，即使是真英雄，在那样苦难的年代里，也逃脱不了如蝼蚁般被人踩踏的命运。斯人虽已远去，但他的人品和精神却永远留存在我们心里⋯⋯

陈小手

我们那地方，过去极少有产科医生。一般人家生孩子，都是请老娘。什么人家请哪位老娘，差不多都是固定的。一家宅门的大少奶奶、二少奶奶、三少奶奶，生的少爷、小姐，差不多都是一个老娘接生的。老娘要穿房入户，生人怎么行？老娘也熟知各家的情况，哪个年长的女佣人可以当她的助手，当"抱腰的"，不须临时现找。而且，一般人家都迷信哪个老娘"吉祥"，接生顺当。——老娘家都供着送子娘娘，天天烧香。谁家会请一个男性的医生来接生呢？——我们那里学医的都是男人，只有李花脸的女儿传其父业，成了全城仅有的一位女医人。她也不会接生，只会看内科，是个老姑娘。男人学医，谁会去学产科呢？都觉得这是一桩丢人没出息的事，不屑为之。但也不是绝对没有。陈小手就是一位出名的男性的产科医生。

陈小手的得名是因为他的手特别小，比女人的手还小，比一般女人的手还更柔软细嫩。他专能治难产。横生、倒生，都能接下来（他当然也要借助于药物和器械）。据说因为他的手小，动作细腻，可以减少产妇很多痛苦。大户人家，非到万不得已，是不会请他的。中小户人家，忌讳较少，遇到产妇胎位不正，老娘束手，老娘就会建议："去请陈小手吧。"

陈小手当然是有个大名的，但是都叫他陈小手。

接生，耽误不得，这是两条人命的事。陈小手喂着一匹马。这匹马浑身雪白，无一根杂毛，是一匹走马。据懂马的行家说，这马走的脚步是"野鸡柳子"，又快又细又匀。我们那里是水乡，很少人家养马。每逢有军队的骑兵过境，大家就争着跑到运河堤上去看"马队"，觉得非常好看。陈小手常常骑着白马赶着到各处去接生，大家就把白马和他的名字联系起来，称之为"白马陈小手"。

同行的医生，看内科的、外科的，都看不起陈小手，认为他不是医生，只是一个男性的老娘。陈小手不在乎这些，只要有人来请，立刻跨上他的白走马，飞奔而去。正在呻吟惨叫的产妇听到他的马脖上的銮铃的声音，立刻就安定了一些。他下了马，即刻进产房。过了一会（有时时间颇长），听到"哇"的一声，孩子落地了。陈小手满头大汗，走了出来，对这家的男主人拱拱手："恭喜恭喜！母子平安！"男主人满面笑容，把封在红纸里的酬金递过去。陈小手接过来，看也不看，装进口袋里，洗洗手，喝一杯热茶，道一声"得罪"，出门上马。只听见他的马的銮铃声"哗棱哗棱"……走远了。

陈小手活人多矣。

有一年，来了联军。我们那里那几年打来打去的，是两支军队。一支是国民革命军，当地称之为"党军"；相对的一支是孙传芳的军队。

孙传芳自称"五省联军总司令"，他的部队就被称为"联军"。联军驻扎在天王庙，有一团人。团长的太太（谁知道是正太太还是姨太太）要生了，生不下来。叫来几个老娘，还是弄不出来。这太太杀猪也似的乱叫。团长派人去叫陈小手。

陈小手进了天王庙。团长正在产房外面不停地"走柳"，见了陈小手，说：

"大人，孩子，都得给我保住！保不住要你的脑袋！进去吧！"

这女人身上的脂油太多了，陈小手费了九牛二虎之力，总算把孩子掏出来了。和这个胖女人较了半天劲，累得他筋疲力尽。他迤里歪斜走出来，对团长拱拱手：

"团长！恭喜您，是个男伢子，少爷！"

团长龇牙笑了一下，说："难为你了！——请！"

外边已经摆好了一桌酒席。副官陪着。陈小手喝了两盅。团长拿出二十块现大洋，往陈小手面前一送：

"这是给你的！——别嫌少哇！"

"太重了！太重了！"

喝了酒，揣上二十块现大洋，陈小手告辞了：

"得罪！得罪！"

"不送你了！"

陈小手出了天王庙，跨上马。团长掏出枪来，从后面，一枪就把他打下来了。

团长说："我的女人，怎么能让他摸来摸去！她身上，除了我，任何男人都不许碰！这小子，太欺负人了！"

团长觉得怪委屈。

师生在场

师：小说《陈小手》篇幅虽极其短小，但文中所渗透的主旨意蕴却是意味深长的。故事开篇交代了当地特有的风俗和请老娘的种种讲究，请同学们简要说明其在文中的作用。

生 A：引出下文，为陈小手的出场做铺垫；同时也展示了社会环境，为陈小手的悲剧命运做铺垫。

师：陈小手是旧社会的一个男性产科医生，他身上有许多令人尊敬的品质。请同学们结合全文，概括并简要分析陈小手的形象特点。

生 B：特立独行。他敢于冲破世俗的偏见，以一个男人的身份学习医生们都不屑一顾的产科，做只有女人才做的接生工作。

生 C：医术高超。他有着高超的接生技术，救活了很多产妇和婴儿。

生 D：正直敬业。为了不耽误接生，他特意养了一匹白马，争分夺秒，救人于危难，对自己的职业怀着一颗虔敬的心。

生 E：品德高尚。他不计酬劳，也从不以救命恩人的身份自居，对人谦恭有礼。

师：有人认为，陈小手之死完全是偶然的，因为他不幸遇上了一个草菅人命的军阀团长。你们同意这个观点吗？请同学们结合全文做简要分析。

生 F：不同意，陈小手的死有其必然性。陈小手死在一个恩将仇报、草菅人命的军阀团长的手里，似乎有其偶然性，但这只是问题的表面，陈小手之死的根本原因是以团长为代表的男人们骨子里的封建男权思想——把女人当成男人的附属品。

生 G：我也不同意。男女之大防，即使医生和病人也不能逾越。这种思想观念根深蒂固，不仅团长是这样，那些大户人家的男主人和中小户人家的男主人，还有同行的男性医生们也是这样。陈小手在这些男人心中早就应该死了无数次了，只不过最后动手的是团长罢了。

生 H：传统文化中狭隘愚昧的男权思想容纳不下陈小手这样的"异端"，他的死是由社会大环境决定的。

师：汪曾祺曾说："我想把生活中美好的东西、真实的东西、人的美、人的诗意告诉别人，使人们的心得到滋润，从而提高对生活的信念……我有一个朴素的、古典的想法：总得有益于世道人心。"在我们今天学的小说中，陈小手凭借一双妙手，怀着济世的柔情，不知救助了多少"呻吟惨叫的产妇"，使她们"母子平安"。尽管如此，陈小手的种种善举却有悖于当时对封建礼教与恶习的愚忠与顺从。在当时的历史情境中陈小手的悲剧具有普遍的社会意义，因此它代表了一种社会的悲剧。

一吐为快

鲁迅说过："悲剧是将人生有价值的东西毁灭给人看。"敢于冲破藩篱者死在了封建强权的压迫下，纵使人命关天，男女大防却仍旧是思想顽固者心中迈不过去的坎儿。陈小手虽然死了，但是他身上折射出的光辉却时刻照耀着我们冲破迷雾，敢于抗争，坚持自我。亲爱的朋友们，真善美有时可能会不在场，但是，请相信它们总会以另一种方式再回到我们身边。

拓展阅读

汪曾祺经典名句

1. 那一年，花开得不是最好，可是还好，我遇到你；那一年，花开得好极了，好像专是为了你；那一年，花开得很迟，还好，有你。

——《人间草木》

2. 在黑白里温柔地爱彩色，在彩色里朝圣黑白。浮云一别后，流水十年间。曾经知己再无悔，已共春风何必哀。虔诚地呼唤风。那一刻，人与天有种神秘又真诚的交流。

——《人间草木》

3. 赏花赏到气息，氛围，情怀。隔江看花，隔窗听雨，隔着人世中一层一层占有的标签，轻启那古旧又明润的光。如同，浴一回月光，落两肩花瓣，踏一回轻雪，活着，走着，看着，欣喜着，却没有患得患失的心情。

——《人间草木》

4. 一个人口味最好杂一点，耳音要好一些，能多听懂几种方言。口味单调一点，耳音差一点，也不要紧，最要紧的是对生活的兴趣要广一点。

——《五味》

5．坐在亭子里，觉山色皆来相就。

——《汪曾祺散文》

6．都到岁数了，心里不是没有。只是像一片薄薄的云，飘过来，飘过去，下不成雨。

——《受戒》

7．到一个新地方，有人爱逛百货公司，有人爱逛书店，我宁可去逛逛菜市。看看生鸡活鸭、新鲜水灵的瓜菜、彤红的辣椒，热热闹闹，挨挨挤挤，让人感到一种生之乐趣。

——《做饭》

8．如果平日留心，积学有素，就会如有源之水，触处成文。否则就会下笔枯窘，想要用一个词句，一时却找它不出。语言是要磨炼，要学的。

——《岁朝清供》

9．如果你来访我，我不在，请和我门外的花坐一会儿。

——汪曾祺

10．爱，是一件非专业的事情，不是本事，不是能力，不是技术，不是商品，不是演出，是花木那样的生长，有一份对光阴和季节的钟情和执着。一定要，爱着点什么。它让我们变得坚韧，宽容，充盈。业余的，爱着。

——汪曾祺

于心亮

于心亮(1976—   )，山东省作家协会会员，山东省烟台市海阳市作家协会副主席。代表作品有《乡村医生》《乡居笔记》《越冬》《还钱》《回家过年》《偷瓜》等。短篇小说《六月初六的喜事》被西安电影制片厂买断版权拍成电影。

小编有话

小说讲述了一位屠夫去看病，在诊室里与医生就"杀羊"话题展开热聊。在一系列化验后，病人带着医生"慢慢调养"的医嘱和一堆足以开药房的药品离开了。当屠夫还在为自己得了"很严重"的病伤心时，医生与同事的几句对话却让我们不寒而栗。这篇小说反映了怎样的社会问题？让我们带着这样的思考开启今天的阅读之旅吧！

杀   羊

端坐门诊。来了一病人，诉说鼻塞、流涕，稍有头痛、咳嗽，可能是感冒了。

我问姓名、年龄、职业。病人稍稍一迟疑，说：我是杀羊的。

我说：杀羊？那钱不少挣吧？

病人说：还行，基本上杀一只能赚一只。

我说：那钱确实不少挣。

我说：杀羊也有诀窍吧？

病人说：那当然，给羊放不放血就有门道呢！放了血，分量就轻了，不放血，把血憋进肉里，分量就轻不了。

我说：噢。心想可怜的羊们哪。

忽然想起一个问题，问：听说杀羊，有的羊会哭？

病人说：是呀，有的确实会哭，还下跪呢！病人的表情显得兴奋，那是一只母羊，很肥，我绾着绳扣靠近它时，它就朝我流泪了。我挺惊疑，但还是把绳扣套上它脖子，这个时候它跪下了。我心一软，放了它。然后我到饭店去催账，钱没到手，反而挨了一顿揍，我那个气呀！回来就把母羊给杀了，一剖开它肚子，俺的娘呀，它肚子里有三只小羊！我那个后悔呀！……

我说，是呀，太可怜了，可怜天下父母心。

病人说：是呀，我当时恨自己呀，干吗非杀母羊呢？等它生下三只小羊，我又能另外赚多少钱呀！

我口里说，噢，心里想，狠心的你真是钻进钱眼里了。

我给病人试脉，观舌苔，量体温，测血压，慢慢地我的脸就变得很凝重，我说先查个血，然后拍几张片吧。

病人遵从我的医嘱查了血，验了尿，拍了 X 光，做了心电图，还有 B 超和 CT，然后捧着一摞单子又坐到我面前。我一一验看，眉头一会儿紧，一会儿松。病人的脸皮也跟着一会儿紧，一会儿松。然后我就开始摇头，把病人的脸色摇得青一块紫一块，缓和着口气说：慢慢调养吧，先给你开点药。

病人战战兢兢地捧着一叠处方去划价，交款，取药。我想他回去后可以开药铺了。我洗了手，慢慢坐回椅中长长地吁气：这个月的任务又超了，等着发奖金吧！

下班时，有同事来问：杀了几只羊？

我说：就杀了一只，羊毛却不少挣。

同事问：那人大款吗？

我说：不，那人是杀羊的。

同事又问：啥病？

我说：感冒。

师生在场

师："杀羊"事件贯穿全文，从表面上看，文章始终围绕屠夫杀羊的经验和经历展开，实际上作者已悄悄对"杀羊"事件进行了修辞转换。请同学们分析这篇微型小说题目的含义。

生 A：指以杀羊为职业的病人。

生 B：这里不仅指病人的职业是杀羊，还暗指违背医德、利欲熏心的医生，医生糊弄病人，把小病说成大病，骗病人花高昂且不必要的医药费。

师：本文的语言描写形象生动。请同学们结合文中的语言描写，具体分析"我"这个人物的形象特点。

生 C："我"是一个违背医德、利欲熏心的医生。"那钱不少挣吧?"暗写出我装作漫不经心，实际在试探病人能否付得起高昂的医药费的心理，写出了"我"的处心积虑和心机深重。

生 D："可怜的羊们"与下文"我"宰客人的毫不手软对比，写出了"我"的虚伪。

生 E："羊毛却不少挣"写出"我"在宰病人后的得意，突出了"我"的无耻贪婪、利欲熏心。

师：有人说，第十自然段病人述说曾经杀了一只母羊的情节是多余的，可以删去。你认为呢? 请同学们谈谈自己的观点和理由。

生 F：不多余。病人述说杀母羊时有"惊疑、心软、后悔"等心理活动，和"我"宰病人后"羊毛却不少挣"的得意对比，突出了"我"的无耻。

生 G：病人说杀羊是为生计所迫(催账反挨了揍)，和"我"宰病人是为了发奖金对比，突出了"我"的利欲熏心。

生 H："绾、扣、杀、剖"等动词表明病人杀羊至少付出了诚实的劳动，和"我"欺诈病人的行为对比，突出了"我"的贪婪阴毒。

生 I：使用对比衬托，比直接描写医生的行径更能表达刻骨的讽刺和愤怒的鞭挞，更意味深长。

一吐为快

在今天，屡见不鲜的医患事故依然在上演，虽然说事故背后的原因是多方面的，但有一点是不争的事实，那就是当今社会上确实存在一批见利忘义、缺乏职业操守的人。在当今社会经济快速发展的时代，物质与精神、金钱与人性、兽性与人性的对抗等一系列问题接踵而来，业已物欲化的现实让很多人失去了人性最初的善良，不知何去何从。印度有句谚语：请慢点走，等一等灵魂。朋友们，在我们前行的路上，不要忘记了当初为什么出发。

拓展阅读

弟弟的来信

于心亮

中师毕业的弟弟高高兴兴去清泉乡小学报到，以为那是个好地方。可两天后他就回来了，垂头丧气地闷在家里。我问了许多遍，弟弟才闷出一句话："那不是人待的地方！"

一天后，弟弟又走了，是爹拿着木棒撵了二里多地撵走的。爹一直在骂："咋不是人待的地方？只要有人住，就是人待的地方！你个兔崽子，要再随便跑回来，看我不打断你的腿！"

这样，我就不能瞧见弟弟的人，只能隔上一段时间瞧上弟弟的信了，弟弟在信中说："这是个兔子不屙屎的地方，没有电，没有水，如果拍鬼子进村的电影，这里最合适。"爹听我读完，哼一声，说："放狗屁！"

后来，弟弟又来信了，说："经常能吃到乡亲们送来的肉块，红红的，白白的，因为他们的孩子认识字了。那种肉很好吃，我吃得很多。后来，才知道那是耗子肉、蛇肉，我吃得作呕。"我笑着读完信，爹却一脸严肃："那肉我也吃过，味道很好！"我问哪一年吃的，爹说是三年灾荒时期。

再后来，我收到一个包裹，打开一看，是一件毛皮坎肩。爹摸摸，惊呼："黄鼠狼皮的，这很珍贵！"弟弟在附信中写了几句话："这是乡亲送的，想爹年事已高，转送给爹吧！"爹把坎肩摸了又摸，说："寄回去！"我取出了纸笔，说："捎带着写封信吧！"爹蹲在大门口抽烟，闷闷一口，闷闷一口，闷了半夜，闷出一句："勿挂念！"

那件黄鼠狼皮坎肩，弟弟后来卖了，用卖的钱买了些粉笔、教具之类。信中说："没有粉笔的日子，就用抹布蘸了水写，水一干，字就消失了，这倒反而提高了孩子们识字的速度，全乡比赛，夺了头名！"弟弟寄回一张奖状，爹看了又看，说："贴上，哪儿显眼贴哪儿！"

没有粉笔的事儿吓了我一大跳，小心翼翼地写信去问。弟弟回信说："张艺谋拍的《一个都不能少》看过吧？人家小魏老师有一个学生跑去打工，她去找，不仅找回了学生，还找回了一车学习用具。我呢？我的学生想少一个都少不了！因为，乡亲们就算累死饿死，也不愿让儿女们辍学！"

再后来来信，弟弟谈自己的事情就少了，提他的学生渐渐多了，全是些猫三狗四的名字：谁谁谁的名次提前了，谁谁谁考了满分，谁谁谁到乡里、市里比赛获奖了，等等。我高声读信，爹在一旁就直点头。我把信读完了，爹还在点头："不孬，咱于老三的儿子，不孬啊……"

我把爹的夸奖给弟弟寄了去。弟弟来信说，他哭了。

过春节时，弟弟没回来。爹提了红灯笼在村头站了半夜，弟弟还是没回来。

年还没过完，爹就耐不住了，闯关东似的周身挂满物品找弟弟去了。

爹是哭着回来的。爹泪汪汪地望着我："你知道吗？你弟不回来，是舍不得花那几十块钱的车票，你知道吗？"爹说他瞎子似的在山里转悠，好不容易逮着个人，上前说："兄弟，问个路……"那人一回头："哎呀——是爹！"

这时，爹一直闷着气转悠。我问："咋了？"

爹说："那不是人待的地方！"

爹让我去信把弟弟叫回来："不用教书了，跟爹在大棚里种反季菜，挣钱！"

弟弟很快回信了，说："我决定了，不回去！"弟弟还在信中说，"春天到了，许多花儿都开了，学生们上山采花，不是掐断，而是连根连泥挖回，种在教室外，有许多蜂儿来采，很美丽……"

冯骥才

冯骥才(1942—　　)，天津人。当代著名作家、文学家、艺术家，民间艺术工作者，民间文艺家。是"文化大革命"后崛起的伤痕文学运动的代表作家。创作了大量优秀的散文、小说和绘画作品，并有多篇文章入选中小学、大学课本，如散文《珍珠鸟》等。现任中国文学艺术界联合会执行副主席，中国小说学会名誉会长，中国民间文艺家协会主席，国际民间艺术组织副主席等职。

小编有话

小说《认牙》为我们勾勒了一个津门奇人——牙科医生华大夫的美好形象：做事专注，医术精湛，医德高尚，为人正直且富有责任心和正义感。可这位牙医却记性奇差，连病人的长相都记不住，但这样的"差记性"，却帮助巡警抓住了恶名昭彰的罪犯。他是怎么做到的呢？让我们走进冯骥才的《认牙》，去领略一下牙科医生华大夫的超凡绝技吧！

认　牙

治牙的华大夫，医术可谓顶天了。您朝他一张嘴，不用说哪个牙疼、哪个牙酸、哪个牙活动，他往里瞅一眼全知道。他能把真牙修理得赛假牙一样漂亮，也能把假牙做得赛真牙一样得用。他哪来的这么大的能耐，费猜！

华大夫人善、正派、规矩，可有个毛病，便是记性差，记不住人，见过就忘，忘得干干净净。您昨天刚去他的诊所瞧虫子牙，今儿在街头碰上，一打招呼，他不认得您了，您恼不恼？要说他眼神差，他从不戴镜子，可为嘛记性这么差？也是费猜！

后来，华大夫出了一件事，把这两个费猜的问题全解开了。

一天下晌，巡捕房来了两位便衣侦探，进门就问，今儿上午有没有一个黑脸汉子到诊所来。长相是络腮胡子，肿眼泡儿，挨着右嘴角一颗大黑痣。华大夫摇摇头说："记不得了。"

侦探问："您一上午看几号？"

华大夫回答："半天只看六号。"

侦探说："这就奇了！总共一上午才六个人，怎么会记不住？再说这人的长相，就是在大街上扫一眼，保管也会记一年。告明白你吧，这人上个月在估衣街持枪抢了一家首饰店，是通缉的要犯，您不说，难道跟他有瓜葛？"

华大夫平时没脾气，一听这话登时火起，"啪"一拍桌子，拔牙的钳子在桌面上蹦得老高。他说："我华家三代行医，治病救人，从不做违背良心的事。记不得就是记不得！我也明白告诉你们，那祸害人的家伙要给我瞧见，甭你们来找我，我找你们去！"

两位侦探见牙医动怒，龇着白牙，露着牙花，不像装假。他们迟疑片刻，扭身走了。

天冷了的一天，华大夫真的急急慌慌跑到巡捕房来。跑得太急，大褂都裂了。他说那抢首饰店的家伙正在开封道上的"一壶春酒楼"喝酒呢！巡捕闻知马上赶去，居然把这黑脸巨匪捉拿归案了。

侦探说："华大夫，您怎么认出他来的？"

华大夫说："当时我也在'一壶春'吃饭，看见这家伙正跟人喝酒。我先认出他嘴角那颗黑痣，这长相是你们告诉我的，可我还不敢断定就是他，天下不会只有一个嘴角长痣的，万万不能弄错！但等到他咧嘴一笑，露出那颗虎牙，这牙我给他看过，记得，没错！我便赶紧报信来了！"

侦探说："我还是不明白.怎么一看牙就认出来了呢？"

华大夫哈哈大笑，说："我是治牙的呀，我不认识人，可认识牙呀!"

侦探听罢,惊奇不已。

这事传出去,人们对他那费猜的事就全明白啦。他记不住人,不是毛病,因为他不记人,只记牙;治牙的,把全部心思都使在牙上,医术还能不高?

师生在场

师:这是一篇不足千字的小小说,作者通过奇妙的结构和奇特的选材,将文章写得波澜迭起,奇趣夺人,真可谓"以咫尺篇幅,展万千气象",吸引着我们读下去。我们知道小说的主人公是华大夫,作者为什么以《认牙》而不是以《华大夫》为题呢?请同学们谈谈自己的看法。

生A:因为《华大夫》这个题目给人的感觉是重在写人,有偏题的迹象,也缺乏新意,而文章的主题是表现华大夫的技艺高超,记牙的能力强。

生B:《认牙》这个题目很新颖,有吸引力,而且紧贴主题,所以我也认为《认牙》比较好。

师:想必同学们在读了这篇小说后,一定对华大夫印象深刻,请同学们结合小说的内容,谈一谈华大夫这一人物的形象特点。

生C:医术高超。"他能把真牙修理得赛假牙一样漂亮,也能把假牙做得赛真牙一样得用",虽然有夸张的感觉,但却能生动直接地让人感受到华大夫的高明医术。

生D:华大夫为人正直,性子急。文中写道:"华大夫平时没脾气,一听这话登时火起,'啪'一拍桌子,拔牙的钳子在桌面上蹦得老高。"还有,他说:"我华家三代行医,治病救人,从不做违背良心的事。记不得就是记不得!我也明白告诉你们,那祸害人的家伙要给我瞧见,甭你们来找我,我找你们去!"这些都能表现出华大夫性子急、为人正直的特点。

生E:有正义感,有责任感。"我先认出他嘴角那颗黑痣,这长相是你们告诉我的,可我还不敢断定就是他。"这句话体现了华大夫的责任感和正义感，同时也反映出华大夫对待事情毫不马虎、严谨的态度。

师：小说结尾处说"这事传出去，人们对他那费猜的事就全明白啦"，请同学们结合小说的内容，说说人们究竟明白了什么，对你有怎样的启示。

生F：人们明白了他记不住人，不是毛病，因为他不记人，只记牙。他把全部心思都使在牙上，医术才高超。

生G：我明白了我们不论做什么事都要认真、仔细、负责，这样才能取得好的成绩。

一吐为快

"闻道有先后，术业有专攻，如是而已。"如果每个人都能专注于自己的本职工作，在自己的行业内精益求精，成为专家型人才，那么整个社会、国家都必将受益。让我们怀揣"天生我材必有用"的信念，全身心地投入我们的本职工作，秉承着"专心，专一，专业，专注"的理念，不断精进自己的水平，或许我们能成就自己的一番事业，获得属于自己的一份成功。

拓展阅读

大度读人

冯骥才

一个人就是一本书。读人，比读其他文字写就的书更难。我认认真真地读，读了大半辈子，至今还没有读懂这本"人之书"。

有的人，在阳光明媚的日子里愿意把伞借给你，而下雨的时候，他却打着伞悄悄地先走了。

你读他时，千万别埋怨他。因为他自己不愿意被雨淋着且是人家的雨伞，也不愿意分担别人的困难，你能说什么呢？还是自己常备一把伞吧。

有的人，在你有权势的时候，围着你团团转，而你离职了，或无权无势了，他却躲得远远的。

你读他时，千万要理解他。因为他过去是为了某种需要而赞美你，现在你没有那种功力了，也就没有必要再为你吟唱什么赞美诗了。在此时，你就需要静下心来，先想一下自己过去是否太轻信别人了呢？

有的人，在面对你倾诉深情的时候，语言的表述像一条流淌的清亮甜美的大河，而在河床底下，却潜藏着一股污浊的暗流。

你读他时，千万别憎恨他。因为凡是以虚伪为假面来欺骗别人的人，人前人后活得也挺艰难，弄不好还会被同类的虚伪所惩罚，你应该体谅他的这种人生方式，等待他的人性回归和自省吧。

有的人，在你辛勤播种的时候，他袖手旁观，不肯洒下一滴汗水，而当你收获的时候，他却毫无愧色地以各种理由来分享你的果实。

你读他时，千万别反感。因为有人肯与你分享丰收的甜蜜，不管他怀着一种什么样的心理，都应该持欢迎的态度。你做出一点牺牲，却成全了一个人的业绩欲，慢慢地，会让他学会一些自尊和自爱。

有的人，注重外表的修饰，且穿着显示出一种华贵，而内心深处却充满着空虚，充满了无知和愚昧，那种文化缺失的形态，常常不自觉地流露在他的言语行动中。

你读他时，千万别鄙视他。因为他不懂得服装是裁缝师制作的，仅仅是货币的标志，而人的知识、品德和气质，却是一个人真正的人生价值。对于庸俗的人，你应及时对照一下自己的行为。

读别人，其实也是在读自己，读真、读善、读美的同时，也读道貌岸然背后的伪善，也读美丽背后的丑恶，也读微笑背后的狡诈……

读人，最重要的是读懂怎样的人。

读人，是为了要做一个真正的人。

因此，读人时，要学会宽容，要学会大度，由此才能读到一些有益于自己的东西，才能读出高尚，才能读出欢乐，才能读出幸福。

尽管我还没有读完这本"人之书"，但我会一直努力从各个方面去阅读。

刘心武

刘心武（1942—　），中国当代著名作家、红学研究家。笔名刘浏、赵壮汉等。曾任中学教师、出版社编辑、《人民文学》主编、中国作家协会理事、全国青年联合会委员，并加入了国际笔会中国中心。其作品以关注现实为特征，以《班主任》闻名文坛，长篇小说《钟鼓楼》获得茅盾文学奖。20世纪90年代后，成为《红楼梦》的积极研究者，曾在中央电视台《百家讲坛》栏目进行系列讲座，对"红学"在民间的普及与发展起到了促进作用。2014年推出长篇小说《飘窗》。

小编有话

一个离家流浪、以结伙偷窃为生的少年，在一户人家外看到了一张与因矿难而死的父亲十分相像的油画，年幼的他以为那是父亲的画像，对父亲深深的怀念之情使他冒险入室偷盗。这个良知未泯、孝爱之心犹存的孩子，虽误入歧途，但他对父亲那份难以割舍的爱，却让作为读者的我们动容。希望这个孩子能在文中"我"的感召下，顿悟到人间真情，痛改前非，开启一段美好人生。

偷　父

那晚我到家已临近午夜，进门后按亮厅里的灯，立刻感觉到不对劲儿，难道……我快步走到各处，一一按亮灯，各屋的窗户都好好地关闭着啊。但是，当我到卫生间再仔细检查时，一仰头，心就猛地往下一沉——浴盆上面那扇透气窗被撬开了！再一低头，浴盆里有明显的鞋印。有贼！我忙从衣兜掏出手机，准备拨 110 报警，这时又忽然听见声响，循声过去，发现卧室床下有异动，我把手机倒换到左手，右手操起窗帘叉子，朝床下喊："出来！放下手里的东西，只要你不伤人，咱们好商量！"

一个人从床底下爬出来了，那是一个瘦小的少年，剃着光头，身上穿一件黑底子的圆领 T 恤。我看他手里空着，就允许他站立起来，用窗帘叉指向他，作为防备，问他："你偷了些什么？把藏在身上的东西掏出来！"

他把两手伸进裤兜，麻利地将兜翻掏出来，又把手摊开说："啥也没拿啊！"

他那一副"久经沙场"、处变不惊的模样，倒弄得我哭笑不得。我用眼角余光检查了一下我放置钱财的地方，似乎还没有受到侵犯。我保持伸出窗帘叉的姿势，倒退着，命令他跟我来到门厅里，开始讯问。

"您为什么还不报警？"他问我。

我把手指挪到手机按键上，问他："你想过，警察来了，你会是怎么个处境吗？"他叹口气："嗨，惯了，训一顿，管吃管住，完了，把我遣返回老家，再到那破土屋子里熬一阵呗。"他那无所谓，甚至还带些演完戏卸完装可以大松一口气的表情，令我惊奇。

他今年 14 岁，家乡在离我们这个城市很远的地方。他小学上到三年级就辍学了。一年前开始了流浪生活。现在靠结伙偷窃为生。

我望着被灯光照得瘦骨嶙峋、满脸灰汗的少年，问他："饿吗？"他眯眼看我，仿佛我是个怪物。我为他泡了一碗方便面，端到他面前。

我决心放他回去，对他说："我的话你未必肯听，但是我还要跟你说，不要再干这种违法的事，你应该走正路。"他点头。

我给他开门时，他居然说："我还不想走。"

我大吃一惊，问他："为什么？"

他回答的声音很小，我听来却像一声惊雷："我爸在床底下呢……"

天哪！原来还有个大活人在卧室床底下！我慌忙将窗帘叉抢到手里，准备拨 110。这工夫，那少年却已经转身进了卧室，麻利地爬进了床底下，我惊魂未定，他却又从床底下爬了出来，回到了门厅。我这才看清，他手里捧着一幅油画。我正想嚷，他对我说："我要……我要我爸……求您了！"

那幅油画，是我临摹凡·高的自画像，这幅自画像里，人物显得特别憔悴，眼神饱含忧郁，胡子拉碴的，看上去不像个西方人倒像个东方农民。

我细问他："你爸现在在哪儿呢？你妈妈呢？"

他执拗地告诉我，他没有妈。他妈在他还不记事的时候，就嫌他爸穷，跟别人跑了。他记得他爸，那扎人的胡子茬儿，那熏鼻子的汗味加烟味加酒味……

他们那个村子，不记得在哪一天，忽然说村外地底下有黑金子，大家就挖了起来。他爸爸也去挖。去年的一天，半夜里村子忽然闹嚷起来，跟着有呜哇呜哇的汽车警笛声，他揉着眼睛出了屋……简单地说，村外的小煤窑出事故了，他爸，还有别的许多孩子的爸，给埋井底下了……

少年告诉我，他负责踩点的时候，从我家窗外隔着铁栅看见了这幅画，一看就觉得是他爸。他说他爸坐在床上想心事的时候，就那么个模样。今天，他好不容易钻了进来，取下这幅画，偏巧我回来了……

少年说这些事情的时候，眼里没有一点泪光。我听这孩子讲他爸的遇难，也就是鼻子酸了酸，但是，当我听清这孩子今天钻进我的屋子，为的只是偷这幅他自以为是他父亲的画像时，我的眼泪忍不住就溢出了眼角。

我把画送给了他，他不懂得道谢。我把门打开，他闪了出去。

关上门以后，我若有所失。不到半分钟，我一溜烟儿跑下楼梯，气喘吁吁地踏出楼门，朝前方和左右望，那少年竟已经像从人间蒸发，只有树影在月光下朦胧地闪动。

我让自己平静下来。当一派寂静笼罩着我时，我问自己："你追出来，是想跟他说什么？"

是的，我冲出来，是想追上他并叮嘱他："孩子，你以后可以来按我的门铃，从正门进来！"

师生在场

师：小说《偷父》中的"我"胸怀着极强的社会责任感，面对着入室偷窃的少年循循善诱，试图用自己的行为温暖少年被人情冷漠伤透的心。小说中的少年是怎样的一个人？请同学们简要概括一下。

生A：他对父亲有着难以割舍的爱，令人感动。他家庭贫穷，缺少温暖，是社会的弱势群体，值得同情。

生B：他对社会冷漠，混在窃贼之中，他需要教育和救治，需要人们用人性的温暖去感染。

师：小说结尾说，"我""想追上他并叮嘱他：'孩子，你以后可以来按我的门铃，从正门进来！'"这样写，有人认为合情合理，也有人认为有些不合实际。请同学们结合全文，谈谈自己的观点和理由。

生C：我认为合情合理。从人物性格上来说，"我"具有强烈的社会责任感，这样说，符合"我"的性格特征；从情节上来说，与前文的翻窗入室形成呼应，产生了耐人寻味的艺术效果。

生D：我也认为合情合理。从主题上来说，这样结尾能强化主题，使小说表现出的人文关怀更加清晰。

生E：我认为不合实际。从人物性格上来说，虽然"我"同情他，也想救治他，但他毕竟是个窃贼，"我"对他还有防范之心，不可能希望他经常光顾；从故事情节上来说，这是在少年消失之后我想说的话，并不会起到什么效果，有"马后炮"之嫌。

生F：从主题上来说，"我"对社会的批判和忧虑、对少年的愤恨和同情已经在前文表现出来了，最后这样结尾有些画蛇添足。

一吐为快

家庭教育的缺失，社会不良风气的侵蚀，使一些未成年的孩子走上了违法犯罪的道路。面对这些人生观、价值观扭曲的花季少年，社会要高度重视，我们每一个成年人也都应该担负起义不容辞的责任，用情与法帮助迷失的孩子重返正常轨道，给他们指明人生的方向，让他们能够在学校和社会中找到认同感，并以崭新的面貌开启新的人生之旅。鲁迅曾发出过惊世骇俗的呼声："救救孩子!"先生的呐喊在今天犹回响在耳畔。

拓展阅读

刘心武经典名句

1. 这个世界不是单为我一个人而存在的，没有道理要求这个世界处处为我显现出周到与温馨。

——《一切都还来得及》

2. 远的东西，常使我们感到神秘。近的东西，常让我们觉得平淡。但关键是能否有所发现。无论远近、高低、大小、上下，倘能有所发现，都能给我们带来收获，带来快乐。

——《钟鼓楼》

3. 人生也真有意思，没长大的时候，大家都差不多，一块儿玩，一块儿闹；越往大长，差别就越显，人跟人就竞争上了；可到老了的时候，瞧，就又能差不多了，又一块儿玩，一块儿聊……

——《钟鼓楼》

4. 人生如奔驰的列车，车窗外不断闪动着变幻不定的景色，错过观览窗外的美景、奇景并不是多么不得了的事，关键是我们不能错过预定的到站。

——《错过》

5. 忘记有时是必要的减法，而记忆更多的是"从一知万"。

——《人生有信》

6. 难道，非得通过人世的纷乱，自我的颠沛，以及痛苦的失落、无奈的损减，当那岁月梳篦过的残照，零星如梳齿上的断发时，我们才能懂得珍惜，生发出琴弦般颤动的情愫么？

——《春从心出》

7. 愿乘火车，喜欢那窗外舒卷的田园画面；愿乘轮船，喜欢那船头劈开的浪花飞溅；愿乘飞机，喜欢那舷窗外的云海无边……旅行之乐，在起点，在终点，更在那前往中的沿途浏览。

——《春从心出》

8. 静夜里，独自面对心灵，自嘲和自慰是魂魄的清洗液。

——《心里难过》

9. 理想不是一只细磁碗，破碎了不能锔补；理想是朵花，谢落了可以重新开放。

——刘心武

10. 书中毕竟有人生，人生毕竟一部书，书林杂芜，仍要耐心从中淘出善本精品，人生诡谲，仍要坚韧地追求活着的真谛。

——《刘心武随想》

陈启佑

陈启佑(1942—)，笔名渡也、江山之助，台湾嘉义人。16岁开始创作，高中时即与友人合办《拜灯》诗刊，并曾一度加入"创世纪"诗社。曾以《雨中的电话亭》一举成名。诗集有《手套与爱》《阳光的眼睛》《愤怒的葡萄》。另有散文集《历山手记》《永远的蝴蝶》，评论集《分析文学》《渡也论新诗》等。

小编有话

"……就算流干泪伤到底心成灰也无所谓/我破茧成蝶/愿和你双飞/最怕你一去不回……我向你飞/雨温柔地坠……"每当听到《雨蝶》这首歌时，我就会想起《永远的蝴蝶》中的樱子。翩翩飞舞的蝴蝶是令人愉悦的，但在《永远的蝴蝶》中，蝴蝶却成了凄美的意象，它是樱子的象征，当樱子握着信从空中飘落的那一刻，世界如此宁静，安详。听，音乐响起，仿佛是樱子在唱："我向你飞/雨温柔地坠……"

永远的蝴蝶

那时候刚好下着雨，柏油路面湿冷冷的，还闪烁着青、黄、红颜色的灯火。我们就在骑楼下躲雨，看绿色的邮筒孤独地站在街的对面。我白色风衣的大口袋里有一封要寄给在南部的母亲的信。

樱子说她可以撑伞过去帮我寄信。我默默点头，把信交给她。

"谁叫我们只带来一把伞呢。"她微笑着说，一面撑起伞，准备过马路帮我寄信。从她伞骨渗下来的小雨点溅在我的眼镜玻璃上。

随着一阵拔尖的刹车声，樱子的一生轻轻地飞了起来，缓缓地，飘落在湿冷的街面，好像一只夜晚的蝴蝶。

虽然是春天，好像已是秋深了。

她只是过马路去帮我寄信。这简单的动作，却要叫我终生难忘了。我缓缓睁开眼，茫然站在骑楼下，眼里裹着滚烫的泪水。世上所有的车子都停了下来，人潮涌向马路中央。没有人知道那躺在街面的，就是我的，蝴蝶。这时她只离我五米，竟是那么遥远。更大的雨点溅在我的眼镜上，溅到我的生命里来。

为什么呢？只带一把雨伞？

然而我又看到樱子穿着白色的风衣，撑着伞，静静地过马路了，她要帮我寄信的。那，那是一封写给在南部的母亲的信，我茫然站在骑楼下，我又看到永远的樱子走到街心。其实雨下得并不大，却是一生一世中最大的一场雨。而那封信是这样写的，年轻的樱子知道不知道呢？

妈：我打算在下个月和樱子结婚。

师生在场

师：《永远的蝴蝶》是台湾著名作家陈启佑先生的一篇小说，该小说讲述了一个凄美的爱情故事。"我"为什么把樱子比作"蝴蝶"？请同学们谈谈自己的理解。

生A：把樱子比喻成蝴蝶，是因为樱子被撞飞的时候，好像一只夜晚的蝴蝶。蝴蝶又是美的象征，把樱子比作蝴蝶，是说樱子长得像蝴蝶一样美。

生B：我认为，把樱子比作蝴蝶，寓意樱子的生命像蝴蝶那么短暂，蝴蝶的生命虽然结束了，但它将永远活在"我"的心里。

师：小说写樱子"穿着白色的风衣，撑着伞"，有什么作用？请同学们分析一下。

生C：小说写樱子"穿着白色的风衣，撑着伞"，更加突出了樱子美丽清纯的形象，也表达了"我"对樱子深切的怀念和永不磨灭的爱恋。

师：小说多次写到"雨"，这"雨"在文中起什么作用？请同学们谈谈自己的看法。

生 D："雨"是全文的线索，贯穿全文始终。雨使全文笼罩在阴冷凄凉的氛围中。雨是不幸和灾难的起因，推动着情节的发展。小说开篇写雨，正是对不幸和灾难起因的一个交代。

生 E：雨是泪水和痛苦的象征。悲剧因雨而生，樱子遭遇不幸后，作者又写"更大的雨点溅在我的眼镜上"，溅到生命里，成为"一世中最大的一场雨"，这最大的雨是溅到生命里的痛苦的泪水。看似写景，实则写情，写"我"的内心痛苦。显然，贯穿全文的雨已成为泪水和痛苦的象征。

一吐为快

对于好的文学作品，每一次阅读都是一次深情的拥抱，《永远的蝴蝶》就是这样一个作品。文章仅仅描述了那短短的一瞬间，未着浓墨重彩，却以千钧之力在每位读者的心中留下了难以忘却的记忆。生命的脆弱，难言的痛悔，带给读者的是强烈的冲击和永远的震撼。永远的伤痛、永远的爱情，化成一只永远的蝴蝶。

拓展阅读

竹

陈启佑

也只有沿着坚硬的环节

向天空

步步高升

才是你不变的志向

也只有绿

才是你一生想说的

那句话

在忠臣传里

才能读到

茹冰饮雪

终于成为你生命的全部

虽然偶尔你也喜欢化装

穿好一袭墨衣

去郑板桥画里

虽然风善用所有构陷的话

攻击你细瘦的影子

即使最冷的朝代

你仍然笔直坚持

站在雨里

父母兄弟都是

这样的个性

永远硬着头颅而

不肯破裂

王奎山

王奎山(1946—2012)，当代小小说领军人物之一。代表作品有《红绣鞋》《在亲爱的人和一头猪之间》《割韭菜》等。2003 年，入选首届中国小小说金麻雀奖；2009 年，入选新世纪小小说风云人物榜·金牌作家；2011 年，荣获小小说创作终身成就奖。

小编有话

大爱无形、大美无言，好作品散发出来的气场是直达人心、震撼灵魂的。一双红绣鞋，是麦苗和贵之间不渝的爱情，更是一份承诺和责任。麦苗用那一双红绣鞋告诉为国捐躯的贵，她将把七婶视作自己的亲娘，七婶是她永远的牵挂和责任。这篇小说，不仅讲述了一个爱情故事，更是我们中华民族精神文化内涵的折射。

红绣鞋

一大早，七婶就起来了。她知道今天是什么日子。今天是腊月二十四，是麦苗出嫁的日子。她想简单地弄点饭吃吃，就到黄瓜园贵他姑家去。她想躲过这一天，免得自己看到麦苗出嫁伤心，也免得麦苗难受。

刚刚做好饭，麦苗就一头撞了进来。麦苗进了屋冲她叫了一声"婶"，就到西间里去了。

她没有往西间里去，平日她就不常往西间里去。那是贵住的房间，贵参军前就住在西间里。

过了一会儿，麦苗从西间里出来了。七婶抬眼看了一下麦苗，见麦苗脸上竟是出奇的平静。她知道麦苗是个挺有主见的闺女，就放心了。

麦苗说："婶，做饭了没？"

七婶说："做了，刚做好。"

麦苗说："婶，我来晚了。"

七婶说："看你说的。今儿个是啥日子！"

麦苗麻利地将平日吃饭的小方桌往屋当间一拉，用抹布擦净了，又在上岗子上放一把小靠椅，就拉七婶往上坐。

七婶明白麦苗的意思了。七婶明白麦苗的意思以后，无论如何也不肯往上岗子上坐。

七婶说："苗儿，你看你。"

麦苗说："婶，你上坐，你上坐。"

七婶说："这妮子，你看你。"

麦苗说："婶你上坐，我有话说。"

七婶说："这妮子，哪能那样哩，不兴不兴。"

到底没有麦苗的力气大，被麦苗连推带拉按到了小靠椅上。

七婶说："屋里有爹有娘的，那可不兴。"

麦苗不答话，麻利地抹了一只碗，盛了一碗红薯稀饭，又拿了一个馍，一双筷，小心地来到七婶面前，庄重地跪下。

七婶仰起头，闭上了眼。虽然闭上了眼，那眼泪却止不住地淌了下来。

麦苗说："娘，吃饭吧！"

麦苗说："麦苗今儿个就要走了，再给娘端一碗饭。"

麦苗说："往后，娘再想吃麦苗端的饭，就难了。"

七婶只好睁开眼，将饭接过来，放到桌子上。抬眼去看麦苗时，见麦苗早已哭成了个泪人儿。两个人遂抱在一起，畅畅快快地哭了起来。

过了一会儿，七婶首先止了哭，又扳起麦苗的头，用手给她擦脸上的泪。

七婶说："苗儿，今儿个是你的喜日子，高高兴兴地走。"

七婶说："啥也不怨，怨俺贵没福。"

停了一下，又自言自语地说："你说说你咋恁傻哩你个龟孙！一个团一千多号人，人家都平平安安地回来了，偏你……"说着说着就提高了声音："人家都知道有爹有娘有老有小，偏你个龟孙啥都不知道哇，我的傻儿我的憨乖乖……"

又大声哭了起来。

麦苗也跟着哀哀地哭。

隐隐约约地，远处传来了欢快的音乐声。七婶止了哭，细细地听。麦苗也细细地听。

欢快的音乐声越来越近，越来越清楚。

又响起了一阵噼噼啪啪的鞭炮声。

七婶说："苗儿，快回吧，人家来了。"

麦苗点点头，站起来转身就要走。刚走了两步，又转回来说："啥我都给麦叶交代过了，担水、劈柴……"

音乐声和鞭炮声越来越近，越来越响。

七婶推着麦苗往外走。走到大门口，七婶看到一辆披红挂彩的汽车正从村街北头开过来。

麦苗凑近她的耳朵大声说："娘，你回吧，过了三天我回来看你。"

音乐声和鞭炮声铺天盖地地压过来了。七婶一把将麦苗推出门外，转身"哐"的一下将大门关上，背靠着大门，一时间脑子里一片空白……

不知过了多久，音乐声和鞭炮声终于停了下来。

七婶跟跟跄跄地走进堂屋，又朝西间里走去。她想给贵说几句话。

掀开门帘，七婶一下子愣在了那里。

桌子上，贵的遗像面前，是一片耀眼的红。

那是一双新鞋。

一双红绣鞋。

师生在场

师：小说中的红绣鞋是贞洁的象征，是麦苗对贵忠贞不渝的爱情的化身。请同学们结合小说，分析麦苗这一人物形象的特点。

生A：小说的主人公是麦苗。麦苗是一位朴实勤劳善良而又特别有责任心的农村女子。在内心里，她永远保留着对烈士的那一份珍贵的感情，准备长期乃至用一生照顾好烈士的母亲，即便出嫁了，也主动承担起自己本可以不去承担的责任。

生B：虽是一位平常女子，但麦苗身上的大仁大义足以感动每一位读者，在当前日益功利化的社会里，这份仁义尤其值得我们铭记。

师：麦苗为何出嫁前在贵的遗像前放一双红绣鞋？请同学们谈谈自己的看法。

生C：红绣鞋代表的是麦苗对贵的那一份恒久不变的情感，更是一份承诺，一份责任。麦苗用那一双红得耀眼的红绣鞋告诉曾经的心上人，告诉自己的"亲娘"，"你"是"我"永远的牵挂，也是"我"永远的责任。

师：好的作品总能直达人心，带给我们灵魂的震撼，请同学们谈谈读了《红绣鞋》后的感受。

生D：《红绣鞋》通过写麦苗的心上人贵牺牲后，麦苗把对贵的真挚情感转化成对七婶的爱，赞扬了麦苗的人性美，读后让人荡气回肠。

生E：文中的红绣鞋代表的是麦苗对爱情的忠贞，是麦苗对贵和七婶的一个交代、一份担当和承诺，充分展现了麦苗的淳朴、善良和诚信。

生F：我觉得红绣鞋那一团暖暖的红，是人性之光、生命之光，灿烂，温暖，是人间最宝贵的情意，是生命永远的眷顾和体贴，是我们不懈的追求。

师：《红绣鞋》所彰显和宣扬的人性美很可贵，现代社会对物质的过分追求，使人们蒙蔽了甚至丧失了心灵本色，这篇小小说就像一碗美妙的"心灵鸡汤"，滋养着当下匮乏的精神和苍白的情感世界。

一吐为快

　　麦苗是中国农村千千万万的善良女子之一，这样一位朴实善良真诚的女子，主动承担起了自己本可以不再承担的责任——照顾烈士的母亲。麦苗是位至情至性的女子，她的仁义和责任感会深深地激励、鼓舞每一位读者。人间的一切最终都以善为最高归宿，在日益功利化的今天，麦苗的坚守值得我们每个人深思。

拓展阅读

画家和他的孙女

王奎山

　　画家有一个六岁的孙女。六岁的孙女叫婷婷。婷婷也喜欢画画。

　　婷婷画了一棵树。

　　他说："你画的树不对。"

　　婷婷说："怎么不对呢？"

　　他说："树枝不对。"

　　婷婷说："树枝怎么不对呢？"

　　他说："树枝怎么能比树干还粗呢？"

　　婷婷说："树枝怎么不能比树干粗呢？"

　　他说："那就不是树了。"

　　婷婷说："不是树你怎么说是树呢？"

　　他无话可说了。

　　婷婷画了一只小兔子。

　　他说："婷婷，你画的那小兔子不对。"

　　婷婷说："怎么不对呢？"

　　他说："兔子有红色的吗？"

　　婷婷说："兔子怎么会没有红色的呢？"

　　他说："你见过红色的兔子吗？"

婷婷说:"没见过就没有吗?"

他说:"那就不是兔子了。"

婷婷说:"不是兔子你怎么说是兔子呢?"

他没话说了。

婷婷画了一匹马。

他说:"婷婷,你画的那马不对。"

婷婷说:"怎么不对呢?"

他说:"马有翅膀吗?"

婷婷说:"马没有翅膀。"

他说:"那你为什么给马画了翅膀呢?"

婷婷说:"我想让马长出翅膀来。"

他说:"那就不是马了。"

婷婷说:"不是马你怎么说是马呢?"

他又没话说了。

婷婷还画了一只老母鸡。老母鸡下了一个蛋,那蛋比老母鸡还大。婷婷就拿那画去参加西班牙的一个国际儿童画展。结果,婷婷得了一等奖。

画家心里就犯嘀咕:"这洋人,怎么跟小孩子没二样儿呢?"

孙方友

孙方友(1950—2013)，河南省周口市淮阳县新站镇人，中国作家协会会员。出版长篇小说4部，中短篇小说集24部，计600多万字。

作品曾获飞天奖、河南省第三届和第五届文艺成果特等奖、首届金麻雀奖、小小说创作终身成就奖、首届吴承恩奖等各种奖励70余次。有近百篇作品被译成英文、法文、日文、俄文、捷克文、土耳其文等多种版本。

小编有话

菜肴昂贵，花样翻新，巧中求奇，小说《霸王别姬》就如故事中所写的"霸王别姬"这道菜一样，"味道不但独特，而且美妙无比"。故事开篇如涓涓细流，慢慢流入大海，掀起了万丈波涛，最后海面平静下来，可我们的心潮仍然在起伏。官员们有错的地方，是否也有合理的地方？8号小姐有善良的心灵，但是不点那道菜，就真的能为颍河乡的老百姓省钱吗？作者创作的意图何在？让我们一起走进小说，去探寻作者的心脉吧！

霸王别姬

颍河乡的书记郑张来省城开会，想借机请一请在省城工作的颍河老乡，联络联络感情，要他们多为家乡人办些事情。他把这个想法与在省政府当财务科长的吕强一说，吕强说你这父母官请客，哪个不来？郑张说你看放哪儿合适？吕强说就在"天然居"吧，那里有一道好菜，叫"霸王别姬"，很招人。

接着，吕强给郑张介绍说，这"霸王"是老鳖，"姬"为小母鸡。老鳖不是人工养殖的那种，是在湖河中自然生长的那种。小母鸡为"柴鸡"，而且是正在下蛋的"少妇鸡"。做法为传统工艺，先把活鳖放在笼屉里加温，笼为特制笼，周围有圆眼儿，开始用纸糊了，温度一高鳖发渴，找地方儿换气，便把纸拱烂，头从眼儿里伸出来，赶巧外面有备好的佐料水。鳖将佐料水吃进五脏，排出去原有的废物，几经"清蒸"，鳖体内吸足了"佐料"，然后开始杀鳖。清蒸的鳖高傲地将一只足踏在卧地的"虞姬"身上，构图给人一种悲壮感，能让人联想起失败的英雄末路状。味道不但独特，而且美妙无比。只是价格高，"霸王"卖到500元一个，一个上斤重的鳖与一只3斤重的小母鸡组成的"霸王别姬"，至少近千元。郑张说既然请了，就不能丢份儿，那就上"天然居"吃"霸王别姬"。第二天中午，该请的老乡一个个走进了"天然居"。吕强订的雅间叫"紫光阁"，服务小姐是个很清秀的小姑娘，胸前的号码为8号。8号小姐看到郑张时怔了一下，然后赔着笑脸喊先生，礼貌相让。吕强像是常来这里，对宴会的道道很熟悉，指使小姐弄这弄那，喝什么茶，抽什么烟，全由他张罗。因为十几个人都是颍河人，又全说家乡话，室内就充满了颍河气息。

8号小姐拿过菜单，要郑张点菜。郑张将菜谱递给吕强，说："吕科长，您先点。"吕强说："一人点一个。"郑张说："就点'霸王别姬'吧！"众人大笑。吕强说："父母官，说鸡不带巴。"郑张这才悟出自己失言，面色红了一下，笑道："'霸王别姬'，'霸王别姬'！下面挨个儿点。"众人一人点了一个后，又由吕强做"总结"，几热几凉几个汤，喝什么酒，要什么饮料，一起说了，最后对那8号小姐说："要快！"

不一会儿，凉菜热菜开始陆续上桌。酒是家乡酒：宋河粮液。众人虽同在省城，但平时都各自忙自己的工作，也并不常见面，借此机会，叙说友情，禁不住乱给家乡父母官敬酒。郑张很高兴，说是自己在诸位的家乡问事，请诸位多多关照。谁若有什么事情，只要一个电话，兄弟一定照办。众人同时举杯，齐声说好说好说！话落音，都干了。郑张放下酒杯，问8号小姐说："'霸王别姬'怎么还不上？"

8号小姐急忙解释："先生，今日客多，点'霸王别姬'的人也多，大师傅做不及，请诸位原谅！"

过了一会儿，仍不见上"霸王别姬"，郑张又问："怎么还不上那道大菜？"

那小姐又急忙解释说："先生，请您别慌，我这就去催！"8号服务小姐说完，急忙到门外叫来传菜小姐，悄声说着什么。

眼见酒席就要结束了，仍不见上"霸王别姬"，众人都禁不住面露急色。郑张更是耐不住，责问那小姐说："到底怎么回事儿？"

小姐也有些惶恐，急急出去，不一会儿又急急回来，抱歉地说："先生，实在对不起，今日的'霸王别姬'已缺料了！"郑张一听变了脸色，忽地站起，怒目那小姐说："我们早早订桌，又早早报了'霸王别姬'，你推三说四，一直不上，现在竟说卖完了！搞什么鬼？"

众人也深感受了愚弄，纷纷指责8号小姐。吕强口气很硬地说："叫你们老板来！"

一听要叫老板，8号小姐蒙了，苦苦哀求说："诸位先生，你们千万别让老板来，老板一来我就要被炒鱿鱼！实言讲，我压根儿就没给你们报这个菜！"听8号小姐如此一说，众人都怔了。郑张不解地问："你为什么不报？"

没想那8号小姐竟跪了下来，哭着说："郑书记，我没什么意思，只是想让你省点儿！"郑张呆了，怔然地问："你怎么知道我姓郑！"8号小姐说："我就是颍河乡的人，来省城打工才两年！"

这一下，全场静极，十几个科级处级干部齐刷刷望着跪在地板上的小老乡，惊诧万状，许久许久没人说话……

师生在场

师：作家孙方友堪称中国小小说界的领军人物。他的作品文字洗练，立意深邃。这篇小小说的第二段用了一大段文字介绍"霸王别姬"的制作工艺，有何作用？请同学们简要分析。

生A：说明这道菜做工复杂，用料昂贵，是一道有名的"大菜"，引发读者对这道菜的期待，激发读者的阅读兴趣。

生 B：菜肴昂贵，花样翻新，巧中求奇，说明有这种社会需求，侧面表现了公款消费的社会背景。

生 C：如此昂贵的菜，郑张等人还一再坚持要点，更凸显了他们不能体会民生疾苦、只顾自己享受的腐败形象。

生 D：照应题目，为下文 8 号小姐不报此菜、揭示文章主旨做铺垫。

师：小说在情节安排上有何特点？请同学们简要分析。

生 E：情节曲折，吸引人。小说是围绕"霸王别姬"这道菜展开的，首先是吕强介绍这道菜；接着是郑张点这道菜；然后菜很久没上，郑张催促服务员上菜，8 号服务小姐谎称缺料；最后点明真相，小姐没报菜。情节可谓一波三折，波澜起伏。

生 F：巧设伏笔，处处照应。8 号小姐初次见到郑张时的面目表情，暗示了故事发展的一个转折点，同时也暗示了人物之间的关系。

生 G：结局出人意料，给读者留下思考空间。在"怎么还不上"的一次次催促后，8 号服务小姐才道出"菜没有上报"的真相！结尾出人意料又在情理之中。文章用一个省略句结束，令读者回味无穷。

师：对 8 号服务员自己做主、不给郑张等人报"霸王别姬"这道菜的做法，你怎么看？请结合小说内容，联系社会现实，谈谈你的观点，并说明理由。

生 H：我认为这是值得肯定的行为。郑张等人身为国家干部，却在聚会时执意点贵菜，滋长了大吃大喝的不良风气，我们应该勇敢地加以抵制。作为郑张管理下的老百姓，面对官员的不良作风，应该有反抗和帮助他们改正错误的勇气。

生 I：在当前全面反腐的大背景下，每一个人都应该向 8 号服务员学习，面对官场的不良习气，勇敢地站出来反对和制止，这样，我们这个社会才能有希望。

生 J：我认为这种行为是不妥当的。郑张等人虽然是国家干部，但他们作为顾客，拥有顾客的一般权利，8 号服务员"擅自替他人做主，不给报菜"的行为，违背了职业道德。看到官员聚在一起吃饭，就往"贪污腐败"上面想，粗暴地选择"加以抵制"，实质上是一种"仇官"的行为，对官员是不公平的，也不利于社会和谐。

师：现代社会是法治社会，我们应该尊重每个人的平等权。若郑张等人是公款吃喝，他们自然应该受到应有的惩罚；若郑张是自己掏钱请朋友吃饭，就不应该横加指责，毕竟现代生活水平提高了，请朋友吃点好的也无可厚非。

一吐为快

读一篇小说，我们不仅要看表层的故事，更应该透过表层的故事，对小说的深刻创意做出理性的分析。小说中当来自城乡的不同的生活方式和价值观念交织在一起的时候，生活的尴尬就产生了。服务员屈膝一跪，是百姓的痛心和无助；郑张等人大吃大喝，是官场的腐败和无奈。造成这类生活尴尬的正是不同城乡文化的冲突，作者通过这个小故事带给了我们沉甸甸的思考。

拓展阅读

满 票
孙方友

村中有一个小学校，学校虽小，但年代久远，据说开初伊始是村上一位乡绅办的。乡绅姓张，名毅斋，学校也就起名叫"毅斋乡小"。解放后，张毅斋被镇压，学校就更了名，改为"张广小学"。张广也是本村人，是位烈士，解放战争时期任共产党的第一任村长，不料当时反动势力猖獗，被反动派暗杀团杀害。因为张广是在小学校里被敌人活活钉死的，为纪念这位为革命献身的烈士，所以经政府同意，将学校改为"张广小学"。

校名本来应该顺理成章地叫下去，岂料不久前张毅斋的儿子从台湾回来了。他见家乡小学校房屋破旧，院墙倒塌，决心为乡人办点好事，捐款5万元人民币修建小学校，但也附加了个条件，学校修建好之后恢复原名：毅斋乡小。

老村长的独生子张郑原在乡政府里当书记，眼下离休在家安享晚年，一听说要更改校名，大发雷霆，气冲冲地找到村支书，说是坚决反对学校更名。村支书更是左右为难：改吧，烈士遗孤不同意；不改吧，这里为老区，经济困难，眼看 5 万元就要顺水漂走。万般无奈，他急忙召开村委会研究，干部们议论了一天，最后决定召开群众大会，让大伙用无记名投票来决定。

大会就在小学校里召开，一家一个户主，几百户人家全来了。村支书发下选票，宣布了两个候选名单，并说为照顾文盲，来个简单行事，只在选票上画圆或打"×"。画圆者表示同意更换校名，打"×"者就是不同意。

可做梦也未想到，投票结果，竟是满票——大伙都同意更换校名！

只是，大伙的情绪也非常低沉！

村支书大惑不解，悄悄问张郑说："你为何也投了赞成票？"

张郑哭丧着脸说："昨黑我儿子和媳妇、孙子给我吵了一夜，说我糊涂，说是对子孙万代有益的事儿你为何阻挡？爷爷的名字挂在上面就有点儿丢烈士的人！再过几年学校塌了砸死了学生是谁的罪过？孙子劝我说：爷爷你别难过，等我大学毕业挣了钱咱再把名字改过来！"

村支书面红耳赤，许久没说出话来……

凌鼎年

凌鼎年(1951—　)，江苏省苏州市太仓市人，中国作家协会会员、江苏省微型小说研究会会长、蒲松龄文学奖（微型小说）评委会副主任。世界华文微型小说研究会秘书长，世界华文微型小说双年奖终评委。《茶垢》《让儿子独立一回》等作品收入《微型小说鉴赏辞典》《中国新文学大系·微型小说卷》《中国当代小小说大系》等选本。作品曾获冰心儿童图书奖等。

小编有话

"你就是我的天使/给我快乐的天使……不管世界变得怎么样/只要有你就会是天堂……你是我最初和最后的天堂……"正如歌曲《天使》中唱的那样，小说中的低能儿葵葵也是爸妈心中的天使。虽然葵葵的智力发育逊于同龄的孩子，但他却用自己独特的方式为父母带来了快乐。究竟是什么让葵葵的父母如此快乐，又是什么让葵葵成了街头巷尾皆知的"天使儿"呢？让我们怀着一颗崇敬的心，共同欣赏凌鼎年的这篇充满爱与包容的小小说——《天使儿》。

天使儿

上天真是不公，娄城大画家商未央的儿子葵葵竟是个低能儿。葵葵16岁，智力最多是小学三年级水平，出门一看到大红大绿的色彩就亢奋，发出让人害怕的怪叫声。

一次，商未央参加市文联组织的采风活动，到皖南山区写生，为期半个月。临走前，他再三叮嘱妻子，别让葵葵到外面乱跑，免得出什么意外。妻子说，放心，这孩子智商是低了些，可从不闯祸。妻子要上班，无法时时陪葵葵，商未央买来不少玩的、吃的，一股脑儿交给葵葵。

商未央走后第三天，妻子来电，说葵葵用颜料在墙上画得一塌糊涂。只要葵葵不吵着到外面去，就让他涂吧，最多浪费点颜料罢了，他无奈地说。

当商未央携着厚厚一叠写生稿回到家时，他惊呆了。家里的白墙涂满了颜料，七彩斑斓，色泽耀眼。猛一看，他有一种震撼的感觉。那是一种气势，一种无拘无束、自由奔放、扑面而来又逶迤远去的气势。那色块的突兀，那色彩的流动，让人匪夷所思，耳目一新。细看画面，似乎画了什么，又似乎什么也没画，完全没有具象。商未央作为一个专业画家，他立时有了一种莫名的激动，这难道是葵葵画的？

他走进葵葵的房间时，葵葵已倒在沙发上睡着了，手里还握着画笔，衣服上斑斑点点，脸上洋溢着无比的快乐。"我拿他一点办法也没有，家里被涂成这样，我真的很抱歉。"妻子歉意地说。"不，不，你没错，还得谢谢你呢。你没看出这些画很有灵气、很有个性吗？"商未央的兴奋溢于言表。

商未央把这些画仔细研究了一天，最后定名为《无题》，拍了照，寄给报社。记者大感兴趣，据此写了题为《天使儿的处女作》的报道。报道的发表，使娄城的市民都知道了这个"天使儿"就是大画家商未央家的低能儿。

也许是那《无题》的照片太小，看不出名堂，娄城老百姓议论的很少是画的本身，更多的是商未央怎么会生出这么个儿子。有人说：老天就是公平，商未央名声赫赫，才气逼人，可偏生了个傻儿子，这叫平衡，世上的好事哪能全让他占了。

这一报道，引起了电视台的兴趣，电视台来了两位记者，原来他们只想拍一两分钟的新闻片，可一见满屋满墙的画，就激动起来了，立刻改变了主意，拍起了专题片，还专门采访了葵葵。葵葵说话颠三倒四，让记者摸不着头脑，但他一拿起画笔，那投入状、兴奋状，很入镜。也是巧,不久就是国际助残日,电视台精心制作的《天使儿的杰作》专题片,不但在娄城电视台播放了,还作为宣传片送到了省台,引起了不小的轰动。商未央比自己取得了成功还激动,为此,专门给报社写了篇《发现,鼓励,培养》的文章。

在一片叫好声、惊叹声中,也夹杂着些许不和谐的声音。诸如这商未央也不知作了什么孽,生了个傻儿子,如今又用傻儿子来作秀、炒作,真不要脸……

妻子忍不住说:"你为什么不解释呢?葵葵不是我们的亲生儿子,孩子的父母在车祸中丧生了,你不嫌葵葵是低能儿,收养了他……"

商未央止住妻子的话头:"由他们说吧,葵葵就是我们的儿子,我们的天使儿……"

师生在场

师:有人说:"凌鼎年是一位在世界华文微型小说界起着桥梁作用的作家。"他有着"小小说快刀手"的佳誉。今天我们阅读了他的《天使儿》,请同学们结合文本概括商未央的形象特点。

生 A:善良、有爱心:收养了低能儿葵葵,给他慈父般的关怀。

生 B:有宽广的胸怀:面对"用傻儿子来作秀、炒作"等指责,不辩解。

生 C:善于发现孩子的潜能:发现画作、拍摄相片、给报社写文章等。

师:"天使儿"在文中有哪些含义?请同学们谈谈自己的理解。

生 D:此词指低能儿葵葵,是商未央夫妇对葵葵的称呼,体现了他们对孩子无私的爱。商未央夫妇待葵葵如待亲生儿子,在他们心中葵葵就是天使。

生 E:葵葵具有超乎常人的绘画天赋,就像天使。

师:请同学们谈谈小说结尾的妙处。

生 F:出人意料的结尾,使平淡的情节陡然掀起波澜,更能打动我们。

生 G：这个结尾是对故事中世俗行为的无声反击，对社会上部分人的人性中丑陋的一面的绝好讽刺。

生 H：我同意 G 同学的说法，但是我认为作者这样结尾更主要的作用是彰显了人性中的真善美，突出深化了文章的主旨。

一吐为快

我不知道智商 130 是否意味着天赋异禀，也不知道是否只有少年天才才是每个父母的骄傲和未来。我只知道，"当爱的双手小心翼翼捧住一粒石子，并真诚祈祷它成为钻石的时候，那石子当真就生出了钻石的心"。爱温暖人间，爱创造奇迹。一个生命，无论多么渺小，多么平凡，只要用心来陪伴，用爱来浇灌，都能展现出强大的生命力，绽放出夺目的光彩。期望世上所有不完美的孩子都能被博大的胸怀接纳，期望你我都能成为拥有博大胸怀的人。

拓展阅读

让儿子独立一回

凌鼎年

儿子真是争气，以全县高考总分第三名的好成绩被上海某著名大学录取。

史工程师比当年自己考取大学要高兴得多，满脸的阳光，满脸的春色。

望子成龙，是中国人的传统。这些年来，儿子他妈真是费尽了心血。真可谓儿子读一年级，她也读一年级，年年这样陪着读陪着复习。

如今儿子是如愿以偿考取了大学，他妈却病倒了。

病床上的她念念不忘的是儿子开学在即，自己将不能亲自送儿子去大学，这叫她如何放心得下？她坚持叫丈夫无论如何要把儿子送到大学，安顿好了才回来。

史工程师更放心不下妻子，与妻子商量说："让儿子独立一回吧？"

"不行！没娶媳妇总是孩子。哪能让儿子一个人去大学。再说这孩子你也知道，他能行吗？"

妻子的担心不是没有一点道理的。儿子长这么大了，没买过一回菜，没烧过一顿饭，没洗过一件衣，没拖过一次地，就连床也都是他妈铺的。自小到现在，从未单独出过一回门，就像鸡雏似的从未离开过母鸡翅膀的保护。而现在，猛一下就叫儿子一个人去经风雨见世面，她一百个放心不下。

史工程师开导妻子说：儿子是去上海读大学，又不是去非洲探险，去神农架考察野人，不会有什么事的。想当年，我十七八岁时不也去长征大串联吗，家里谁跟我去了？你在儿子年纪时，不是报名去了黄海边的建设兵团，你爹妈送你到了海边？没有吧。常言道，到啥山，砍啥柴。让儿子独立一回有好处……

几乎是磨破了嘴皮子，好说歹说，妻子才十分勉强十分不愿意地不再持反对票，但她说了一句："就是我同意，儿子也不会同意的，人家父母都送，他父母不送，多没面子……"

简直是出乎意外，儿子很平静地说："早该让我独立了。"

儿子去大学前一天，史工程师关照了又关照，诸如碰到意外情况立即找警察，安顿好后，先打电话回来，再写封详细的信……

儿子去了三天，没有电话，儿子去了七天，依然没有音信。史工程师夫妇急了。妻子要史工程师无论如何亲自去一趟学校。

正当史工程师准备去上海时，儿子的信来了。夫妇不啻接到福音书。不料随信纸带出的是叠发票，共有：

娄城至上海中巴车票一张

上海出租车票一张

大三元酒家餐费发票一张

新华书店购书发票一张

另附纸一份，上注明：

付搬运费、服务费、冷饮费若干

买饭菜票若干……

乖乖，不连学杂费，光这些额外开支，就一千多。

　　看了儿子信才知道，儿子这回过了下独立瘾。他去上海时，不坐公共汽车乘中巴；到了上海后，打的去学校，到了学校后，花钱请人搬行李，乃至挂蚊帐铺床他都未自己动手。为了搞好关系，他买了一箱冰激凌，凡那天在他宿舍的，不管是同学教师，还是他们的父母、朋友，一概由他请了。第三天，他又请同宿舍的到大三元酒家聚了聚……

　　史工程师看了信和发票，不知说什么才好。他妻子看了，一颗十五个吊桶七上八下般的心总算放了下来。她很欣慰地说："我这儿子，是做大事的料！"

　　史工程师没有接嘴，他大概正在为如何给儿子回信而伤脑筋呢。

沈祖连

沈祖连(1951—)，笔名申弓，广西壮族自治区北海市合浦县人。中国作家协会会员，广西小小说学会会长。著有小说集《蜜月第三天》《粉红色的信笺》《邀舞者》《沈祖连微型小说108篇》《圣洁》，微型小说集《妻子离家的日子》等14部。曾获广西壮族自治区政府铜鼓奖和第四届小小说金麻雀奖。

小编有话

生长于南方的榕树，根系旺盛，枝繁叶茂，是一种有着美好寓意的树木。传说它能够护佑奔波劳碌的芸芸众生，被视为长寿、吉祥、纯洁爱情的象征。《榕树下的瘦女人》写了一个守在榕树下的女人，执着地等待着后生回来践约的故事。小说中单纯、善良的瘦女人最终等到后生了吗？她的"这个世界还有好人"的信条是否能得到验证？亲爱的朋友，让我们一起走进小说，开始我们的阅读吧！

榕树下的瘦女人

长长的新兴路，延伸到桥头，形成个"丁"字。丁字路口处，有棵大榕树，说不清它有多大的年纪，只知道父亲乃至祖父他们也是小时候就有的了。逢着夏天，这里是纳凉以及人们娱乐的天地。现在秋凉了，并且是一天比一天冷下来了，人们便都转入了屋里去了，这里便现出了它的荒凉，阵阵秋风吹得人们的心都发了毛，谁还到这里来呢？

不过也有。一个瘦骨嶙峋的女人，像是一根枯藤或是一截竹棍终日在这里，有时坐着，有时站着。总之是坐累了站，站累了坐。秋风拂起那发了黄的发丝，飘飘悠悠的，一双呆滞的眼睛犹如两眼枯井，时而看着桥头，时而看着路，时而看着行人，有时什么也不看。

我早上去上班，路过桥头便看见了她，她的瘦以及她的黄发丝，都让人无缘无故地要产生一种怜悯。我便是无缘无故地走近了她。

"阿姨，你在等什么？"

她慢慢地反应过来："先生，是问我么？这么说，你看见过一个后生仔么？"

她没有正面看我，我用左手在她的面前比画了一下，她的眼动了动，便又停下了。我猜她是眼睛不好，至少是看不清面前的人和物。

"阿姨，你要等的后生是什么样子，告诉我，我可以帮你找。"

"那太好了，这个世界还是有好人，刚才有个姑娘也说要帮我找。后生高高的，说话声音不大，跟你差不多，说话很好听。"

"那么你能不能告诉我，你等他做什么呢，他是你的什么人？"

"不，他什么也不是，他只欠我的钱，那天买我的手镯，他说等会儿给我钱，便走了。"

"阿姨，想你是上当了，怎么不给钱就让他走了？现在啊，可不同以前了，不抢你就好了，你能告诉我多少钱么？"

"我们说好了的，他回头给我三百元，那可是真玉的啊。是我妈给我的嫁妆，他看见了直说是好玉。我见他识货，便解下给他看，他说阿姨你的手太瘦太小了，不合适戴，便缠住要我卖的。"

又是一起诈骗案。

中午我回来，经过桥头，她还在等。

第二天，她还在等。看她那可怜巴巴的，直让人心疼。我在心里一百次地骂，是哪个没良心的小子，有本事不去诈骗大亨，而来骗这些可怜的老百姓，该是断子绝孙的。

第三天，她还在等，不知怎么，看到她那黄黄的发丝及枯井似的眼睛，便有一种本能涌上了心田，就好像是我天生地要帮助她，而帮不了她，就是我的一大过错。于是我便又走近了她："阿姨，对不起了，我这两天有急事，我去了很远很远的地方，让你久等了。"

　　她慢慢地转过面来，捉住了我的双手，她的瘦手在哆嗦着，那枯井一样的双眼分明渗出泪："你可回来了啊，你可知道我要钱干什么吗？"

　　"知道，阿姨，是我耽误了你，你打我骂我吧。"我把三百元钱塞到她的手上，并做好了挨骂或挨打的准备。

　　"好了，你回来就好了，阿姨怎么舍得打你骂你？到底这个世界还有好人，前天那先生还说你是个骗子呢。"

　　瘦女人心满意足地走了。又是一阵秋风掠过，榕树叶子簌簌地落了下来，我的心里是一阵快慰又一阵悲哀……

师生在场

　　师：文学是人学，它既来源于人的生活，又对我们的生活发生作用。沈祖连的这篇小小说，取材于生活中发生的事，反映了市井生活百态，反映了现实社会存在的问题。小说的开头、结尾都写到了"秋风"，这有什么作用？请同学们谈谈自己的理解。

　　生A：我认为小说开头写秋风，是渲染凄冷的环境气氛，为瘦女人的出场做铺垫，暗示瘦女人令人同情的处境。结尾又写到秋风，是烘托人物的心情，表现"我"快慰中夹杂着悲戚的心境。

　　生B：小说开头写"阵阵秋风吹得人们的心都发了毛"，这样写给全文奠定了一丝悲凉的情感基调。

　　师：好小说总会赋予读者丰富的解读空间，小说中的瘦女人执着地等待着一个不可能兑现的承诺，可见她是一个善良单纯的人，结尾"我"编了一个谎言，替那失信男子付了钱，有人认为这让瘦女人失去了认识社会的经验，对瘦女人而言反而是不幸的。你同意这种说法吗？请同学们说说自己的理由。

　　生C：不同意。"我"的善意的谎言，不仅让瘦女人避免了物质上的损失，更维护了她对人世美好的感知。至于经验之说，一方面，社会上并非人人都是骗子，没必要"一朝被蛇咬，十年怕井绳"；另一方面，善良之人，也不只有"我"一个。瘦女人本已令人同情，如果再以牺牲物质的方式让她获得经验，那是残忍的。

生 D：同意。"我"隐瞒真相的行为虽然高尚，但无法让瘦女人理解人世的尔虞我诈，以后难免仍会受骗。"我"能帮瘦女人一回，不能帮瘦女人一世。让瘦女人获得认识社会的经验比让她损失 300 元钱更重要。

一吐为快

社会有险恶的一面，但也有美好、光明的一面，正是由于黑暗面的存在，温情和真诚才更令人感动。在那高大的榕树下，"我"向素昧平生的陌生女人伸出了援手，那个女人是不幸的，遭遇了无情的欺骗；然而她又是幸运的，能够接受来自社会的善意。朋友们，也许我们无法改变社会上的不良风气，但我们可以做到让我们周围的人因我们的存在而感到幸福。

拓展阅读

竹子就在跟前

沈祖连

乔迁新居，一家人喜气洋洋。最高兴的莫过于母亲了，她进入客厅，进入卧室，进入厨房，最后来到阳台上。有一个属于自己的阳台，几乎成了母亲的最大心愿——她要在阳台上养几盆花，要在阳台上安一张躺椅，每天能充分地享受阳光，而最实际的是可以在自己的阳台上晾晒衣服，这是老人最最期待的。

"给我找根竹子。"母亲发话了。

大姐说："就交给他吧。"

大姐夫不很乐意，但还是毅然受命。不接受行吗？丈母娘的要求，妻子的命令，再说，不就是一根竹子吗？

可接受下来，大姐夫才知道自己的荒唐。要在老家，要根竹子，提刀上山，便可手到擒来。可在这大都市里，去哪里找？可怜的大姐夫，骑着自行车，跑了市场，跑了生产资料公司，跑了土产公司，一无所获。

午时归来，大姐问他要到没有。大姐夫说：

"还没。我想，用根不锈钢管不是更好吗？"

"真没用。阿妈不要你的金，不要你的银，只要你一根竹子，哪来的这么多废话？"

"那我下午继续找吧。"

大姐夫登上楼顶，看到前街有建设工地，正在拆着脚手架，大姐夫心里一高兴，立刻跑了过去。一根根卸下来的正是他所要找的竹子。

大姐夫来到了门口，找到了门卫，递上一根烟，说："师傅，卖根竹子给我好吗？多少钱呀？"

"卖竹？我这里不卖竹。"

"就是那些拆下来的……"

"那是脚手架用的，不卖。"

"可我急着用，不瞒你说，我的丈母娘……"

"不用说了，我明白，你丈母娘要一根晾衣服……"

"正是。"

"可我不能卖呀。要不你去找工长吧。"门卫指着里边的一个汉子说，"就是那个戴着黄帽子的。"

大姐夫来到了"黄帽子"跟前，叫了声："工长，你好。"

"什么事？"

"我想跟你买根竹子。"

"没有竹子卖。"

"就这些，你拆下来的。"

"这是脚手架，还要搬到其他工地去用。"

"我只要一根，次一点的也行。你就收成本费吧。"

"这可没有先例啊。"

"看在我们男人的面上，通融一下吧。"

"可是，我不能让你在光天化日之下扛着一根竹子走出去呀。这么吧，你去找我们主任吧。他在办公室。"

大姐夫在工长的指点下，见到了主任。

主任是个脸皮白皙的汉子，看上去斯斯文文的，可不想一听到大姐夫说要买他的一根竹子时，却是一副不耐烦："去去去，买竹子怎么找到这里来了。"

碰了一鼻子的灰，大姐夫从工地出来，望着一地的竹子，却是一脸的茫然：这样回去，丈母娘问起，怎么是好？

他在街角点燃了支烟，吸了一口，大脑皮层一下子跳出个人：老同学李青不是在这个建筑公司任职吗？并且听说已经是个不大不小的部门头头了，好，就找他，不就是一根竹子吗？难道会不给老同学点面子？

到公用电话亭打了个电话，说是不在家，得晚上才回来。好吧，晚上就晚上，等等吧。

心里有了点底，大姐夫便昂然地回了家。不过他还是不大敢见丈母娘。

大姐问了："怎么，还没找到？"

"有眉目了。"

"我的天。跑了一天，才有眉目，能告诉我，怎么个眉目吗？"

"阿英你别说这根竹子，手续还挺复杂的，不过总算找到了建筑公司的一个老同学了，他今晚回来，我估计明早吧，明早准能要到。"

"什么呀？为了一根竹子，还得托人情，你这人情也用得太廉价了吧。"

这时，二姐夫骑着摩托车回来了，一听大姐在指责大姐夫，便说："不就是根竹子吗？也值不了多少钱，大姐夫你说你在哪发现了，告诉我，我去搞定。"

"不远，在前街工地上就有。只是……"

"你说的是那些刚拆下来的吗？好。"

二姐夫说着掉转车头，不到 5 分钟工夫，便找着一根竹子回来了。

大姐夫尴尬地问："怎么我去不卖，你去就卖了？"

"不就是一根竹子吗？用什么卖不卖的，我扛起就走。"

"那要是让人抓住了呢？"

"那就让罚吧，一根破竹能值什么钱的。不过谁管？"

大姐夫无奈地摇了摇头。

韩少功

韩少功(1953—),湖南长沙人,当代著名作家。代表作品有《西望茅草地》《飞过蓝天》《鞋癖》《马桥词典》《暗示》《山南水北》《赶马的老三》等。

曾获奖项:1980 年、1981 年全国优秀短篇小说奖,2002 年法国文化部颁发的"法兰西文艺骑士奖章",2007 年第五届华语文学传媒大奖之杰出作家奖,第四届鲁迅文学奖,美国第二届纽曼华语文学奖等。作品分别以 10 多种外国文字共 30 多种版本在境外出版。

小编有话

小说《青龙偃月刀》介绍了一位身怀剃头绝技的传统匠人何爹的故事。何爹虽技艺高超,但因为传统技艺无法紧跟时代的潮流,终究还是失去了顾客,更失去了知音。在何爹为这一生"最忠实的脑袋"三明爹刨完最后一次光头后,他的技艺之路似乎也随着朋友的离去而走到了尽头,他的那把青龙偃月刀也自此悄无声息地没入黄土。几十年过去了,当电筒和电推成为新任理发师们的新宠,谁还记得那位有三十六路绝活的何爹和他那把十里八乡独一把的青龙偃月刀呢?

青龙偃月刀

何爹剃头几十年,是个远近有名的剃匠师傅。无奈村里的脑袋越来越少——好多脑袋打工去了,好多脑袋移居山外了,好多脑袋入土了。算一下,生计越来越难以维持——他说起码要九百个脑袋,才够保证他基本的收入。

这还没有算那些一头红发或一头绿发的脑袋。何爹不愿趋时，说年轻人要染头发，五颜六色地染下来，狗不像狗，猫不像猫，还算是个人？他不是不会染，而是不愿意染。

师傅没教给他的，他绝对不做。结果，好些年轻人来店里看一眼，发现这里不能焗油和染发，更不能做负离子和爆炸式，就打道去了镇上。

何爹的生意一天天更见冷清。我去找他剪头的时候，在几间房里寻了个遍，才发现他在竹床上睡觉。

"今天是初八，估算着你该来了。"他高兴地打开炉门，乐滋滋地倒一盆热水，大张旗鼓进入第一道程序——洗脸清头。

"我这个头是要带到国外去的，你留心一点剃。"我提醒他。

"放心，放心！建伢子要到阿联酋去煮饭，不也是要出国？他也是我剃的。"

洗完脸，发现停了电。不过不要紧，他的老式推剪和剃刀都不用电——这又勾起了他对新式美发的不满和不屑："你说，他们到底是人剃头呢，还是电剃头呢？只晓得操一把电剪、一个吹筒，两个月就出了师，就开得店。那也算剃头？更好笑的是，眼下婆娘们也当剃匠，把男人的脑壳盘来拨去，要球不是要球，和面不是和面，成何体统？男人的头，女子的腰，只能看，不能挠。这句老话都不记得了吗？"

我笑他太老腔老板，劝他不必过于固守男女之防。

"好吧好吧，就算男人的脑壳不金贵了，可以由婆娘们随便来挠，但理发不用剃刀，像什么话呢？"他振振有词地说，"剃匠剃匠，关键是剃，是一把刀。剃匠们以前为什么都敬奉关帝爷？就因为关大将军的功夫也是在一把刀上——过五关，斩六将，杀颜良，诛文丑，于万军之阵取上将军头颅如探囊取物。要是剃匠手里没有这把刀，起码一条，光头就是刨不出来的，三十六种刀法也派不上用场。"

我领教过他的微型青龙偃月。其一是"关公拖刀"：刀背在顾客后颈处长长地一刮，刮出顾客麻酥酥的一阵惊悚，让人十分享受。其二是"张飞打鼓"：刀口在顾客后颈上弹出一串花，同样让顾客特别舒服。

"双龙出水"也是刀法之一，意味着刀片在顾客鼻梁两边轻捷地铲削。"月中偷桃"当然是另一刀法，意味着刀片在顾客眼皮上轻巧地刨刮。至于"哪吒探海"更是不可错过的一绝：刀尖在顾客耳朵窝子里细剔，似有似无，若即若离，不仅净毛除垢，而且让人痒中透爽，整个耳朵顿时清新而舒坦，整个面部和身体为之牵动，招来嗖嗖嗖八面来风。气脉贯通和精血踊跃之际，剃匠从容收刀，受用者一个喷嚏天昏地暗，尽吐五脏六腑之浊气。

何师傅操一把青龙偃月，阅人间头颅无数。开刀、合刀、清刀、弹刀，均由手腕与两三指头相配合，玩出了一朵令人眼花缭乱的花。一把刀可以旋出任何一个角度，可以对付任何复杂的部位，上下左右无敌不克，横竖内外无坚不摧，有时甚至可以闭着眼睛上阵，无须眼角余光的照看。

一套古典绝活玩下来，他只收三块钱。

尽管廉价，尽管古典，他的顾客还是越来越少。有时候，他成天只能睡觉，一天下来也等不到一个脑袋，只好招手把笑花子那流浪崽叫进门，同他说说话，或者在他头上活活手，提供免费服务。但他还是拒绝焗油和染发，宁可败走麦城也绝不背汉降魏。

大概是白天睡多了，他晚上反而睡不着，常常带着笑花子去邻居家看看电视，或者去老朋友那里串门坐人家。从李白的"床前明月光"，到白居易的"此恨绵绵无绝期"，他诗兴大发时，能背出很多古人诗作。

三明爹一辈子只有一个发型，就是刨光头，每次都被何师傅刨得灰里透白，白里透青，滑溜溜地毫光四射，因此多年来是何爹刀下最熟悉、最亲切、最忠实的脑袋。虽然不识几个字，三明爹也是何爹背诗的最好听众。有段时间，三明爹好久没送脑袋来了，何爹算着算着日子，不免起了疑心。他翻过两道岭去看望老朋友，发现对方久病在床，已经脱了形，奄奄一息。

他含着泪回家，取来了行头，再给对方的脑袋上刨一次，使完了他全部的绝活。三明爹半躺着，舒服得长长吁出一口气："贼娘养的好过呀！兄弟，我这一辈子抓泥捧土，脚吃了亏，手吃了亏，肚子也吃了亏；搭伴你，就是脑壳没有吃亏。我这个脑壳，来世……还是你的。”

何爹含着泪说：“你放心，放心。”

光头脸上带着笑，慢慢合上了眼皮，像睡过去了。

何爹再一次“张飞打鼓”：刀口在光亮亮的头皮上一弹，弹出了一串花，由强渐弱，余音袅袅，算是完成最后一道工序。他看见三明爹眼皮轻轻跳了一下。

那一定是人生最后的极乐。

师生在场

师：小说《青龙偃月刀》以朴实的语言，真诚地礼赞了中国的传统技艺，但在面对现代文明的冲击之时它却处在了尴尬的地位。面对传统技艺在社会发展中的日渐衰微，何爹发出了"宁可败走麦城也绝不背汉降魏"的呐喊。读完该小说后，请同学们分析下何爹这一人物形象具有哪些特点。

生A：何爹的一些想法有些落后和封闭，但是他有一种坚守和执着的信念。比如，文中何爹固守男女之防，不焗油和染发，"师傅没教给他的，他绝对不做"等。

生B：剃头技艺精湛娴熟。比如，文章的中间部分描写了何爹的青龙偃月刀和他那神乎其神的刀法，一把剃刀用得跟关羽耍大刀一样出神入化。

生C：喜爱古典文化。比如，何爹敬奉关帝爷和"诗兴大发时，能背出很多古人诗作"。

生D：为人重情重义。比如，何爹翻两道岭去看望老友，发现老友病笃，含泪回家取行头为老友最后剃一次头。

师：有人说，何爹应该坚守传统技艺，也有人认为何爹应该与时俱进，学习新的技艺。请同学们谈谈自己的看法。

生E：何爹虽然剃头技艺高超，但因循守旧，不能适应社会日新月异的发展，不懂与时俱进，不能将传统技艺与时代需求相结合，导致生意一天天冷清，生计都难以维持，面临被淘汰也是自然的。

生F：何爹热爱传统的剃头技艺，将其掌握得出神入化，传统技艺如同他的生命，是何爹情感的寄托。何爹不愿为了生存趋时随变，不肯敷衍应付，坚守自己的信念，保有对传统文化的无限热爱，这种精神是十分可贵的。

师：我们应该辩证地看待这个问题。何爹掌握的传统技艺是人类社会的宝贵财富，理应得到继承和保护：没有继承，历史就会中断；没有创新，历史就不能发展。对传统文化、传统技艺，既要保护、继承，又要融入时代元素，使之历久弥新。

一吐为快

近几年，工匠精神重新被提起。工匠精神代表了一种做事专注、一丝不苟的敬业态度；它是一种精神，一种信仰，也是一种力量。工匠精神所蕴含的力量或许会被繁杂的声音暂时淹没，但绝不会长久地寂静无声，只因这份力量已经随着技艺融进了许多人的骨血。在浮躁的社会中，拥有工匠精神，会让你专注于自己的事业，最终会达到物我两忘、心手合一的状态。小说中的何爹正是这样一位值得我们敬仰的优秀工匠。

拓展阅读

韩少功经典名句

1. 故乡意味着我们的付出——它与出生地不是一回事。只有艰辛劳动过奉献过的人，才真正拥有故乡，才真正懂得古人"游子悲故乡"的情怀——无论这个故乡烙印在一处还是多处，在祖国还是在异邦。没有故乡的人身后一无所有。而萍飘四方的游子无论是怎样贫困潦倒，他们听到某支独唱曲时突然涌出热泪，便是他们心有所归的无量幸福。

——《我心归去》

2. 远方是什么？远方是手风琴声中飘忽的草原，是油画框中的垦荒者夕阳下归来，是篝火与帐篷的镜头特写，是雕塑般的人体侧影，是慢镜头摇出的地平线，是高位旋转拍摄下的两只白鸥滑飞，是沉默男人斜靠一台拖拉机时的忧伤远望……男人的忧伤简单就是青铜色的辉煌。

——《日夜书》

3. 理想从来没有高纯度的范本。它只是一种完美的假定——有点像数学中的虚数，比如 $\sqrt{-1}$ 这个数没有实际的外物可以对应，而且完全违反常理，但它常常成为运算长链中不可或缺的重要支撑和重要引导。它的出现，是心智对物界和实证的超越，是数学之镜中一次美丽的日出。

——《完美的假定》

4. 我们最终没法回避一个明显的事实：我们的内心已经空洞，我们的理想已经泛滥成流行歌台上的挤眉弄眼，却不再是我们的生命。

——《完美的假定》

5. 如果他真正看透了他面前的世界，就应该明白理想的位置：理想是不能社会化的；反过来说，社会化正是理想的劫数。理想是诗歌，不是法律；可作修身的定向，不可作治世的蓝图；是十分个人化的选择，是不应该也不可能强求于众强加于众的社会体制。理想无望成为社会体制的命运，总是处于相对边缘的命运，总是显得相对幼小的命运，不是它的悲哀，恰恰是它的社会价值所在，恰恰是它永远与现实相距离并且指示和牵引一个无限过程的可贵前提。

——《完美的假定》

6. 那些平时看起来巨大无比的幸福或痛苦、记忆或者忘却、功业或者遗憾，一旦进入经度与纬度的坐标，一旦置于高空俯瞰的目光之下，就会在寂静的山河之间毫无踪迹——似乎从来没有发生过，也永远不会发生。

——《山南水北》

7. 苦能生忍耐之力，苦能生奋发之志，苦能生尚智勤学之风，苦能生守纪抱团之习。

——《你好，加藤》

8. 故乡存留了我们的童年，或者还有青年和壮年，也就成了我们生命的一部分，成了我们自己。它不是商品，不是旅游的去处，不是按照一定价格可以向任何顾客出售的往返车票和周末消遣节目……中国的"悲"含有眷顾之义，美使人悲，使人痛，使人怜，这已把美学的真理揭示无余。在这个意义上来说，任何旅游景区的美都多少有点不够格，只是失血的矫饰。

——《我心归去》

9. 书是一个好东西，至少能通向一个另外的世界，更大的世界，更多欢乐依据的世界，足以补偿物质的匮乏。当一个人在历史中隐身遨游，在哲学中亲历探险，在乡村一盏油灯下为作家们笔下的冉·阿让或玛丝洛娃伤心流泪，他就有了充实感，有了更多价值的收益，如同一个穷人另有隐秘的金矿，隐秘的提款权，隐秘的财产保险单，不会过于心慌。

——韩少功

10. 当不了太阳的人，当一只萤火虫也许恰逢其时。换句话说，本身发不出太多光和热的家伙，趁新一轮太阳还未东升的这个大好时机，做一些点点滴滴岂不是躬逢其幸？这样也很好。

——《萤火虫的故事》

袁炳发

袁炳发,笔名阿炳,黑龙江省哈尔滨市宾县人。中国作家协会会员,哈尔滨市作家协会理事。曾获中国小小说金麻雀奖。2002 年入选新世纪小小说风云人物榜。代表作品有《一把炒米》《身后的人》《1976 年7 月28 日》《弯弯的月亮》《寻找红苹果》《生命》《狗》《男孩和女孩的故事》《朋友》《谎言》等。

小编有话

"弯弯的月亮像什么?"对不同答案的不同点评决定了两个孩子不同的人生。弯弯的月亮到底像什么不重要,重要的是对说出答案的人的认可,是对独立思考能力的培养,是对好奇心和求知欲的鼓励。很多时候,我们都会遇到"弯弯的月亮像什么?"这类问题,我们需要记住的是,激励永远比否定更有效果,表扬永远比批评更能成就人。让我们如星子老师一般成为成就别人的人,这样的我们也能被他人成就。

弯弯的月亮

星子的老师是刚从师范学校毕业的,年轻漂亮,很招星子和同学们的喜欢。

一天,老师在课堂上向同学们提问,老师问:"同学们,弯弯的月亮像什么?"

学生们几乎是异口同声地回答道:"像——小——船儿——"

年轻的老师听了同学们的回答后，高兴地说："好，同学们的回答很正确。"

这时，坐在前排的星子举起了手，可是老师没有发现，星子就仍举着手，还喊了一句："老师！"

老师听见后，说："星子同学，有什么问题请讲。"

星子站起来，眨动着那双晶晶亮的大眼睛，说："老师，我看弯弯的月亮像豆角。"

老师听完星子的话，一脸的不高兴，她对星子说："你的回答是错误的。全班同学都说弯弯的月亮像小船儿，你为什么偏偏要说像豆角呢？难道就你特别有见解吗？"

班上的同学一阵哄笑，星子的眼窝里满是泪水。

回到家后，星子把这件事告诉了曾做过小学教师的奶奶。奶奶说："星子，老师的批评是正确的，弯弯的月亮是像小船，我从前教过的一批又一批学生，他们也都是这样回答的。"

星子听完奶奶的话，眼窝里又一次含满了泪水。

这件事情以后，星子开始变得少言寡语，她很不喜欢这位年轻、漂亮的老师，在课堂上从不敢再向老师提出"特别"的问题……

很快，几年过去，星子考入一所师范学校；又很快地，星子从这所学校毕业，她回到故乡的小镇做了教师。

走上讲台的第一课，星子老师穿着朴素、整洁的衣服，笑眯眯地说："同学们，在讲课之前，我首先提一个问题——你们说，弯弯的月亮像什么？"

静默一会儿后，学生们几乎是异口同声地回答："像——小——船儿——"

星子老师没有说同学们的回答是否正确，她那双美丽的大眼睛，像探视器似的在同学们的脸上扫来扫去。接着，她又问："同学们，有没有和这个答案不一样的？"

一个叫田菲的学生举起手，说："老师，我的答案和他们不一样，我说弯弯的月亮像豆角。"

星子老师听后很高兴，说："田菲同学的回答正确。当然，其他同学的回答也正确。我只是启发同学们在回答每一个问题时，应该大胆发挥你们的想象力，多想出几个答案。比如弯弯的月亮除了像小船儿、像豆角之外，还像不像镰刀、弓？"

学生们报以一阵热烈的掌声。

星子老师的脸颊上，浮现出一种从心窝里涌出来的笑容。

几十年过后，已退休闲居在家的星子，接到女作家田菲寄来的她自己创作、刚出版的第一部长篇小说《弯弯的月亮》。

星子急忙翻开书，见书的扉页上这样写道：

赠给最优秀的老师星子：

感谢您没有扼杀我少年时期富于想象力的天性……

您的学生：田菲。

星子看后，脸上又浮现出当年那种很愉快的笑容……

师生在场

师：《弯弯的月亮》是一篇平中有奇、有趣、有味、内涵丰富的小小说。文中多处运用了对比手法，请同学们用自己的话简要概括一下。

生 A：星子的包容多元思维与老师的一言堂、奶奶的教条单一对比。

生 B：星子被否定与田菲被肯定，星子回答问题的"另类"与同学们回答的整齐划一对比。

生 C：田菲的创新思维与同学们的从众单一思维对比。

师：小小说《弯弯的月亮》的情节可谓一波三折，引人入胜。那么这篇小说的情节围绕着什么问题而展开？这样安排有什么好处？请同学们谈谈自己的看法。

生 D：小说的情节围绕着"弯弯的月亮像什么"这一核心问题而展开。这一问题的设置，缩小了时间跨度，使情节单纯，主题更集中鲜明。

生 E：这个看似简单的问题反映了深刻的主题：不要扼杀孩子的想象力，不能挫伤最宝贵的童心。

生 F：老师与奶奶的否定回答挫伤了星子的自信心和积极性，使星子变得沉默，不敢提出自己的见解。

生 G：小说中星子的肯定回答，成就了一位作家。这说明了呵护孩子的想象力的重要性，想象力是科学和艺术产生的源头，它代表着人类的未来。

生 H：我觉得小说的主题是对当代死板的教条钳制想象力的批判，对缺乏创新、缺乏人性的教育模式的批判。作者借小说反映的问题是教育问题，是教育模式的集中反映。借此我呼吁我们的教育要多点像星子一样富有创造性且善于保护孩子的创造性的老师。

师：不墨守成规，不恪守教条，保持对万事万物的好奇心和探索欲，是我们创造美好、创造艺术的首要准则。

一吐为快

生活中他人的言行只是我们的一种参考，不能成为衡量我们的标准。在前行的路上，不要在意他人的目光和言论，相信没有人能阻拦我们的脚步，同样，也没有人能阻止我们成功。朋友们，相信自己的判断，相信自己的选择，独立思考，努力实践，奋力拼搏，为实现自己的理想不断努力。

拓展阅读

不 染

袁炳发

高三生杨直，清华、北大任他选读。

老师和同学都这么认为。但杨直家的邻居们不见得这样认为。

杨直的爸爸或妈妈每次开过家长会，回到家里就急不可待地支起麻将桌，还一边忙不迭声地叫："开这么长的大尾巴会，耽误穷人半天工。"

如果被人连坐几庄，就又抱怨："瞧瞧，这个背点，运气都让家长会磨叽没了。"

杨直家住平房,大门永远敞开着,隔着几条路的邻居无聊了也会奔来,图个热闹,在家不允许抽烟,但在杨直家可以。

在杨直家几乎没什么不可以,包括男人女人不忌口的打情骂俏。话太不能上台面时,有敦厚些的邻居朝着杨直的小房间努嘴。

杨直家是老少屋,他住一小间。

杨直和父母房间的屋门隔着一个开放的厨房,但是屋内却仅有一道薄墙间壁,上面还有一个玻璃窗,不隔音,烟气和人散发出的臭气都会从玻璃窗缝隙挤到小屋来。

杨直的妈妈咯咯地笑:"你们随便'咧',我儿子听不见,他学习的时候什么也听不见。"

如果正赶上爸爸和了,他一推"砖墙"说:"看杨直,那就是未来清华大学生的风采。"

邻居们心里狐疑:这环境能出清华大学生?不瞎扯嘛。

邻居们是看着杨直长大的,公认他是个好孩子,有人甚至气愤不过说,杨直简直就不是这对狗男女生的!

事实上,杨直的父母从来就没有在正道上走过,过去的不说,就说现在,他们等于在家里开着一个最为低级的赌场。除了自己参与赌博,还抽红。小小的屋子炕上一桌,地上两桌,每天二十四小时几乎连轴转。

赌客们弄到深更半夜时,杨直的妈妈就给他们煮面条,现成的挂面,十元一碗。半夜赌客们自带的香烟抽没了,所有的小铺又都歇了,杨直的爸爸就拿出五元一包的香烟,按支出售,一支五元。

两口子全下岗,吃着低保,心思都用在麻将上,骗几个昧良心的钱,过着不死不活的日子。

邻居老太太说起杨直就叹息:"这孩子,天养活的。"

杨直有时听到了也不说什么,礼貌地笑笑就走过去了。杨直心里想,他现在还要靠父母养活,但自己的心灵自己一定要"养活"。

杨直高一军训时,由于没有早饭吃,训练强度又过大,晕倒了。他知道这样不行,虽然从小到大他几乎没怎么吃过妈妈做的早饭,但他知道高中之后绝对不行，于是，杨直开始自己做早饭。

几天的工夫，杨直能熟练地做饭了，自己吃好，爸爸妈妈起床之后竟然也能吃上儿子温在锅里的饭菜。

惹得邻居老太太又叹息："我这话放在这，将来那两口子必是借上儿子的大光了，等着吧，吃香的喝辣的享福。"

偶尔得闲，杨直会径直奔胡同口吴爷爷摆着的象棋残局，坐在吴爷爷的对面一眼不眨地盯着棋盘。吴爷爷就一眼不眨地盯着杨直黑发浓密的头顶，悠然道来："贵人不顶众发。"

"我的头发很多。"杨直仍低着头。

"哈哈，孩子，这'众'字你道是'多'的意思？非也，说的是不顶着一般俗人的头发，不囿于一般俗人的困难。"

杨直抬起头来，目光炯炯地看着吴爷爷，俩人就那么对望着，在彼此的眼睛里看到了自己。

转眼两年过去，杨直迎来了高考。

高考作文时，根据材料，杨直本打算写一篇议论文，用著名的"故天将降大任于是人也，必先苦其心志，劳其筋骨……"做论据，就在要落笔时，突然想起的一件事让他改变了主意，他写成了一篇感人的散文。就在这个春天，杨直在小河边背单词，他偶然看见一棵芽儿已经破土，但不幸的是，这颗种子天命使然落在一块石头下面。杨直一愣，下意识伸手要拿开那块对于芽儿来说巨大的石头，但杨直终于把手停在半空中。以后几天，杨直每天早晨必去看望那棵芽儿，他忧心忡忡担心它会夭折。但第四天，奇迹出现了，芽儿竟然掀翻了背上巨大的石头，并脱胎换骨，由一棵鹅黄羸弱的芽儿变成一棵翠绿茁壮的苗儿！

杨直的作文得了满分。

杨直实现了自己人生的第一个梦想，考入了清华大学。

当然，杨直考入清华大学并不仅仅依靠他的满分作文。

邵宝健

邵宝健，浙江省作家协会会员，浙江省湖州市作家协会顾问。2002 年中国作家协会授予其"当代小小说风云人物榜·小小说星座"荣誉称号。代表作有《永远的门》《曾经的阳台》《继父》《复活的南天竹》《清淡》《绿鹦鹉》《寂寞的信箱》《恍惚》《古楼下的座钟》等。

小编有话

在江南小镇的一个普通杂院里，两位主人公——单身汉郑若奎和老姑娘潘雪娥成了邻居。在邻居们的眼里，他们仿佛是天造地设的一对，但两人都是内敛、保守、封闭的性格，成为邻居这么多年来，只有几句每日不变的简单问候。日子一天天地过去，两人始终没有向对方表达自己的感情，最终和爱情失之交臂，造成了遗憾终生的爱情悲剧，那墙上栩栩如生的一扇门，永远都不会打开了。

永远的门

江南古镇。普通的有一口古井的小杂院，院里住了八九户普通人家。一式的老屋，格局多年未变，可房内的现代化摆设是愈来愈多见了。

这八九户人家中，有两户的常住人口各为一人。单身汉郑若奎和老姑娘潘雪娥。

郑若奎就住在潘雪娥隔壁。

"你早。"他向她致意。

"出去啊?"她回话,擦身而过,脚步并不为之放慢。

多少次了,只要有人有幸看到他和她在院子里相遇,听到的就是这么几句。这种简单的缺乏温情的重复,真使邻居们泄气。

潘雪娥大概过四十了吧。苗条得有点儿单薄的身材,瓜子脸,肤色白皙,五官端正,衣饰素雅又不失时髦,风韵犹存。她在西街那家出售鲜花的商店工作。邻居们不清楚,这位端丽的女人为什么要独居,只知道她有权利得到爱情却确确实实没有结过婚。

郑若奎在五年前步潘雪娥之后,迁居于此。他是一家电影院的美工,据说是一个缺乏天赋的工作负责而又拘谨的画师。四十五六的人,倒像个老头儿了。头发黄焦焦、乱蓬蓬的,可想而知,梳理次数极少。背有点儿驼了,瘦削的脸庞,瘦削的肩胛,瘦削的手。只是那双大大的眼睛,闪烁着年轻的光,闪烁着他的渴望。

他回家的时候,常常带回来一束鲜花,玫瑰、蔷薇、海棠、蜡梅,应有尽有,四季不断。他总是把鲜花插在一只蓝得透明的高脚花瓶里。

他没有串门的习惯,下班回家后,便久久地待在屋内。有时他也到井边洗衣服,洗碗,洗那只透明的蓝色的高脚花瓶。洗罢花瓶,他总是斟上明净的井水,噘着嘴,极小心地捧回到屋子里。

一道厚厚的墙把他和潘雪娥的卧室隔开。

一只陈旧的一人高的花竹书架贴紧墙壁立在床旁。这只书架的右上端,便是这只花瓶永久性的位置。除此以外,室内或是悬挂,或是傍靠着一些中国的、外国的、别人的和他自己的画作。

从家具的布局和蒙受灰尘的程度可以看得出,这屋里缺少女人,缺少只有女人才能制造得出的那种温馨的气息。

可是,那只花瓶总是被主人擦拭得一尘不染,瓶里的水总是清清冽冽,瓶上的花总是鲜艳的、盛开着的。

同院的邻居们,曾是那么热切地盼望着,他捧回来的鲜花,能够有一天在他的隔壁——潘雪娥的房里出现。当然,这个奇迹就从来没有出现过。

于是,人们自然对郑若奎产生深深的遗憾和绵绵的同情。

秋季的一个雨蒙蒙的清晨。

郑若奎撑着伞依旧向她致意："你早。"

潘雪娥撑着伞依旧回答他："出去啊?"

傍晚,雨止了,她下班回来了,却不见他回家来。

即刻有消息传来:郑若奎在单位的工作室作画时,心脏脉搏异常,猝然倒地,刚送进医院,就永远地睡去了。

这普通的院子里就有了哭泣。

潘雪娥没有哭,但眼睛委实是红红的。

花圈,一只又一只。那只大人的缀满各式鲜花的没有挽联的花圈,是她献给他的。

这个普通的院子里,一下子少了一个普通的生活里没有爱情的单身汉,真是莫大的缺憾。

没几天,潘雪娥搬走了,走得匆忙又唐突。

人们在整理画师的遗物的时候,不得不表示惊讶了。他的屋子里尽管灰蒙蒙的,但花瓶却像不久前被人擦拭过似的,明晃晃,蓝晶晶,并且,那瓶里的一束白菊花,没有枯萎。

当搬开那只老式竹书架的时候,在场者的眼睛都瞪圆了。

门!墙上分明有一扇紫红色的精巧的门,门拉手是黄铜的。

人们的心悬了起来又沉了下去,原来如此!邻居们闹闹嚷嚷起来。几天前对这位单身汉的哀悼和敬意,顿时化为乌有,变成了一种不能言状的甚至不能言明的愤懑。

不过,当有人伸手想去拉开这扇门的时候,哇地喊出声来——黄铜拉手是平面的,门和门框滑如壁。

一扇画在墙上的门!

师生在场

师:通读了小小说《永远的门》,相信我们心里久久不能平静,那扇"永远的门",不时在眼前浮现。小说的标题有什么含义?请同学们谈谈自己的看法。

生 A:小说的题目是《永远的门》,"门"既指画在墙上的那扇门,也可理解为人们的心灵之门。

生 B："永远"，表现了作品的悲剧性，两位主人公相恋但最终被隔开。这表明我们这个古老的民族，在日渐走向现代化的今天，依然存在封建意识，"尊重每一个个体"还没有最终实现，而一些"无恶意的侵犯"还在相当多的领域里产生着作用。"永远的门"说明改造国民思想需要一个漫长的过程。

师：结合全文，请同学们简要分析小说开篇的环境描写有何作用。

生 C：在开篇的环境描写中，"古镇""古井""老屋""格局多年未变"，暗示着这里的生活、人们的思想感情、思维方式极易成为一种陈旧的定式，成为一种难以改变的积淀。

生 D："普通的小杂院""普通人家"，暗示这样的聚居地、这样的人群具有普遍性。这正是小说主人公郑若奎、潘雪娥形成性格和行为的特定环境。

生 E：这里的环境描写为推进情节发展、塑造人物、表现主题做了有力的烘托。

师：文中为什么多次写到那只透明的蓝色的花瓶？请同学们谈谈自己的理解。

生 F：那只透明的蓝色的花瓶与沉闷、凝滞的冷漠情调形成反差。

生 G：那只透明的蓝色的花瓶象征着主人公纯洁、高尚的情感。

生 H：那只透明的蓝色的花瓶蕴含了两个孤寂的人期望相通的微妙心意。

师：《永远的门》不仅仅是一篇爱情小说，描写了"单身汉郑若奎和老姑娘潘雪娥"的爱情萌芽，还是一篇世情小说，刻画了邻居们扭曲变态的复杂心理。

一吐为快

都说成年人的世界里没有"容易"二字，事实也确实如此。生活不易，生命无常。小说中两位主人公的悲剧故事，在现实生活中也经常发生。那一扇画在墙上的门既是主人公的心灵之门，也是禁锢他们的思想之门。门就在那里，有时只需我们轻轻一推，就可能发现一片新天地。朋友们，人生在世，总有一些让我们渴慕的物品，总有一些令我们魂牵梦绕的人，这个时候，不要怯懦，要勇敢争取，也许最终我们会劳而无获，但是我们却不会抱憾终生。

拓展阅读

掌声响起来

邵宝健

天气阴沉下来，窗玻璃上蒙满雾气……

荷县荷乡养鸡场的小会议室里，烟雾缭绕。县文联主席、青年作家陶敬文，和这个养鸡场的场长、初中同窗好友丁细毛的"谈判"依然没有结果。

事情并不复杂。为了繁荣家乡的文学创作事业，养鸡专业户丁细毛决定出资20万元，作为奖励基金，以其年利息，全部奖给每年县文学创作成绩优秀者。这无疑是一个值得敬佩的壮举。但在基金的称谓问题上，意见稍有差异。

陶敬文吐出一口烟："老同学，我是想，这个文学奖是以您的名字命名的。您以前写作时也用过丁犀矛的笔名。犀矛，坚固的兵器也，细毛又和犀矛谐音，不是很好嘛……"

比陶敬文年长一岁的丁细毛，坦然一笑："陶兄，这样一改，雅是雅了点。可是，您想过没有，这方圆百里，谁不知道我丁细毛？细毛、细毛，粗细的细、鸡毛的毛——写信、打电话什么的，又顺口又简便明了……"

锣鼓听声。陶敬文满脸堆笑，告辞："这不过是我个人的建议，仅供您参考……"

丁细毛握紧陶敬文的手："好，明天我会给您一个定音。"

翌日，丁细毛和陶敬文通了电话。

几天以后，县有关领导和文艺界知名人士及各方代表数百人，光临该县最偏僻的荷乡。连县里小有名气又有点喜欢摆架子的作家、诗人张运通、周雅风、赵广采、刘淡馥等人也匆匆赶来了。

荷乡大会堂，座无虚席。

陶敬文主持会议。他用中气很足的声音宣布："荷县丁细毛文学奖基金会成立大会，现在正式……"

掌声响起来。

"下面请基金会会长丁细毛同志讲话。"

掌声四起。

此间，主席台上一位三十岁上下的庄稼汉站起身来。他粗手粗脚，神情淳厚又不失精明。他双手举过头顶，鼓掌，向与会者点头致意。

全场响起暴风雨般的掌声。

三五个摄影记者在忙碌着，对准焦距，弧光打亮。电视摄像机的镜头在大横幅上扫描。

丁细毛红光满面："……我也做过文学之梦——很遗憾，我没有成功过。看来，养鸡才是我的最佳选择。我的老同学陶敬文是个写小说的高手。我寻思，我们县应该有许多个陶敬文，应该出鲁迅、茅盾、巴金。我寄希望于你们。"

又一阵雷鸣般的掌声响起，众人起立，向这位名叫丁细毛的、勤劳致富的、做过文学梦的、为精神文明建设慷慨解囊的庄稼汉致敬……

哗哗哗、哗哗哗，窗外的雨下得越来越大，丁细毛终于泪流满面地苏醒过来。从陶敬文前来"谈判"，到众人报以的热烈掌声，都是发生在梦境里的事。就在三四个小时前，他由于极度的疲劳，加上闻悉自己饲养的 1000 只鸡——他的所有家当的十分之七——大部分已经瘟死，昏睡在自己的小屋里。此刻，他的精神好多了，重温刚才那个突如其来的梦，脸上有了笑。为了那个梦，也为了梦里的掌声，他下了狠心要重新振作起来。丁细毛拉开门，冒着大雨，朝那个简陋而狭小的养鸡场奔去……

五年后的春季，以丁细毛的名字命名的文学奖基金会正式成立。荷县的文学季刊《新荷》杂志，以带头稿的地位，发表了陶敬文撰写的题为《掌声响起来》的报告文学，详尽介绍了丁细毛的创业经历及其奉献精神。有人戏说，这篇长文是作为丁细毛捐资 20 万元的"精神回礼"。

王安忆

　　王安忆(1954　　　)，江苏南京人，当代作家、文学家。是继张爱玲之后又一海派文学传人，"寻根文学"的代表作家。1976年发表散文处女作《向前进》。代表作《长恨歌》，获得第五届茅盾文学奖。《发廊情话》获第三届鲁迅文学优秀短篇小说奖。代表作品有《长恨歌》《纪实与虚构》《富萍》《遍地枭雄》《启蒙时代》《天香》等。2013年获法兰西文学艺术骑士勋章。现为中国作家协会副主席、上海市作家协会主席，复旦大学教授。

小编有话

　　一部好的文学作品，往往能够以小见大，从小处揭示深刻的道理，给人以启迪，王安忆的《洗澡》正是这样一篇小小说。一件简单的小事在处于不同阶层的两个主人公"貌合神离"的交谈中，激起了重重波澜，揭示了人心的微妙与复杂，从而塑造了典型的小市民形象。"洗澡"既是小说的主线，也是一种人性的暗示，象征着洗去人际交往过程中人性的负面——不真诚、不理解与不信任。

洗　澡(节选)

　　行李房前的马路上没有一棵大树，太阳就这样直晒下来，他已经将八大包书捆上了自行车，自行车再也动不了了。那小伙子早已注意他了，很有信心地骑在他的黄鱼车上，他徒劳地推了推车，车却要倒，扶也扶不住，小伙子朝前骑了半步，又朝后退了半步，然后说："师傅要去哪里?"他看了那人一眼,停了一下,才说:"静安寺。"小伙子就说:"十五块钱。"他说:"十块钱。"小伙子又说:"十二块钱。"他要再争,这个时候,知了忽然鸣了起来,马路对面原来有一株树,树影团团的,他泄了气似的,浑身没劲,就弯下腰来解书包。小伙子跃下黄鱼车,三五下解开了绳子,将八包书两包两包地搬上了黄鱼车,然后,他们就上路了。

路上,小伙子问他:"你家住在静安寺?"他说:"是。"小伙子又问:"你家有澡缸吗?"他警觉起来,心想这人是不是要在他家洗澡?便含含糊糊地说:"嗯。"小伙子接着问:"你是在哪里上班?""机关。""那你们单位里有澡缸吗?"小伙子再问。他说:"有是有,不过……"他也想含糊过去,可是小伙子看着他,等待下文,他只得说下去:"不过,那澡缸基本没人用,太大了,需要很多热水。热水是需要一壶一壶烧的。"……

路两边的树很稀疏,树影落在树脚下,遮了一小圈荫地。太阳烤着他俩的背心,他俩的汗衫都湿了,从货站到静安寺,几乎斜穿了整个上海。他很渴,可是心想:如果喝汽水,要不要给他买呢?想到这里,就打消了念头。

小伙子又问道:"你每天在家还是在单位洗澡呢?"他先说:"在家。"可一想到这人也许是想在他家洗澡,就改口道:"单位。"这时又想起自己刚说过单位的澡缸没人用,就又补了句:"看情况而定。"那人接着问:"你家的澡缸是大还是小?"他不得已地说:"很小。""怎样小?""像我这样的人坐在里面要蜷着腿。""那你就把水放满,泡在里边。"他告诉他。"是的。"他答应道。"还有一个办法,就是站在里面,用脸盆盛水往身上泼,反倒比较省水。""是的。"他答应道,心里却动了一下,望了一眼那人汗淋淋的身子,想:其实让他洗个澡也没什么。可是想到女人说过"厨房可以合用,洗澡间却不能合用"的一些道理,就没再想下去。这时候已到了市区的马路上,两边的梧桐树高大而茂密,知了懒洋洋地叫着,有风从树叶间穿过来,吹在热汗淋淋的身上,很凉爽。他渴得非常厉害,他已经决定去买两瓶汽水,他一瓶,那人一瓶,可是路边却没有冷饮店或者食品店。

"我兄弟厂里，天天有洗澡，洗的是淋浴。"小伙子告诉他。他想问小伙子有没有工作，有的话是在哪里。可他懒得说话，正午的太阳将他烤干了。望了望明晃晃的一条马路，他不知到哪里。他想，买两瓶汽水的事情是刻不容缓了。那人也像是渴了，不再多话，只是埋头蹬车，车链条吱吱地响。他们默默地骑了一段。这时候他终于看见了一个冷饮店，冰箱轰隆隆地开动着，边上摞了一箱一箱的橘子水和柠檬水。他看到冷饮店，便认出了路，知道离静安寺不远了，就想：忍一忍吧，很快到家了。为了鼓舞那人，他说："快到了，再过一条马路，就有一条弄堂，穿过去就是了。"小伙子振作了一下，然后说："这样的天气，你一般是洗热水澡，还是冷水澡？"他支支吾吾的，小伙子又说："冷水澡洗的时候舒服，热水洗过以后舒服。不过，我一般洗冷水澡就行了。"他心里一跳，心想这人是真要在他家洗澡了，洗就洗吧，然而女人关于澡缸文明的教导又响起在耳边，就没搭话。

到家了，小伙子帮他把书搬上二楼。他付了十二块钱，又请他坐一坐，从冰箱倒了自制的橘子水给他喝。小伙子很好奇地打量他的房间，这是两间一套的新公房，然后说："你洗澡好了，我喝了橘子水就走。"这一回，他差一点要说"你洗个澡吧"。他想这人可以用他的毛巾去洗，可是最终还是把话咽了回去。那人坐了一会儿，喝完了橘子水，又问些关于他家和单位的一般的问题，比如星期几休息，是不是常日班等等的，就起身告辞了，出门后说："你可以洗澡了。"

师生在场

师：小说以"洗澡"为引子，通过对两位主人公不同言语的描述，刻画了两个截然不同的人物形象，也深度揭露了小说的主旨——洗去人心中的猜忌和怀疑。小说主人公"他"是一个什么样的形象？请同学们谈谈自己的看法。

生A：精明，节俭，有些小气甚至吝啬。从小说中他不招呼用车、讨价还价、不买冷饮、自制橘子水，我可以看出主人公精明、节俭、有些小气甚至吝啬的特点。

生 B：敏感，细腻，谨慎，多虑。对小伙子的问话的想法及应答，体现了主人公敏感、细腻、谨慎、多虑的性格特征。

生 C：心地较为善良，通情达理。因天热不忍心再还价、想买两瓶冷饮、给小伙子橘子水喝，体现了主人公心地较为善良、通情达理的特点。

师：环境描写是小说的要素，小说多次写到"太阳""树"和"知了"等，这样有哪些作用？请同学们概括说明。

生 D：交代故事发生的时间，突出季节特征；渲染气氛，烘托人物心理；使情节的发生和发展更加合理。

师："洗澡"作为这篇小说构思的关键，有主题思想、结构艺术、象征意蕴等多方面的考虑。请同学们选择一个方面，结合全文，谈谈自己的观点。

生 E：从小说的主题思想来说，这篇小说取材于"洗澡"这样的日常小事，表现了当代市民的凡俗人生，透过"洗澡"引发的故事，体现了作者对社会和人际关系变化的敏感和思考。

生 F："洗澡"触发了人物深层的心理波澜，深入揭示了人性的微妙和复杂，表现了作者对某种地域的、典型的人物形象的理解和审视。

生 G：以"洗澡"作为全文的结构线索，似拙实巧，俗中见雅，以小见大；以《洗澡》做标题，画龙点睛，一语双关，平中见奇，含蓄而有余味。

生 H：小说中的人物都没有姓名，有助于启发我们体悟"洗澡"的象征性。

师：象征意蕴立体多元，小说写的是"洗澡"，可又不仅仅是"洗澡"，"洗澡"内含的反思层次丰富，针对面广。

一吐为快

随着经济的飞速发展，今天的贫穷不再是物质的匮乏，而是心灵的孤寂。在现实生活中我们会遇到各种各样的问题，但所谓问题，其实有很多是我们自己的心理在作怪，并不是事情的真相，就如这篇小说中的"洗澡"一事。亲爱的朋友们，让我们在与人交往时，少几分猜疑和功利，多一些真诚和信任，懂得悲悯、学会关爱，让自己拥有一颗利他、向善之心，使人生的孤苦和伤感变成蕴藉温婉的感动。

拓展阅读

王安忆经典名句

1. 我们要的东西似乎有了，却不是原先以为的东西；我们都不知道要什么了，只知道不要什么；我们越知道不要什么，就越不知道要什么。

——《窗外与窗里》

2. 说来说去，我写作的初衷只是为了找一条出路，或是衣食温饱，或是精神心情，终是出路。

——《空间在时间里流淌》

3. 时间折磨人的同时，亦在救治。耐心，积极心，就在这空白的时间里积养着，渐渐填充了它的容量，使它的锋刃不那么尖利，而是变得温和有弹性，容你处身其中。

——《空间在时间里流淌》

4. 你以为市井中的凡夫俗子从哪里来？不就是一代代盛世王朝的遗子遗孙？有为王的前身，有为臣的前身，亦有为奴为仆的前身，能延续到今日，必是有极深的根基，无论是孽是缘，都不可小视！市井是在朝野之间，人多既无王者亦无奇者，依我看，则又有王气又有奇气，因是上通下达贯穿而成。

——《天香》

5. 那牡丹花只是红、紫、白三种本色，并无奇丽，一味地盛开，红的通红，白的雪白，紫的如天鹅绒缎。农家人惜地，在花畦里插种了蚕豆，正结荚，绿生生的，真是有无限的生机。太阳暖洋洋，扑拉拉地撒下光和热，炊烟升起来。携着柴火的气味。

——《天香》

6. 如今她和她，虽在咫尺之间，却遥如天各一方。

——《长恨歌》

7. 人心最经不起撩拨，一拨就动，这一动便不敢说了，没有个到好就收的。

——《长恨歌》

8. 美是凛然的东西，有拒绝的意思，还有打击的意思；好看却是温和、厚道的，还有一点善解的。

——《长恨歌》

9. 长得好其实是骗人的，又骗的不是别人，正是自己。长得好，自己要不知道还好，几年一过，便蒙混过去了。可偏偏是在上海那地方，都是争着抢着告诉你，唯恐你不知道的。所以，不仅是自己骗自己，还是齐打伙地骗你，让你以为花好月好，长聚不散。帮着你一起做梦，人事皆非了，梦还做不醒。

——《长恨歌》

10. 流言总是鄙陋的。它有着粗俗的内心，它难免是自甘下贱的。它是阴沟里的水，被人使用过，污染过的。它是理不直气不壮，只能背地里窃窃喳喳的那种。它是没有责任感，不承担后果的，所以它便有些随心所欲，如水漫流。它均是经不起推敲，也没人有心去推敲的。它有些像言语的垃圾，不过，垃圾里有时也可淘出真货色的。

——《长恨歌》

秦文君

秦文君(1954—)，儿童文学作家，中国作家协会会员，《中国儿童文学》主编。现任上海市作家协会副主席。出版作品共 600 多万字，其中包括《男生贾里全传》《女生贾梅全传》《宝贝当家》《一个女孩的心灵史》《调皮的日子》等 50 多部作品。作品先后 50 余次获得国内外大奖、10 余次被改编成影视剧，10 多篇作品被收入中小学语文课本，还有 10 多部作品出版了日文版、英文版、德文版、韩文版、荷兰文版等发行到海外。

小编有话

在现实生活中，无论我们遇到怎样的困难和挫折，我们都要相信：我们遇到的绝不是最坏的结果，一切都有转圜的余地。所以，我们要永怀感恩之心。感恩阳光普照，我们有五谷为食；感恩流水淙淙，我们有甘泉可饮；感恩宇宙博大，我们有亲友为伴。小说中的主人公失去了双腿，而她的口头禅却是"真走运啊"。朋友，让我们怀着好奇的心，一起开始我们今天的阅读吧！

一个走运的人

在我家附近的一个路口，有一株高大茂密的香樟树，粗大苍劲的树干，四面伸长的枝叶，昭示这是一株历经沧桑的百年古树，香樟树的清幽常引人驻足。

香樟树下卧着一个小小的杂货铺。小商铺出售一些糖果、烟草之类的小东西，那些瓶瓶罐罐上没有一点积尘。

女店主是一个端庄美丽的女子，她最喜欢说的一句话是："真走运啊！"

女店主总是端坐在那里，含笑着招呼客人。闲下来时，她就低下头用丝线编织些小饰物，诸如手链啦、发带啦，随后就挂在店里，有谁喜欢就买走。

最初，我到她的店里，就被她编的一个精巧的笔袋所吸引，淡绿色的，像很娇嫩的草。

"这笔袋就像春的颜色。"我说，"特别美。"

"我真走运，"她的眼里漾起了春光，"遇到了一个知道我心思的人。"

她见我喜欢，随即从桌子下面拿出她编的各种小饰物，我惊讶地发现，整个世界都在她的手上呢：天空的云朵，海上的浪花，草原的骏马，还有那永远开不败的四季花。

我买下了笔袋，也牢牢地记住了这位制作者，也许是受到了她友好的对待，也许是她单纯的眼神，也许是她那句"真走运啊"。

我常会顺道去看看那家杂货店，有时买些东西，有时只是看看。因为在我的生活圈里很少有人认为自己很幸福。有些人在外人看来已经过得相当不错了，但他们本人总觉得还缺点什么，远远谈不上"走运"。

可这店主，多么平凡。她终日坐着，等待人们的光顾，还得一张一张抚平那些乱糟糟的零钱。但就是这个人，每天穿着得体的衣裳，还把头发梳得漂漂亮亮。

有一天中午，我路过后门口，她正在吃午饭，就着开水吃一只大大的糯米团。看见我她笑笑，又说自己真走运，吃到了香甜的团子。

"你该到对面的店里吃一碗热面。"我说，"那才舒服。"

可她说，那团子可不是普通的东西，是她的一位老顾客亲手蒸的。那老太太已经八十多岁了，非常健康，还能爬山呢。

"我有这样的朋友，"店主说，"真走运。"

还有一次，我到店里买了她编的发卡，绾头发用的，我说去爬黄山时，用它来盘头发。

她让我归来时替她带一张黄山的风景照。她又说:"真走运啊!"像是恭喜我,又像是在说她分享了这个"走运"。

归来后,我如约前去把我拍摄的最好的一张照片带给她。我还怂恿她,哪天请人照看一下杂货铺,亲自爬上黄山。

"有缆车吗?"她问,"真的有和我想的一样。真幸运啊,要有一天我也能去看看就好了!"

"不必坐缆车,慢慢往上攀,爬上天都峰!"我说。

"是啊!是啊!"她微笑着,沉醉着,"我梦到过。"

后来我搬了住处,好久没有去店里。有一天,我忽然想念起她来,便匆匆赶去。

可到了那儿,香樟树依旧挺立,却不见了小商铺,也不见了女店主,只有石凳上一位八十多岁的老太太!我惊诧极了,连忙上前打听,老太太说:"搬迁了。"

"那您知道女店主去哪儿了吗?"

"不知道。"老太太浑浊的眼里一片黯淡,"不容易呀,一个下肢瘫痪的女子!"

"谁?"

"女店主啊,你不知道?"

我瞪大眼睛,张着嘴却说不上话。原来她是个不能行走的女子!她是坐在特制的轮椅上看管小店的!而我,由于她阳光一样的笑容,却从没在意她缺少什么,还怂恿她去登黄山……

一瞬间,歉疚与失落漫上心头。或许今生再难相见了!

夕阳中,历尽沧桑的香樟树依旧高峻挺拔,依旧香远益清,淡淡的幽香沁人心脾。抬头间,那灿烂的笑容似在眼前……

师生在场

师:秦文君的小说风靡校园。她的作品被誉为"新时期少年儿童的心灵之作"。通读完她的小小说《一个走运的人》,请同学们结合具体内容简要分析女店主是一个怎样的人。

生 A：女店主是一个坚强乐观的人。下肢瘫痪的她从不怨天尤人，对顾客总是报以灿烂的笑容；她不向外人提起自己的腿，以至于"我"一直没有发现她是一个下肢瘫痪者。

生 B：女店主是一个热爱生活、爱美的人。她将生活中美好的东西编织成各种小饰物；她一直梦想着去黄山，感受大自然的美；她每天穿着得体的衣裳，把头发梳得漂漂亮亮，把自己美好的一面展现给大家。

生 C：女店主是一个心灵手巧、勤劳的人。她一个人经营着商铺，在闲暇时光，不停地编织各种精巧的小饰物；她经营的商铺总是一尘不染。

生 D：女店主是一个懂得感恩、知足常乐、善良的人。当别人欣赏她或者帮助她时，她总是心怀感激，说自己"真走运"；下肢瘫痪并不"走运"的她最喜欢说的一句话是："真走运！"午饭只是开水就一只糯米团也非常开心知足。

师：请同学们结合语境，品析"夕阳中，历尽沧桑的香樟树依旧高峻挺拔，依旧香远益清，淡淡的幽香沁人心脾。抬头间，那灿烂的笑容似在眼前……"，分析其表达效果。

生 E：通过景物描写，烘托出女店主乐观向上、热爱生活的积极心态对"我"产生的影响，表达"我"对女店主的怀念之情。

生 F：运用象征手法。用历尽沧桑依然挺拔的香樟树象征下肢瘫痪却积极乐观的女店主，表达"我"对女店主的敬佩和怀念之情。

师：如果把小说题目换成《香樟树下》好不好？同学们更喜欢哪个标题？请说明理由。

生 G：我喜欢《香樟树下》。因为《香樟树下》点明故事发生的地点，香樟树又象征着身残志坚、乐观向上的女店主，标题《香樟树下》能吸引读者，激起读者的阅读兴趣。

生 H：我喜欢《一个走运的人》。因为小说中女店主最喜欢说的一句话是"真走运啊"，作者用它贯穿全文，标题《一个走运的人》揭示了一个并不"走运"的人感恩生活、乐观向上的积极心态，点明了小说的主题。

一吐为快

"我真走运啊！"这是一种知足常乐的心态，是一种高尚的修为，是人生快乐的秘诀。当然，这里的知足常乐不是安于现状不思进取，而是一种适可而止的生活态度。"行到水穷处，坐看云起时"，生命的长度既然无法延伸，那我们就要拓展生命的宽度，让它变得丰富多彩。如同这位坚强乐观的女店主一样，在生活中我们要时时发现自己的"走运"之处，在挫折面前坦然微笑，在不幸之中释然感恩，相信我们就是生活的主宰。

拓展阅读

秦文君：愿有"神奇笔"，一直为孩子写下去（节选）

丛　歌

1. 比玩更有趣的是看书

60 年前，秦文君出生在上海的一条小巷里。小时候的她爱玩也喜爱昆虫，经常在家附近的大园子里玩，一玩玩过头，经常上课迟到。一直到三年级，秦文君突然发现，比玩更有趣的事是看书。于是，她一有空就跑去卢湾区少儿图书馆借书，可一次只能借一本。她常借了书就跑去不远处的小公园迫不及待地看起来，看完，马上又跑去图书馆借。阅读对秦文君很有帮助，她不仅学到了许多课本外的知识，作文水平也大有提高。小学四年级时，秦文君悄悄开始了投稿。

1971 年，17 岁的秦文君初中毕业，到黑龙江上山下乡当了名林业工人。因为当地缺老师，她就被派去当老师了。"那段经历很锻炼人，语文、数学、音乐、体育，什么学科都要教。"秦文君说，给 50 多名孩子上课，不是件容易事，她教孩子们认字、唱歌，给他们讲故事。当地没钢琴，秦文君还特地学了风琴。教学之余，她常静思，怎样才能使孩子们明白自己表达的意思，怎样才能使他们听懂课堂内容。渐渐地，秦文君发现自己越来越喜欢这份工作，喜欢孩子的纯真与无邪。于是，她就把这些孩子的生活学习写进日记。她把一个班从一年级带到了六年级。在黑龙江时，秦文君依旧不忘写作，也常常投稿，可惜，收到的通常只是退稿信。

2. 第一次听说儿童文学

1979 年，秦文君回到了上海。她每天上下班都要经过一所学校，她在校门口驻足许久，看到孩子们放学离开，她的心里像失去了什么似的，那是一份对孩子们无法割舍的爱。于是，秦文君把心中的感受写成了一篇文章投了稿，没想到编辑发表了这篇文章，还对秦文君说："你的这篇儿童文学稿子写得很好！"这是秦文君第一次感觉儿童文学离自己那么近，秦文君开始写想象中的儿童文学。她第二次投稿是给上海少儿出版社，没想到，稿件被发表了，秦文君也正式调入出版社工作，圆了自己的文学梦，走上了写儿童作品的道路。

"好的儿童文学不仅是给儿童看的，也是给成年人看的。经典儿童文学应该是全人类的财富，特别是要有人文情怀。"秦文君说。最近几年，秦文君开始创作幻想类作品。今年，她的新作《王子的长夜》还获得了第三届中国出版政府图书奖。"我的写作像在'追剧'，好像一直有东西可追，牵肠挂肚。"秦文君说，写作的时候，她从不会感到时间的流逝。

在秦文君的办公室里，有很多小读者的来信，秦文君每封信必看，这些信既给她带来创作的灵感，也给了她巨大的幸福感。

秦文君的幸福感还来自女儿，女儿戴萦袅曾说："她是我崇拜的作家，也是一个我很爱的好妈妈。"

从小，戴萦袅就爱看秦文君写的小说，秦文君的《小香咕全传》写的就是女儿的童年故事。"书名、主人公的名字都是我女儿取的，她认为我应该把小香咕的故事不停写下去，天天来'催稿'。"秦文君回忆，她写完的书稿放在桌上，戴萦袅就拿去看了，看完了就催妈妈快写。她们还常在一起为小香咕设计新情节，"每每说起小香咕无限快乐的趣事，我们两个你拉拉我，我碰碰你，相视大笑。有时说起可爱的小香咕，牵动我们母女的心弦，让我们彼此更爱对方，我珍惜这样的过程。"秦文君说。

……

秦文君曾说，她要为孩子们写 50 本书，如今，她已经完成了 48 本，今年底，第 49 本也即将出炉。不过秦文君说，现在的目标已经远远不是 50 本了，她希望自己有一支神奇的笔，能一直为孩子们写下去。

张 炜

张炜(1956—)，山东省烟台市龙口市人。当代著名作家，现为中国作家协会副主席、山东省作家协会主席、万松浦书院院长。代表作有长篇小说《古船》《九月寓言》《家族》《外省书》《刺猬歌》《你在高原》等，中篇小说《秋天的愤怒》《蘑菇七种》《瀛州思絮录》等，短篇小说《玉米》《声音》《一潭清水》等，散文《融入野地》《夜思》《筑万松浦记》等，诗集《皈依之路》《家住万松浦》等。长篇小说《古船》被评为"世界华语小说百年百强"和"中国文学百年百优"；《九月寓言》获上海第二届中长篇小说大奖一等奖、全国优秀长篇小说奖，并被评为"九十年代最具影响力图书"；《刺猬歌》于2007年获得了由美国总统亚太裔顾问委员会颁发的杰出成就奖(张炜是亚洲地区第一位获得该奖项的作家)。

他的作品被译成英文、日文、法文、韩文、德文、瑞典文等多种版本。在国内及海外出版单行本400余部。

2011年，张炜凭借耗时20余年所创作的700万余字的小说《你在高原》荣获第八届茅盾文学奖。最新长篇儿童文学作品《少年与海》荣获中共中央宣传部第十三届精神文明建设"五个一工程"图书奖。

小编有话

"静静的故事里，有生命流淌的声音。"张炜的文字里透露出一种生命的韧性和温柔。小说《鱼的故事》表达了作者对生命的思考和对自然的观照、敬畏。万物有灵且有情，众生皆平等，朴实的文字传达的是深切的哲思。让我们追随张炜的笔触，走近那大海边一户小小的人家，期待那清晨的第一网鱼，随着扑簌簌的水波声响，去领略大自然蕴含的无限生命张力。

鱼的故事

父亲也被叫到海上拉鱼了。我沿着父亲的足迹，去海上看那些拉大网的人。

海上没有浪，几个人把小船摇进去。随着小船往海里驶，船上的人就抛下一张大网，水面上留下一串白色网漂。小船兜一个圈子靠岸，剩下的事儿就是拽住大网往上拖，费劲地拖，这就是"拉大网"。

网一动，渔老大就呼喊起来，嗓门吓死人。所有的拉网人随号子嗨呀嗨呀叫，一边后退一边用力。

大网慢慢上来了，岸边的人全都狂呼起来。我这是第一次看到这么多活蹦乱跳的鱼一齐离水。各种鱼都有，最大的有三尺多长，头颅简直像一头小猪。有一条鱼的眼睛睁得老大，转动着，一会儿盯盯这个，一会儿盯盯那个。我相信它懂事。

岸边早排好了长队，都是赶来买鱼的人。他们有的推车，有的担筐。鱼不值钱，买鱼的扔下一块钱就可以随便背鱼。

父亲真辛苦，每天要拉好多网。早晨还要拉"黎明网"，这网最重要。这时也是海上老大最精神的时候。拴网绳了，喊号子了，领头喊的人两手伸得像大猩猩一样长，一举一举大喊。海上老大就高兴这样。父亲也跟上喊，额头冒着汗珠。

父亲学会了做一种毒鱼。这种鱼肉最鲜，可偏偏有毒，毒死的人数不完。母亲一见它就吓得叫起来，说我们无论如何也不能冒这个险。父亲把衣袖缩起，用一把小刀剖开鱼肚，然后分离出什么，把鱼头扔掉。用清水反复冲洗，又将鱼脊背上那两根白线抽掉，说："没事了。"母亲喘着把鱼做好。

一种奇特的鲜味飘出，真好吃。这才叫好吃。

父亲从酒葫芦里倒出一点酒，让我和母亲都尝了一小口。这天晚上很愉快，父亲还唱起了一首拉网的歌，母亲为他缝补衣衫。我胆子大了，伏到父亲背上，脊背热得像炕。

父亲常把海上的欢乐带回，又差点全部抵销。这次父亲又捎回几条毒鱼，扔在地上就睡去了。母亲仿照父亲上次那样把鱼剖开，从头全做一遍。还是鲜气逼人，又美吃一顿。

一个多钟头过去，我有点晕，真的晕了。接着我看见父亲全身抖动，手指像按在一根琴弦上，又颤又挪，嘴里吐出了白沫。母亲比我们好一点，脸也黄了。

母亲摇晃过来，我们扶在一起。母亲说："到外面采一点木槿叶，采一点解毒草。"

我往外连爬带跑。草地上全是一样的草稞，根本分辨不出有什么不同。这些草稞像是向我伸来，抚摸我。我低下头，它们就像火焰一样烧我的脸。

母亲已经采到了一株解毒草，她先嚼碎一些，吐在我嘴里。原野在眼前变成一片紫色，又变幻出更奇怪的颜色。整个原野都有一层紫幔，下面像有一万条蛇在拱动。它不停地抖、舞，升上来，眼看就要把我覆盖了。我不能挣脱。我想起了妈妈，睁大眼找，四周一个人也没有。我喊，不知喊了多久，才听到一阵脚步声。

我躺在小茅屋里，旁边是父亲。母亲坐在那儿，旁边的碗里是捣成稀汁的解毒草。她说："孩子，你说胡话……"

吃毒鱼后一个多月的晚上，外面起了大风。风很大，搅弄得整个荒滩不得安宁，各种大声使我害怕。我睡着了，接着就梦见一条小鱼，好俊的小鱼。它打扮得像一个小姑娘一样走进了茅屋。母亲把她抱到怀里，给她梳理透明的头发。真漂亮，除了有两个鱼鳍，到处和人一样。我扯着她的手在院里玩，一起逮蝉。

后来我才知道，母亲想让她做我的媳妇。我不好意思。不过，幸福啊。

她说她要走了，但是还会常来小屋。走前她告诉我："她的爷爷、奶奶、哥哥、弟弟，所有的亲戚都给海上老大逮来了，他们死得惨。她让我求求岸上人，求求他们住手吧。如果他们做得到，她就可以嫁到岸上来。"

我哀求母亲去找海上老大，母亲答应了。

小鱼姑娘又来了。她哭着，告诉我，他们还在捕鱼，海里那么多姐妹再也看不到了。她实在是没有办法了，所以刚才路过鱼铺的时候，给好多睡觉的拉网人腿上胳膊上都扎了红头绳："我把他们扎住了，他们就不能下海了。"

梦做到这儿就醒了。我觉得像失掉了一个真正的朋友，竟然哭了。

母亲赶紧把我抱到怀里，问怎么了？我就告诉了这个梦。天亮后父亲要到海上去，母亲让他小心一点。她把我的梦告诉了他，说："孩子梦见好多拉网人都给扎上了红头绳。"

父亲瞥了母亲一眼，走了。

后来我才知道：那天父亲把我的梦告诉了海上老大，老大只是一笑。

那天傍晚风息涛平，老大就让小船出海。想不到一场风暴突来，出海的五个人就在人们的眼皮底下跌进了狂浪。他们无一生还。

父亲跑回来嘴唇都紫了，双手抖着跟母亲讲了风暴。

母亲一句话也没说，只直眼盯着我。

这就是鱼的故事。我再也忘不掉，一直没忘。尽管许多人说那只是一次巧合……

师生在场

师：张炜是一位充满理想主义和浪漫情怀的作家。他的文字深沉、细腻，充满着人文关怀与哲思。我们阅读了他的《鱼的故事》，请同学们简要分析小说中"我"的父亲作为打鱼人的代表，具有什么特点。

生 A：勤劳纯朴。靠捕鱼维生，每天很早起来拉"黎明网"，一天要拉好多次网，每一次都得"费劲地拖"。

生 B：坚忍乐观。拉网捕鱼的工作非常艰辛，但他没有怨言，反而非常享受劳动的快乐。

生 C：见识短浅。对捕捞不知节制，没有意识到人与自然是一种对等的关系，人类应与自然和谐相处。

师：小说围绕鱼写了捕鱼、吃鱼、梦鱼三件事情，这样写有什么好处？请同学们简要赏析。

生 D：从线索角度：线索清晰，小说以鱼为线索，把事情连起来，清晰明了。

生 E：从情节角度：层层推进，由捕鱼到吃鱼到梦鱼，三个故事层层推进，引人深思。

生 F：从主题角度：内容丰富，深化主题。作者通过捕鱼的故事，写出了自然给予人们丰厚的馈赠；通过吃鲜美的毒鱼差点丧命和梦见小鱼姑娘的故事，表达了对生命的尊重和对自然的敬畏。

师：小说为什么要详写"我"做的梦？请同学们结合全文，谈谈自己的理解。

生 G：借梦突出主题。梦中鱼化身为美丽的小姑娘跟我玩并答应嫁给我，这寓意捕鱼给人们带来的欢乐，自然可以给予人类幸福的生活；但也告诫人们，如对自然的索取不加节制，就会带来灾难；表达了对生命的尊重和对自然的敬畏。

生 H：为下文埋下伏笔。梦中鱼姑娘的请求暗示人类捕鱼已经过度了，给拉网人扎上红头绳的交代为后文所述的捕鱼人的意外死亡埋下伏笔。

生 I：为文章增添浪漫主义色彩。梦中的鱼儿化身为美丽的小姑娘，会说话，有感情，用红头绳扎住拉网人的预言竟然在现实中实现了，充满了神秘的色彩。

一吐为快

"作为一个作家，手无寸铁，只有一支笔，那么他就要用这支笔表达自己，展现他一生的使命。"张炜是这样说的，也是这样做的。他用流淌着生命之水的文字，谱写了一篇篇哲思深邃而又华美的人生乐章。读张炜的文字，总有一种尘埃落定的安静，有一种铅华洗尽的真诚，有一种灵魂深处的坚守和抗争。他怀着"有益于世道人心"的社会责任感和悲悯的情怀，用灵魂和爱书写出了一部部迷人的作品，从而实现了他在大地上的诗意栖居。

拓展阅读

平凡的传奇：作家张炜的故事

杨建平

读和写的疯子

二十多年前翻译作品还不够多的时候，张炜到处找书看，朋友见他一面墙上有那么大的书架，就问你怎么还找书？他说这些都读了。然后就闷头读中国古典。这是个一天到晚阅读的人，真正手不释卷的人。他是文字的巨大吞吐机器，读书就像吃书一样。比他更嗜读的人，阅读成癖的人，现在世间大概真的不多见了。有些书他已经读了十几遍，还在读着。他说最痛苦的事，就是只能以母语阅读啊。

写作起来不要命。他为了安静写作，有时要藏到没人的山里或一些小村。《古船》的后半部分就是藏到济南南郊一个废弃的变电小屋里写的。有一年他藏到另一处多年没人住的山里三线时期的老屋里读写，没有基本的生活条件，大雪封山的深冬里差一点冻死，朋友发现时已经高烧卧床三天了，不得不出山紧急送往医院。

有一次在八一立交桥上让车撞成胸部重伤，后又造成胸膜撕裂五次住院、两次病危，身上管子纵横，一缓醒过来还要读书。那次留下了可怕的后遗症，至今每到坏天气压变化就得靠吸氧维持。但是这一切情况都没能阻止他疯狂的读和写。

直到1995年，好像名声和地位都已经不算小的他，竟然在龙口市一间简陋到难以想象的没有暖气的小屋里住了十年，吃饭就是将一个星期的熟食分份冷藏。由于生活过于简单和过度劳累，几年来他前后多次晕厥失去知觉。有一次晕厥，他头部右侧撞伤倒地，失去知觉长达十几分钟，幸好被前去的朋友救起。可他总是以活泼健康的模样与朋友接触，从不叫苦连天，送给别人以幽默和欢乐，每每回想起来都让人感动。

为了搜集写作生活的第一手资料，他竟然制订了庞大到可怕的勘察计划：在一个相当大的区域内，要不遗一村一镇地走，并记下社会生活情况和搜集民间传说。这个计划让他花了许多年时间，最后因事故停止，只差一点就全部完成了。他收集的笔记和录音资料十几大箱。这个过程大多是他一个人，宿在最艰苦的地方，连最穷最偏的地方都去了。他曾两次徒步冒雪翻越半岛地区南部、从蚕山到渤海湾畔这样漫长的旅途，谁能做到呢？有人见过这时候的张炜，最狼狈时衣裳破旧沾土，头发长达一尺，扎起来赶路。作家中有谁敢说比他更知道底层生活、比他更知道那些城市的内部？

他对作品苛刻到了惊人的地步，如《外省书》的开头，他竟然改写了三十多遍！《刺猬歌》的结尾，竟然改写了四十多遍！就连一篇三四千字的小散文《酒窝》，他也要在十年内反复拿出来改写，已经改了六遍！

几十年观察下来，张炜是极少数在文学上不耍小心眼、不投机，只靠艰苦劳作立身，把文学当成了生命的作家。

大音声希、巨流不哗，山不言高自高。当代中国文学界，"大师""旗手""最"等头衔现在已经泛滥了，因此我们只说张炜是一个谦逊低调、勤奋扎实、用生命写作的当代最优秀的作家之一。

刘建超

刘建超（1960—　　），河南洛阳人。笔名流芳、柳絮。中国作家协会会员，洛阳市作家协会副主席，郑州小小说学会副会长，洛阳《牡丹》文学杂志特约编辑。1980年开始发表作品，共发表各类文学作品600余篇。其作品多次被选入中学课本和初中考试卷。著有小说集《永远的朋友》《遭遇男子汉》等。小小说《将军》《中锋》分获1997—1998年度、1999—2000年度全国优秀小小说奖，2002年中国作家协会创作研究部授予其小小说星座奖，2004年获第二届小小说金麻雀奖。

小编有话

在一望无垠的大漠里，一个不怕艰苦、热爱生活的养路员，在这里树起了一面精神的旗帜，那是"他"对祖国和恋人的承诺。生活的可爱，就在于它带给我们无限的可能。小说中浪漫的爱情和无情的现实谋面了，"他"和"她"会有怎样的结局呢？让我们顺着那条蜿蜒的公路，怀着一颗祝福的心，一起开始我们今天的阅读吧！

大漠里的旗帜(节选)

她来看他，是为了离开他。

他不知道，兴奋紧张搓着一双皲裂粗壮的手，这么远，天啊，你怎么来了？

她看着他，看着相恋十年，那个曾经帅气充满诗意的小哥，如今粗犷得像工地上的装卸工，她还是没有忍住泪水，晶莹的泪珠在白嫩的脸颊冰冷地滑落。

她下了火车乘汽车，走了三天三夜，又搭乘过往的大货车颠簸了一天，才在一望无际的荒漠中看到了他居住的那个小屋。西部边陲的一个养路站，只有一个人的养路站，养护着近百公里的国道。

她和他在大学相识，他们都是学校野草诗社的铁杆，酸不拉叽的诗常常让他们自己骄傲得忘乎所以。他俩相恋了，就因为都喜欢泰戈尔的诗，生如夏花，死如秋叶，还在乎拥有什么？在校园的雁鸣湖边，他轻轻地吻了她，说过不了几年，我将成为中国诗坛的一面旗帜。

浪漫似乎只在校园里才蓬勃畸形疯狂地蔓延。当毕业走上社会，才知道校园的美好都被现实的无情的铁锤砸得粉碎。为了寻找工作，他和她早把诗意冲进了马桶。

他的父亲是养路工，在西北。父亲生病期间，他去了父亲生活的城市照顾，父亲去世后，他竟然接过了父亲手中的工具成为一名养路工。

大漠荒烟，千里戈壁，他给她写信，描绘着他眼前的风景，天空虽不曾留下痕迹，但我已飞过。我真的感受到泰戈尔这句话的含义了。

她感受不到那些诗意，没有他在身边的日子寂寞无聊。家里人给她介绍男朋友，她都拒绝了。可是，她也不确定自己究竟能等到个什么样的结果。

一年一年的春花秋月，把他们推向了大龄的边缘。经不住妈妈的哭闹哀求，她妥协了，去见了妈妈公司领导的儿子，小伙子很精干，谈吐也很睿智。她就模棱两可地处着，心中还是牵挂着远方的他。

她要了断同他的情缘，这样下去对谁都不公平。

她给他带了大包的物品。他笑着说，我这啥都不缺，啥都不缺。

她环顾四周，煤气炉、木板床、米面油、咸菜。

他笑了，似乎恢复了校园里的碎片记忆，玩笑说，孟子曰天将降大任于是人也，必先苦其心志，劳其筋骨，饿其体肤，空乏其身。这些我都具备了，就等着天降大任了。

晚饭，稀饭、馒头、她带来的熟制品。

他居然端出了一盘鲜绿的青菜。在这一抹黄的沙丘，见到鲜绿的青菜，她都舍不得动筷子。

你一个人不寂寞吗？她说。

不寂寞，白天养路，晚上看书，看你的信。我能背下来泰戈尔诗集，也能背下来你写的每一封信。

夜晚，她躺在床上，他躺在床下。荒漠的风狼一样嗥。

……

第二天风和日丽，天蓝如洗。她搭上了一辆过路的货车。

司机是个很健谈的小伙子，踩上油门也打开了话匣子。小伙子说，这个养路站就像是他们跑长途司机的驿站，加油加水，填饱肚子。养路站就他一个人，他还学会了修车补胎。几千公里的路段，就他养护的这段路最好。

在一个大拐弯处，司机停下车，提着一只袋子下了车。

她伸头望去，路基的远处是一个低洼带，竟然有一片十几平方米的小菜地。菜地里的绿色格外养眼。怕菜苗被飞鸟或小动物侵害，菜地的四周插满了树干，树干上挂着五颜六色的布条，像是挂满了万国旗。

司机把袋子里的土倒在菜地边，回到车上说，经常走这里的司机都知道给这块菜地带点土。这地方风沙大，就这一块是个避风的港湾。他每天都要骑车几十里来这里种菜浇水。来场大风暴，菜地就没了，风暴过去后，他重新再开。我们司机每次经过这里都要鸣笛致意，我们把它称为大漠里的旗帜。那些布条上都写着一些字，有人说是诗，我也不懂，反正我记得其中一个上面写着，生如夏花。

她的眼泪夺眶而出，她的名字就叫夏花。

她回到家，眼前总是飘舞着大漠里那五颜六色的旗帜。

她又准备动身去看他，她带了一挎包土。她要告诉他，大漠里的旗帜下不该少了家乡的泥土。

师生在场

师：作家刘建超当过兵，有着浓郁的军人情结，在他的作品里，流露出了对军营生活的无限眷恋。感人肺腑的故事，鲜活生动的细节，打动了每一位读者。小说为什么以《大漠里的旗帜》为题？请同学们谈谈自己的看法。

生 A："大漠里的旗帜"是小说的线索，连缀起各个片段，并且点明了作品的主题。

生 B：大漠菜地周围的树干上挂满了五颜六色的布条，像是挂满了万国旗。司机为了表达对"他"的感谢和尊重，每次经过菜地时都要向"旗帜"鸣笛致意。

生 C："他"上大学时说，"过不了几年，我将成为中国诗坛的一面旗帜"。

生 D："大漠里的旗帜"用了象征的手法，象征了"他"坚守岗位、奉献大漠的精神。在大漠戈壁树起了一面精神的旗帜、人生的旗帜，表达了作者对"他"的赞扬与肯定。

师：小说多次提到泰戈尔的诗，作者这样安排有何意图？请同学们简要分析一下。

生 E：突出了"他"浪漫的性格特点，表现了"他"的性格形象由校园里单纯的激情浪漫变为面对现实洗礼却依然不失诗意的转变过程。

生 F：突出了小说的主旨。只有真正有理想、有诗意的人，才能在面对艰难现实时，让自己的精神屹立如"旗帜"，从而让枯寂的人生如夏花般绚烂。

生 G：以二人共同喜欢诗句"生如夏花"开始，以"他"对"生如夏花"的人生理想的坚守结束，前后照应，使小说结构浑然一体。

生 H：小说多处引用诗句，使小说的语言更具诗意之美，给读者以美的阅读享受。也让我们读者在阅读小说时，进一步思考人生"诗意"与"现实"的关系。

一吐为快

"天空虽不曾留下痕迹，但我已飞过"，生活不只有眼前的苟且，还有诗和远方。一个内心有理想、有追求、有诗意的人，面对残酷的现实，会在自己精神旗帜的引领下，不忘初心，一直行走在通往理想的路上，最终让枯寂的人生绽放出夏花般的绚烂。当今的社会，呼唤爱，更呼唤责任，祝愿所有的有情人在爱与责任的感召下，能在梦想的远方相偎相依。

拓展阅读

大印象

刘建超

老街把给人画像的营生称作印象。

老街，能把画像这门手艺做得精绝的是八角楼下的大印象店。遇到个急事，有人会拿着照片，找到店里，说给印象一张。大印象便按照顾客的要求，把照片上的人像放大绘画到纸版上，装裱好，保证和照片上的人物表情一模一样。

去老街找大印象，老街人都会告诉你，大印象啊，好找。去八角楼，宽脸，短眉，眼睛不大，特有精神……

大印象不只是活儿做得好，为人也正直实诚。大石桥段家老爷子意外去世，家人没有找到老人留下的生前遗照，便找到大印象，央求去家里给老爷子画像。做印象这门生意的，极少上门给人画像的，用照片印象，是要借助一些技术工具的。而登门画像却全凭手上功夫，况且是给故去的人画像，也是不吉利，晦气生意。大印象是二话没说，收拾起家什就到了段家。大印象对躺在棺木中的段老爷子鞠了三个躬，支起画板开始下笔。正是三伏天，屋内闷热，出于对死者的尊重，大印象连续八个小时不吃不喝，在灵棚搭建起前，画完了肖像。大印象谢绝了段家人的优厚酬金，说我能给老爷子画像也是有缘啊，算我送了老爷子一程。

老街有个清扫街道的环卫工，大家都称他韦老头，每天推着架子车，沿街清理垃圾。韦老头闲的时候，就爱坐在大印象的店前，吸着烟，看大印象画像，扯些家长里短。韦老头吧嗒吧嗒有滋有味地吐着烟雾，也不管埋头做着活计的大印象听没听，自己只管说。说他和老婆子的恩恩怨怨，说他老婆子因为他没有照顾好妮子，十二岁的妮子溺水死了，老婆子也离家走了。我那妮子啊，长得可得劲了，瓜子脸，大眼睛，双眼皮，长睫毛，笑起来，俩酒窝，学习好着哩……都怨我，都怨我啊。韦老头过足了烟瘾，也叨叨够了，拿起扫把仔细地将店铺前清理干净，推着车子走了。韦老头退休那一天早晨，去找大印象道别，大印象的店铺没开门，门上挂着画像，是个女孩的画像，瓜子脸，大眼睛，双眼皮，长睫毛，天啊，这是我妮子，是我妮子啊。韦老头把画像搂在怀里，老泪如珠，对着大印象的店铺拜了又拜。

大印象生意清闲的时候，端着一杯茶，眯缝着一双小眼看来来往往的行人。有人说大印象的本事是过目不忘。曾经有人打赌，带着四个男女在大印象眼前过了一趟，让大印象把这四个男女画下来。大印象眯缝着眼，一杯茶的工夫，四张画像就出来了，四个男女瞪着惊讶的眼睛，各自拿着画像离去。

那年冬天，流窜作案的盗窃团伙到了老街一带，派出所警察通知商家注意防范。没过几天，老街的一家珠宝店失窃。警察在走访时，大印象拿出了几张画像，说这几个人在老街转悠几天了。警察按图索骥，果然抓获了三名案犯嫌疑人，只是让团伙的头子逃脱了。老街人把大印象画像擒贼的事都传神乎了。原想这件事情就算过去了，没曾想事件还有后续。春节前夕，逃跑的盗窃头子不甘心，竟然又潜回了老街。节前商家生意旺，店铺关门也晚。天擦黑，大印象起身要去关门，一个黑衣人裹着寒气闯入店里，反手扣上门。大印象正疑惑，一把冰冷的匕首抵住他的咽喉。大印象即刻明白了是怎么一回事，平静地坐到椅子上。黑衣人匕首向上一划，大印象两眼模糊血如泉涌。

翌日，正在饭馆里喝酒的黑衣人，被警察逮个正着。黑衣人挣扎着又哭又嚷，说警察冤枉人。黑衣人被带到派出所，吵闹着的黑衣人忽然安静了，他看到案桌上放着一张画像，那画像是用血绘出来的，画像上的人分明就是自己啊。黑衣人瘫倒在案桌前。

大印象眼睛致伤，不能再给人画像了。有人惋惜地说，大印象画了一辈子像，却没能给自己印象一张啊。

老街人提起大印象还是那句话：大印象啊，宽脸，短眉，眼睛不大，特有精神……

何蔚萍

何蔚萍(1957—)，浙江省衢州市江山市人。1987 年起发表小说。系列小说《江山风景》曾获浙江省优秀短篇小说奖。电视剧《江山往事》曾获省"五个一工程"奖。小说《倒倒》获《文学报》征文一等奖。另有多篇小说被翻译成英文、法文、日文多种版本介绍到国外。

小编有话

《风雪夜归》描写了在一个风雪交加的夜晚，街上冷冷清清，一个看电影晚归的姑娘，站在院门前茕茕孑立，发现门被关上那一瞬间的心理活动。该唤谁来给她开门呢？从那一瞬间开始，我们了解了她漫长寂寞的生活和她长期处于这种生活中的真相。

风雪夜归

早归者与晚归者的心理是不一样的。她是个晚归者，街上早已冷冷清清，多的是风、是雪、是脚印。

拐过这个弯，就可以看到大门了，她觉得心跳得很急，但愿不要关。但愿……她觉得手脚冰凉。在大街的拐弯处，在雪花萦绕的惨淡的灯光下，大门紧紧地闭着。

她拉紧了围巾，向目所能及的地方张望了一番，希望大院里还有一个跟她一样晚归的人，但一个也没有。

只得叫门了。她绕着墙走过去。叫谁呢？金娣是她最好的朋友，可上个月出嫁了，要是在上个月看这场电影就好了，她立刻觉得自己很好笑。算了，叫刘安婶吧，在大院里，打招呼数她最亲热，可她嫌这胖老婆子势利，平常是不大搭理她的。那是好多年前了，她读完高中被下放，妈妈难过得在哭，刘安婶却说："你下放以后就是贫下中农了，以后生了伢儿也是贫下中农了。"后来她招工回城，这刘安婶对她并不坏，可她总忘不了那句话，不能叫她，再说，既然平时没交往，现在打搅人家也不合适。

那么只好叫马平平了。这个十四岁的男孩，父母在外省工作，他跟姥姥住。打小时候起，他就总缠着她讲故事，她也不叫他失望。她瞅准了平平家的方向，她像是第一次发觉，墙头怎么这么高哇！声音该传不进吧？唉，就传进了又怎么样呢？十四岁的孩子，哪怕在旁边敲大鼓也不会醒的。

那就叫平平的姥姥吧。那是最慈祥不过的老太太了，全院里也就她最关心她的婚事，三天两头要给她介绍对象。但她却"对"得怕极了。那些衣冠楚楚的小伙子的审视的目光，能把她的人看矮了一截，她心里很痛切地感到了悲哀，她在广阔的天地里磨去了最美好的年华，人说，十七、十八无丑女，可她，已经三十岁了，如果再年轻五岁，哪怕三岁呢，她也要争取一下。她并不笨；可现在，都晚啦，就像去看这场电影，不妨门已关上一样。那么，就听天由命，随便找一个，她又不愿意；于是人们背后都讲她会挑剔，只有平平的姥姥没讲过，可是，叫这六十多岁的老人深更半夜又冒着大雪来给自己开门，这万万使不得！

她觉得很冷。才发现雪更大了，风更紧了，近处远处，都是白茫茫的世界。当看到大街尽头时，有个黑点朝这边走来。她的眼猛然睁大，如果是大院里的人该多好啊！她一定会对他说一千声、一万声的谢，不管他在不在意。

终于走近了，一个提篮子的中年人。但他丝毫没有拐进大院的意思，匆匆过去了。

她真想顿脚，真想诅咒。不知是诅咒那人，还是诅咒自己；是诅咒天气，还是诅咒运气。她眼巴巴地盯着他的背影，一时充满了羡慕。他是提着东西的，回家一定有人给他开门，是母亲，是妻子？那家，一定是温暖极了的。她也有家，有床，有被，有炉子；尽管有点孤独，却是暖和的，然而她进不去，咫尺天涯，该死的电影。

她不能设想在门外过一夜。喊吧！笼统地喊，谁愿意谁来开，她发誓，不管开的是谁，以后都要对他很好、很好。

她终于放开了嗓子，并用手去捶，"开开门——"

"吱"的一声，门开了。

原来并没有关上。

师生在场

师：《风雪夜归》这篇小说为我们描绘了一幅画面，大家想想画面的样子……故事虚实相合，她站在门前是实写，但是她叫谁开门的一系列心理活动是虚写；看到那位中年人是实写，她的想象是虚写。这样虚实结合，从而丰富了文章内容，使文章更具有艺术魅力。文章中两次写到风雪，请同学们试分析其作用的异同。

生A：首段"街上早已冷冷清清，多的是风、是雪、是脚印"，描写风雪，既交代了故事发生的时间，又显现了故事发生的背景。

生B：文中第七段写"她觉得很冷。才发现雪更大了，风更紧了，近处远处，都是白茫茫的世界"是借风雪之冷衬托"她"的孤苦和凄凉。

生C：我觉得两次写到风雪的作用都是渲染气氛，深化文章的主题。

师：小说中"风雪夜归"的"她"具有怎样的性格？请同学们简要概括一下。

生D：由于特殊的生活经历，"她"怕孤寂，却好像偏偏处于孤寂；怕无援，又好像时时处于无援。

生E："她"甚至有无端猜疑和自叹自怜的倾向，但"她"的内心是善良的。

师：小说的结尾"原来并没有关上"，虽然只有寥寥7个字，但却有着极大的作用和深刻的含义。这样结尾有什么妙处？请同学们简要分析。

生F：突出主题。说明有人留门，表现人间并不像夜归者所揣想的那么冷。

生G：结尾运用曲笔的写法，既在情理之中，又有意料之外的惊喜。这使故事有了更深的意趣，也给小说平添无限暖意。

生H：戛然而止，给读者留下广阔的想象空间。

生I：蕴含深意。人们常常在心里虚掩着一道门，轻轻一推即可打开，只要我们不放弃追求，生活就永远不会将我们拒之门外。

一吐为快

生活中我们会遇到各种各样的问题，但其实有很多是我们的心理在作怪，并不是事情的真相。只有当我们弯下腰来脚踏实地地去做时，才会发现原来门是虚掩着的，生活不会把我们拒之门外。在我们的生活中，如果你背对着整个世界，整个世界也会背对着你。

拓展阅读

绿窗帘
何蔚萍

丁茜第一眼就看到对面窗口那湖绿色的窗帘，甚至隐约看出那帘子是手工缝的。不知女主人是过于匆忙还是疏于女红，针脚歪斜像一串不规则音符。她住四楼，那个窗口自然也是四楼。因为它跟她对得那样端正，以致其他的窗口就显得远了。

她想跟新邻居打个招呼，但窗帘始终不肯拉开。且像是固定了，风也吹不动。

她一直倚在窗口。到夕阳在玻璃映出一团亮亮的光时，绿窗帘里忽然爆出一句充满喜悦的男声："琴，瞧这是什么？"

"啊！"紧接着一个银铃般含嗔带娇的声音："白杜鹃！白杜鹃！可是，太贵了呀。"

"可是，有什么能比你更贵呢？"

那柔情的声音，丁茜已经好久没有听到了。她甚至忘了她也曾有过这种可向任何人夸耀的自豪。她屏住了呼吸。

"可是，我什么都不能给你。"

"不准这样说，小傻瓜。"

一时寂静，什么声音也没有。但她知道，那绿窗帘里，涨满了爱，盛满了幸福。心底荡出丝丝缕缕的自怜自爱的感觉，她快快地离开窗口，发现泪已流过腮边。

丈夫竟比搬家前更早出晚归了。她觉得忍耐已到了极限。好不容易有一个休息日，丈夫又拎起了出诊包，丁茜抢上一步，"砰"地关了门："医院给你多少加班钱？"

"我有一个病人……"

"他是你爹吗？"她想起了那束白杜鹃，心里腾起了烈烈的火。

"你轻点。"

"干吗要轻点？我不是你的奴隶。以后，我只管买菜烧饭，其他的事，全归你。"

他竟答应了。出诊箱消失在楼梯的拐角。

她并非真心要这样做，只想气气他，只想吵一架出口气。可竟也办不到。而就在这个时候，绿窗帘里传出了歌声，又那么柔美那么深情！她没有要求生活得公平，但幸福和不幸为什么要如此鲜明地对比在一起呢？

她变得心灰意冷。早晨起来，开了煤炉，烧了泡饭。在窗前漫不经心地梳头，一句清脆悦耳却又不知所云的外国话，把她的注意吸向那总不开启的绿窗帘……

"今天是我生日？哎呀，我怎么会忘啦。好，今天吃长寿面。"

"等等，请先打开书橱。"女的声音里含着抑不住的欢喜。

"《鲁迅全集》?! 上帝呀。你钻进我的脑子里去过吗？你怎么知道我正需要这套书？"

"我是上帝吗？哦，不。我出的主意，妹妹出的劳动力。"

"可你不能拿这个钱……"

"为什么不能？你不希望我高兴……"声音中断了，断得突然。她急急关严了窗户，怕有什么再传过来。可委屈却关不住，由液态化成了气态，长长地叹了一声。

冬去春来，她已看熟了那块草地般的绿窗帘。她已不希望它开启了，永远。

然而，又是意外。五月里一个春光明媚的上午，那窗帘高高地撩起了，像是剧场的大幕。窗口，两个男的努力搀扶着一个女的。开始以为是个秃顶的老太婆，当发现是个年轻女子时，不由得大吃一惊。

那女的头发全部脱光，脸囵浮肿而又圆又大，很是怕人，她极其无力，却又贪婪地将惨白的脸迎着蓝天和阳光。

尽管丈夫成天和死神打交道，她却是第一次懂得回光返照。她怔怔地望着。直到那女的疲软地垂下了脸。这时，她们的目光相遇了，丁茜看见她艰难却充满羡慕地笑了一下，便倒进身旁年轻的那个男子的怀里。

一声撕心裂肺的呼唤："琴——"

就在这一刹那，她看清了旁边站着的，那穿着白大褂、戴着口罩的另一个人——竟是她的丈夫。不等她喊出一声，绿窗帘滑过他们的头顶，飘飘地垂落下来，眼前又只剩一片绿色。

阳光很好。

于德北

于德北(1965—　),吉林省长春市德惠县人,当代著名作家,中国作家协会会员,吉林省小小说创作委员会主任,长春市作家协会副主席。出版有长篇小说《情魅北漂》、小小说集《青春比鸟自由》《杭州路 10号》《秋夜》《美丽的梦》等 40 部。获第三届小小说金麻雀奖、冰心图书奖。

小编有话

"陌生人,我也为你祝福!"海子的诗仿若为老教授量身打造,一封封信件蕴含着老教授对年轻人的殷切期待,当这个年轻人幡然醒悟时,老教授却早已离开人世。老教授的乐观和坚强给了年轻人重新振作的勇气,也给这个浮躁的时代留下了最有价值的遗产。萎靡和麻木终将被驱散,只有真诚、善良、温暖才能真正成为社会进步的助推器。站在命运的十字路口该如何抉择?读完这个故事,相信你已经有了自己的答案。

杭州路 10 号

我讲一个我的故事。

今年的夏天对我来说很重要。

随着待业天数的不断增加,我愈发相信百无聊赖也是一种合理的生活方式。这当然是从前。很多故事都发生在从前,但未必从前的故事都可以改变一个人。我是人。我母亲给我讲的故事无法述诸数字,我依旧一天到晚吊儿郎当。

所以，我说改变一个人不容易。

夏初那个中午，我从一场棋战中挣脱出来，不免有些乏味。吃饭的时候，我忽然想出这样一种游戏：闭上眼睛在心里描绘自己所要寻找的女孩的模样，然后，把她当作自己的上帝，向她诉说自己的苦闷。这一定很有趣。

我激动。

名字怎么办？信怎么寄？

我潇洒地耸耸肩，洋腔洋味地说："都随便。"

乌——拉——！

万岁！这游戏。

我找了一张白纸，在上边一本正经地写了"雪雪，我的上帝"几个字。这是发向天国的一封信。我颇为动情地向她诉说我的一切，其中包括所谓的爱情经历（实际上是对邻家女儿的单相思），包括待业始末，包括失去双腿双手的痛苦（这是撒谎！）。

杭州路 10 号袁小雪。

有没有杭州路我不知道，也不必知道。我说过，这是游戏，是一封类似乡下爷爷收的信。

信寄出去了。

我很快便把它忘却。

生活中竟有这么巧的事，巧得让人害怕。

几天之后，我正躺在床上看书，突然一阵急切的敲门声把我惊起，我打开门，邮递员的手正好触到我的鼻子上。

"信。"

"我的？"我不相信是因为从来没有人给我写信。

杭州路 10 号。

我惊坐在沙发上，仿佛有无数只小手在信封里捣鬼，我好半天才把它拆开，字很清丽，一看就是女孩子写的。信很短：谢谢您信任我，向我诉说您的痛苦。我不是上帝，但我理解您。别放弃信念，给生活以时间。您的朋友雪雪。

人都有良心。我也有良心。从这封信可以知道袁小雪是个善良的女孩子，欺骗善良无疑是犯罪。我不回信，不能回信，不敢回信。

这里边有一种崇敬。

我认为这件事会过去，只要我闭口不言。

但是，从那封信开始，我每个月初都能收到一封袁小雪的信。信都很短，执着、感人。她还寄两本书给我：《张海迪的故事》《生命的诗篇》。

我渐渐自省。

袁小雪，你这是为什么，为什么，为什么呀？

我渐渐不安。

四个月过去了，你知道我无法再忍受这种折磨。我决定去看看袁小雪，也算负荆请罪。告诉她我是个小混蛋，不值她这样为我牵肠挂肚。我想知道袁小雪是大姐姐还是小妹妹还是阿姨老大娘。我必须亲自去，不然的话我不可能再平静地生活。

秋天了。

窄窄的小街上黄叶飘零。

杭州路10号。

我轻轻地叩打这个小院的门，心中充满少有的神圣和庄严。门开了，老奶奶的一头花发映入我的眼帘。我想：如果可以确定她就是袁小雪，我一定会跪下去叫一声奶奶。

"您是？"

"我，我找袁小雪。"

"袁？……噢，您就是那个……写信的人？"

"是，是他的朋友。"

"噢，您，进来吧。"

我随着她走过红砖铺的小道，走进一间整洁明亮的屋子里，不难看出是书房。就在这间屋子里，我被杀死了。从那里出来，我就是另外一个人了。

"她不在么？"

"……"她转过身去，从书柜里拿出一沓信封款式相同的信，声音蓦然喃喃："人，死了，已经有两个月了，这些信，让我每个月寄一封……"

我的血液开始变凉。这是死的征兆。

"她？"

"骨癌。"

她指了指桌子让我看。

在一个黑色的木框里镶嵌着一张三寸黑白照片。照片是新的。照片上的人的微笑很健康很慈祥。照片上的人，是一位白发苍苍的老爷爷。

他叫骆瀚沙。

他是著名的病残心理学教授。

师生在场

师：于德北的小小说的选材有自己的特点，常常以第一人称"我"作为故事中的主角或配角，如今天我们所学的《杭州路10号》的开头就是：我讲一个我的故事。请同学们简要分析小说中的"我"是怎样的一个人。

生A："我"是一个颓废、爱搞恶作剧的人。经历了长久的待业之后，"我"百无聊赖，无所事事，于是写信给杭州路10号的"袁小雪"，编造了足以博得同情的不幸遭遇。

生B："我"也是一个真诚善良、勇于自省的人。"袁小雪"回信与寄书，让还有良心的"我"怀着对"她"的崇敬，渐渐自省。"我"无法再忍受良心的折磨，去看"袁小雪"，而知道真相以后，深受感动，得以重新振作。

师：本文在塑造骆瀚沙教授时，主要采用了怎样的写作手法？请同学们简要分析。

生C：对骆瀚沙教授，本文主要采用了侧面表现（虚写）的手法：骆教授始终未出场，作者通过"他"寄给"我"的短而执着感人的回信、励志书籍及让老奶奶每月给"我"寄一封信的做法，表现出他对一个陌生人的关心与支持。

生D：通过对"我"与老奶奶两个人的对话和骆教授的遗像的描写，侧面表现出老教授的善良、慈祥、伟大的心怀。

师：本文所写的故事有人认为非常感人，有人认为比较虚假。请同学们谈谈自己的看法。

生 E：本文所写的故事非常感人，发人深省。"我"身体健康，年轻力壮，却无所事事，百无聊赖；著名的病残心理学教授身患骨癌，却关心一个素不相识的人，这种强烈的反差和对比凸显了老教授超乎寻常的善良、慈祥、伟大，加强了故事的感人力量。

生 F：本文所写的故事比较虚假，不合生活的逻辑。"我"在信里说自己"失去双腿双手"，却能写信，老教授不可能判断不出真假，情节不合理。

生 G：我也感觉故事虚假。一个病危在床、自顾不暇的骨癌病人，还能全心全意去关爱、开导一个素不相识的人，甚至死后也要让老奶奶给"我"寄信，不大令人信服，让人觉得有虚假编造的痕迹。

师：于德北的小小说在展示现实人生时，往往有意避开纷扰的命运和人世纠葛，而专意探求那些富有诗意的层面。他不回避生活的复杂性，但赋予人物以隐忍、从容的生活态度；他不回避生活的矛盾性，但给予人物以乐观、单纯和理性精神。

一吐为快

人生最大的喜悦，莫过于我们在颓废堕落之际遇到自己生命中的贵人。他就像一盏灯，点燃你的激情，照亮你的前程，引领你走出黑暗。他让你由青涩走向成熟，由感性变得理性，由毁灭走向新生。愿我们都能遇到生命中的贵人，愿无私互助成为社会常态，愿世间的大爱和至善无处不在。

拓展阅读

我写小小说

于德北

我最初写小说源于我对真善美的曲解。

我写的最早的一篇小说叫《市场》。它由 4 篇 1200 余字的小说组合而成，这对当年文学功力尚十分浅薄的我来说，是一种相对比较容易驾驭的形式。

后来，这4篇小说中的3篇，入选了1986年的《小小说选刊》。

这是我写小小说的缘起。

后来就有了《杭州路10号》。

后来我又写了几篇获奖的小小说。

辉煌像金属。一种装饰材料。很好看。

之后是搁笔。接踵而来的是我对小小说这种文体的深深的困惑。它是二种产物。文学或者说文化的又一种进化。也有人说是变异。总之它是一个新东西。怪模怪样的，让许多人着迷、喜欢。

我开始去做一些其他的事情。

这时间大概有5年之久。

我不喜欢优柔寡断，当然，更不喜欢信誓旦旦。

我再写小小说是1996年的冬天。那个冬天炉火很旺。

在此之前，我用了很大一部分精力在为孩子们编故事，写童话和儿童小说。这期间我大概写了三十几篇短篇童话，两部中篇童话，一部中篇小说，后来还写了一本长篇童话，叫《绿色和平城堡》。

这些东西非常受孩子们的欢迎。

我经常对别人说，会写小小说的人，还不会写故事吗？但是我心里最清楚，没有人会写小小说，一个也没有，因为，中国已经有了这么多的小小说作家，但谁也不敢肯定：他或她写的就是小小说。

也许有，那也不奇怪。

又写小小说了，代表作品被认为是《三笑》。

一个发生在苏州的故事。

其实《三笑》的最大成功是为一些文字功力尚不到位的小小说写作爱好者在语言的运用上做出垂范。

它展示了一种张力。一种弹性。还有棉花和钻石。

再有是体例。

它被承认是因为我们大家都在寻找能使小小说向纵深发展的道路。

这几乎就是我有关小小说的一切！

侯德云

侯德云（1966— ），笔名耘堂，辽宁省大连市普兰店市人。中国作家协会会员，大连市作家协会副主席。2002年中国作家协会授予其"中国小小说风云人物榜·小小说星座"荣誉称号。当选2003年度中国小小说十大新闻人物，当选2004年度读者最喜爱的十位小小说作家。

代表作品有《谁能让我忘记》《手很白》《简单的快乐》《红头老大》《小小说的眼睛》《自己的事情》6部文集。

小编有话

一线亮晶晶的泉水从山崖石缝中渗出，一滴，一滴……这是一滴泉村最令人心动的景致，是村民心底最美妙的旋律。《泉水的歌唱》讲述了村民为考上大学的兰花花举办了一个村子里有史以来最隆重的欢送仪式，面对村民的这份厚礼，即将离乡的兰花花内心有怎样的感受呢？让我们走进小说，去静心聆听那笑声，那歌声，那哭声……

泉水的歌唱（节选）

在那个火热的夏天，一个更加火热的消息很快在村子里传开了：几天后，兰花花就要到城里上大学了！

兰花花在心里想，离开村子以前，肯定会有一个仪式的，肯定会有的。但她想不出仪式的具体内容，会不会像新娘出嫁那样呢？如果真是那样就好了，真是那样的话，她就可以……想到这里，兰花花脸蛋儿红了，红得很厉害。

村名叫一滴泉。一滴泉村有一个习俗，谁家有了喜事，都要用泉水搞一个仪式。这个仪式的年龄比兰花花大很多。男娃子娶亲，新郎要用泉水洗脸洗头；女娃子出嫁，不光用泉水洗脸洗头，还要用泉水擦擦身子；谁家来了高贵的客人，要用泉水打一碗荷包蛋给客人吃。一滴泉村的泉水不是谁想用就能用的，必须经过村委会批准才行。泉眼旁边有人白天晚上守护着，你去偷一滴试试，全村人会用唾沫星子喷死你的！

一滴泉村是一个极度缺水的地方，这里的人一辈子才能洗上两次澡，生下来的时候洗一次，死去的时候再洗一次。这里的人饮用的是雨水，家家户户的院子里都挖一个蓄水窖，下雨的时候，男女老少都喊着叫着冲进雨中，手忙脚乱地把雨水引到水窖里去。这里的人最盼望的一件事就是下雨，可老天爷偏偏不爱下雨！

跟周围的十里八村相比，一滴泉村还算是幸运的。村西头的山脚下，有一处长年不断的泉眼，一线亮晶晶的细水从石缝里渗出，亮晶晶地滴下来。让人遗憾的是，泉水滴得极慢，一滴，一滴，一滴，急死人。村里的小娃娃们常常聚到泉眼旁边看光景，一边看一边念叨着："一滴，一滴，一滴……"一滴泉的名字就是这样被念叨出来的。

……

再过几天，再过几天兰花花就要离开故乡，到远方，到不缺水的地方，去学习，去生活了。兰花花的心情很激动。

一滴泉村人的心情同样也很激动。兰花花是村子里走出去的第一个大学生，他们不能让她悄悄地走出去，他们要为她搞一个欢送仪式，村子里有史以来最隆重的一个欢送仪式。

村主任召集一些人开会，商量了大半天，最后决定让兰花花洗一次澡，用一滴泉的水让她痛痛快快地洗一次澡。

村主任在全村人面前说："就是这个！咱一滴泉的女娃娃，不能让城里人笑话！"

兰花花不敢相信这是真的。她激动得浑身发抖，她激动得满脸都是泪花花。

仪式在村子里的一棵老槐树下举行。村主任派人在老槐树下围了一道篱笆墙，篱笆墙上搭一条雪白的毛巾。篱笆墙里放着一桶清清的泉水和一块香皂。

仪式开始了。

……

村主任对围观的人群说："汉子们都把身子转过去！"

全村的男人都背过了身子。

村主任把毛巾递给妇女主任，对她说："你给咱娃儿搓。"

妇女主任扭头看着兰花花，兰花花站在那里一动不动。妇女主任笑了，妇女主任笑着对村主任说："你也是条汉子，你咋不转过身去？"

全村人都嘻嘻地笑了起来，村主任不好意思地挠了挠自己的耳朵，红着脸膛儿走到一边去了。

只有兰花花没笑。她默默地走进篱笆墙，默默地褪掉身上的衣裳。

用毛巾在汗津津的身体上细细地搓一遍，然后用香皂，用清清的泉水，柔柔地洗。当兰花花穿好衣裳走出篱笆墙的时候，全村人都惊呆了，他们从来没见过这么漂亮的女娃子。

先是村主任放开了喉咙唱，紧接着全村人都放开了喉咙唱："……一十三省个女儿家哟，数咱兰花花好……"

兰花花始终没说一句话。清凉的泉水浇到她身上的那一刻，她哭了。她一直在哭，不出声地哭。仪式结束的时候，村子里几乎所有的女人也都哭了。

师生在场

师：本篇小说短小精悍，写出了小村庄生活环境的恶劣，又笔锋一转，于困境中展望未来，隐喻对兰花花未来生活的祝福，也表达了村民们对新生活的期盼和憧憬。小说《泉水的歌唱》具有怎样的含义？请同学们谈谈自己的看法。

生 A：《泉水的歌唱》表达了村民们为兰花花感到骄傲自豪，同时也表达了村民们对兰花花即将走出困境的羡慕和祝福。

生 B：我觉得《泉水的歌唱》这个标题同时也隐隐表达出村民们对

新生活的期盼与憧憬。

师：小说的结尾，兰花花哭了，"村子里几乎所有的女人也都哭了"。请同学们结合文章分析，兰花花为什么哭，村里的女人为什么哭。

生 C：我觉得兰花花为自己享受了全村人从未享受过的特权而激动，她是激动地哭了。

生 D：我觉得兰花花哭，是在为自己所生存的村庄恶劣的生存环境而难过。

生 E：村里的女人哭是在为自己所生存的恶劣环境而伤感，同时也为兰花花感到自豪。

师：小说中兰花花始终没有说一句话，请同学们结合全文，谈一下作者这样安排的用意。

生 F：以虚写实，虚实结合，实写村民们的语言，虚写兰花花的语言。

生 G：兰花花一言不发，实则满腹心事，千言万语无从诉说，既有对未来生活的无限憧憬，也有难舍故土、乡邻的矛盾心理，更有对恶劣的生存环境的沉思。

生 H：作者只写兰花花的活动，不写她的语言，无声胜有声，给读者留下丰富的想象余地。

师：侯德云在其作品中，更像一个艺术家，用自己的文字展示着文学的魅力。动人的情思变作温柔的故事，在侯德云的笔下，世间万物都有其独特的魅力和独一无二的美丽。

一吐为快

贫穷并不可怕，可怕的是因贫穷失去了斗志，丢失了人性中最美好的品质。小说中一滴泉村人的生存环境是恶劣的，可是一滴泉村的村民却有泉水一样清澈美好的心灵，有兰花花一样勤奋上进的下一代，小说让我们在心生戚戚然的同时，又带给我们无限的温暖和希望。物质的匮乏只是暂时的，人心的美好定能创造伟大的奇迹。让我们一起祝福一滴泉勤劳善良的村民早日过上幸福的生活。

二姑给过咱一袋面

侯德云

在乡下人的嘴巴里，常常会生出一些鲜灵灵的词儿，像清晨挂了露珠的菜叶儿，看着可心，入口也极爽。比如，形容一个人瘦，两条腿细长细长，怎么说？蚊腿！嘿，多文学！多尿性！

蚊腿是我老家的一个人物。一辈子草草木木地活，几无可歌可咏之处。不过，他却在我心中留下了一处很深的烙印。

这一天，一大早醒来，蚊腿的心情就无缘无故地好了起来。他冲着老婆大叫："起来起来，收拾收拾，今晌儿咱家包饺子吃。"

老婆费力地撑开眼皮，嘴里操操的，骂蚊腿的八辈子祖宗，骂了几句，觉得没啥意思，就翘直了身子，舞乍着胳膊，往身上套衣服，嘴里仍不闲，问："你个倒霉鬼，穷叫唤啥？"

蚊腿喜滋滋地说："快起快起吧，今晌儿咱家包饺子吃！"

老婆就瞪圆了牛眼，吼："你个倒霉鬼，想好事儿呀？包饺子包饺子，家里穷得叮当响，哪有白面？"

蚊腿忍不住喷了火气："臭德行！忘了？去年的这个时候，二姑给过咱一袋面。我今天再上二姑家去一次，二姑肯定还能给咱一袋面。"

老婆咧着嘴笑："真的？"

蚊腿伸手撸了一下老婆的饼子脸，说："谁熊你谁不是人！"

老婆麻溜起身下地，屁股一拧一拧地忙上了。

正是夏深秋浅季节，小白菜长得正旺。蚊腿刮风一样去了自留地，又刮风一样拔了一筐小白菜回来。

老婆将小白菜用开水焯过，又纳抹布似的把小白菜一团团纳紧，丢在案板上，堆起一丘浓绿。接着，很小心地用筷子伸到锅台一角的大油(肥猪肉炼成的油)坛子里，签出几小块肉滋拉，放进一个小碗儿。停了手，却又怔怔地望着那个小碗儿。终于忍不住，用筷子夹起一块肉滋拉，放到舌尖上舔了一下。

老婆的把戏被蚊腿发现了，气哼哼地骂："破老娘儿们，不怕嘴上生大疮？"

老婆吓得一抖，紫着脸儿说："你舔舔，你舔舔，真香！"

蚊腿奔过去，舔了一下，咂巴咂巴嘴，又陡然一口咬下肉滋拉，猛嚼起来，含含糊糊地说："唔唔，真香！"

饺子馅拌好了，老婆有些急，催促蚊腿："还不快去，来回有十多里路呢。"

二姑家住在镇子里。蚊腿提了一兜子小白菜，往镇子的方向急走。

天儿眼瞅着晌了，蚊腿还没回来。老婆火烧火燎的，一趟又一趟，走到村头张望。

蚊腿东倒西歪回到家的时候，天儿已经晌歪了脖，满村人都吃过了午饭。

蚊腿是空着手回来的。

老婆气囔囔地说："白面呢？你个倒霉鬼，没跟二姑提白面的事儿？"

蚊腿说："她不主动给，我哪好意思张嘴要啊？"

老婆说："你不张嘴要，她怎么能给？"

蚊腿叹了一口气："去年我就没张嘴要，是她主动给的，谁知今年，唉……"

从此，蚊腿就跟二姑断绝了来往。二姑直到死，也没弄明白这到底是怎么一回事儿。

邢庆杰

邢庆杰（1970— ），山东省德州市禹城市人。中国作家协会会员，山东省作家协会会员，德州市作家协会主席。1990 年开始发表作品，至今已在《人民文学》《北京文学》等报刊发表小说作品 200 余万字。100 余篇作品被《小说选刊》《读者》等杂志转载。

小说《玉米的馨香》被选入《中国新文学大系》等选本。小说集《电话里的歌声》《母爱的震撼》分别获得 2008 年、2009 年冰心儿童图书奖。已出版小说专著 22 部。

小编有话

在人生之路上，我们总会面临各式各样的选择，而选择的结果，有时意味着命运的改写，正因为如此，选择不仅需要勇气，更需要胆识。小说《玉米的馨香》中的主人公三儿就遇到了这样严峻的时刻，是为了个人的前程委身权势的驱动，还是为了内心的良知放弃前程？让我们一起走进邢庆杰先生散发着淡淡玉米清香的文字，看看三儿在关键时刻是如何抉择的吧！

玉米的馨香

那片玉米还在空旷的秋野上葱葱郁郁。

黄昏了。夕阳从西面的地平线上透射过来，映得玉米叶子金光闪闪，弥漫出一种辉煌、神圣的色彩。

三儿站在名为"秋种指挥部"的帐篷前，痴迷地望着那片葱郁的玉米。

早晨，三儿刚从篷内的小钢丝床上爬起来，乡长的吉普车便停到了门前。乡长没进门，只对三儿说了几句话，就匆匆忙忙地走了。

三儿便在乡长那几句话的余音里呆了半晌。

明天一早，县领导要来这里检查秋收进度，你抓紧把那片站着的玉米搞掉，必要时，可以动用乡农机站的拖拉机强制。乡长说。

三儿知道，那片唯一还站着的玉米至今还未成熟，它属于"沈单七号"，生长期比普通品种长十多天，但玉米个儿大籽粒饱满，产量高。

三儿还是去找了那片玉米的主人——一个五十多岁，瘦瘦的汉子，佝偻着腰。

三儿一说明来意，老汉眼里便有浑浊的泪涌落下来。

俺还指望这片玉米给俺娃子定亲哩，这……汉子为难地垂下了瘦瘦的头。

三儿的心里便酸酸的。三儿也是一个农民，因为稿子写得好，才被乡政府招聘当了报道员，和正式干部一样使用。三儿进了乡政府之后，村里的人突然都对他客气起来。连平日里从不用正眼看他的支书也请他撮了一顿。所以三儿很珍惜自己在乡政府的这个职位。

三儿回到"秋种指挥部"的帐篷时，已是晌午了。

三儿一进门就看见乡长正坐在里面，心便剧烈地顿了一顿。

事情办妥了？乡长问。

三儿呆呆地望着乡长。

是那片玉米，搞掉没有？乡长以为三儿没听明白。

下午……下午就刨，我……我已和那户人家见过面了。三儿都有点儿结巴起来。

乡长狐疑地盯了他一会儿，忽然就笑了。乡长站起来，拍了拍三儿的肩膀说，你是不会拿自己的饭碗当儿戏的，对不对？

三儿无声地点了点头。

乡长急急地走了。

三儿目送着乡长远去后，就站在帐篷前望着这片葱郁的玉米。

天黑了，那片玉米已变成了一片墨绿。晚风拂过，送来一缕缕迷人的馨香，三儿陶醉在玉米的馨香中，睡熟了。

第二天一大早，乡长和县里的检查团来到这片田地时，远远地，乡长就看到了那片葱郁的玉米在朝阳下越发地蓬勃。乡长就害怕地看旁边县长的脸色。县长正出神地望着那片玉米，咂了咂嘴说，好香的玉米呵。乡长刚长出了一口气，县长笑着对他说，这片玉米还没成熟，你们没有搞"一刀切"的形式主义，这很好。乡长心里一块石头落了地，脸上一片灿烂，心想待会儿见了三儿那小子一定表扬他几句。

乡长将县长等领导都让进了帐篷。乡长正想喊三儿沏茶，才发现篷内已经空空如也。

三儿用过的铺盖整整齐齐地折叠在钢丝床上，被子上放着一纸"辞职书"。

乡长急忙跑出帐篷，四处观望，却没有看到一个人影。一阵晨风吹来，空气里充满了玉米的馨香。乡长吸吸鼻子，眼睛湿润了。

师生在场

师：玉米究竟因谁而香？小说多次提到那片葱葱郁郁的玉米，有什么作用？请同学们谈谈自己的看法。

生A：那片玉米长势喜人，丰收在望，烘托了人物美好的心灵。

生B：推动情节发展，让三儿、老汉、乡长、县长在玉米面前表现出自己的思想情感。

师：试分析概括"乡长"这一形象的特点。

生C：讨领导欢心，搞形式主义。不顾百姓利益，耍官僚作风。

生D：利用下属的私心，施展自己的威风。之后，他又被三儿的行为感动，有一定的道德反省意识。

师：有人说，小说的主人公是三儿，也有人说，是乡长。你认为是谁呢？请同学们结合全文进行分析。

生E：我认为小说的主人公是三儿，因为三儿在小说中占了很大的篇幅。文章大量描写了三儿的心理活动，表现了三儿宁可不要自己的工作，也要帮助老汉的美好品德。小说通过表现三儿这个人物的美好品德，歌颂了社会生活中的真善美。

生F：我也认为小说的主人公是三儿。小说重点刻画了三儿，表现了他为民着想，这与乡长脱离实际的形式主义工作作风形成对比。

生G：我认为小说的主人公是乡长。因为乡长是作者着力描写的一个人物，小说从一开始写乡长要强制搞掉那片玉米，"狐疑地盯"着三儿，到结尾"眼睛湿润了"，三儿的作为和精神触动了乡长，推动了乡长的反省，表现了人性的复杂。

生H：小说通过乡长这个形象，揭示了有些官员一切唯上，搞"一刀切"的形式主义的主题。

师：无论同学们认为谁是主人公，只要言之有理即可。这里我要说的是：人在关键时刻的选择，往往能折射出一个人的人品。在小说《玉米的馨香》中，三儿面临的就是前途和良心的选择，让我们感到欣慰的是他选择了良心。

一吐为快

在物欲横流的当今社会，人类的良知正遭遇着前所未有的挑战。有些人关注的是自身的利益，是小我的前途，他们泯灭了良知，丧失了做人的底线，这类人往往会遭到人们的唾弃。还有一部分人，他们听从自己内心的声音，他们用人性的光辉照亮黑暗的角落，他们用真善美谱写时代的华章，他们才是新时代最可爱的人。亲爱的读者朋友们，让我们铭记鲁迅先生说过的这句话："无穷的远方，无数的人们，都和我有关。"

拓展阅读

生命的消失

邢庆杰

厉求良看到那只狼的时候，他唯一幸存的伙伴陈小米正背对着狼坐在沙地上，从脱下来的旅游鞋里往外倒沙子。

　　此刻正是黄昏，整个巴丹吉林沙漠静如处子。金黄色的夕阳柔和地洒在金黄色的沙漠里，使空气和光线都格外地浓重和华丽。

　　厉求良下意识地抓起了身边的拐杖，那是一根胳膊粗的胡杨木，沉重如铁，坚硬如铁。狼充满戒备地看了他一眼，又看了他一眼，慢慢地向陈小米逼近了。狼快接近陈小米的时候，恰好遮住了西照的阳光，狼在厉求良的眼里就成了一个通体发光的轮廓，像一幅图腾。厉求良心念一动，放下了拐杖，他一边缓慢地往后挪动着身子，一边从挎包里取出了照相机，安上长长的镜头，对准了狼和陈小米。

　　厉求良是一个小有名气的摄影家，但他的名气仅限于在他工作和生活的那个城市里，出了那个城市，就没人知道他了。他已经年近五十了，还没有拍出过一幅让自己满意的作品，没有在正规的全国摄影作品比赛中拿过一次奖，这让他十分苦恼。他把作品的平庸归罪于自己平庸的日常生活，正是基于此，当他在省报上看到一家旅游公司组团去巴丹吉林大沙漠进行探险旅游时，就不假思索地报了名。他想，大漠绮旎的自然风光一定会给自己带来素材和灵感。但是，当他一路舟车劳顿深入到大沙漠中时，他感到了失望。他所看到的，全是在一些旅游挂图和图片库中经常看到的景色，毫无出奇之处。更糟糕的是，当他正准备无功而返时，却遭遇到了铺天盖地的沙漠风暴。风暴过后，他艰难地从沙子中爬出来，发现全团十几个人，只剩下他和一个叫陈小米的年轻人了。其他的人，连一丝头发也不见了。

　　他和陈小米在沙漠里已经跋涉三天了。三天来，他们已经熟悉得像多年的老友。陈小米刚刚三十出头，却是一个成功人士了，他的公司同时在供给着十个贫困大学生的学费和生活费，在当地也是很有名气的。

　　这已经是风暴过后的第三天傍晚了，他们身上的水也喝完了，如果明天再走不出去，那就只有葬身于大漠了。

　　陈小米已经抬起了头，看到厉求良正用镜头对着他，就笑了，露出了一口洁白的牙齿。

　　厉求良的手剧烈抖动起来。

　　陈小米好像感觉到了来自背后的危险，他将头扭向背后。

一刹那间，狼准确地衔住了陈小米的咽喉……

厉求良按动了快门，嚓、嚓、嚓……

整个过程，厉求良拍了二十多张，直到把相机里的胶卷全部用完。

狼走了，留下了陈小米残缺不全的躯体，还有呆若木鸡的摄影家厉求良。

第二天，厉求良遇到了另外一支探险队，他获救了。

在这一年的全国摄影作品评选中，一组题为"生命的消失"的作品获得了自然类一等奖，但是，获奖者迟迟没有露面。后经与其单位联系，才得到一个令人十分震惊的消息：获奖者厉求良在接到获奖通知的第二天就失踪了，他留在自己的办公桌上一张纸条，上面只有两句话：沙漠圆了我的梦想，我要在那里长眠。

余显斌

余显斌(1970—)，笔名余飞鱼，陕西省商洛市山阳县法官镇人，现任教于陕西省山阳中学。在《小说选刊》《百花园小小说》《小说月刊》《中国教育报》《中国教师报》《青年博览》《语文报》等多家报刊上发表文章 2000 多篇，是《读者》《意林》《格言》的签约作家。

2013 年出版小小说集《最后的梵唱》和校园青春小说集《紫藤花影》。

小编有话

在千米深的伸手不见五指的矿井下，一个被饥饿、孤独包围的人几近精神崩溃，他默默地等待着死亡的来临。可就在这时，蚊子的嗡嗡声给了他重新振奋的勇气，这是生命的声音。小说中的他是如何和一只弱小的蚊子"相濡以沫"，相互支撑，相互扶持直至获救的呢？让我们随着作者的笔触，深入那千米深的矿井，感受那黑暗的矿洞里充盈的生命能量吧。

生命的声音

那是发生在一次煤矿透水事件中的故事。

他被困在矿井下，四周一片漆黑。卧在一个几十米高的工作台上，两天两夜了，他的精神已经临近崩溃。

他知道自己这一次是在劫难逃了。

一个人孤零零地身处千米以下的矿井中，没有吃的，没有喝的，更没有一点声音，不说饿死，憋也会把人憋死。

他听老矿工说过，以往煤矿透水事件中死亡的人，很少是饿死或窒息死亡，大都是精神崩溃，在救援队伍还未到来之前，先绝望死去。

一般人是肉体死了，而后精神随之消失；而精神绝望的人，一般都是精神死去，而后肉体也随之死去。

他就属于后者。他放弃了，与其这样孤孤单单地熬下去，这样在孤独中无望地等待，还不如早些死了，早些解脱。

黑洞洞的煤坑里什么也没有，除了死亡的影了紧紧地跟随着他，咬噬着他的肉体、咀嚼着他的灵魂之外，什么也没有。这时，若有一点儿声音，哪怕是对他最恶毒的诅咒，不，即使是一双手打在他脸上发出的声音，也会让他欣喜若狂，从而从恍恍惚惚中醒来，重新振作起来。

但没有，一点儿也没有，连一块坷垃滚动的声音都不再有。

迷迷糊糊地，他感到光着的膀子上有点痒，下意识地用手去挠。同时，有一个声音响起，声音很小，若有若无，但在他耳中听来，却如巨雷一样惊天动地。

嗡——分明是蚊子的声音。

他悚然一惊，忙坐起来，听着这天外之音，细细的，一波三折，时断时续。一会儿离他耳朵近了，很是清楚，如二胡的尾音；一会儿又远了，像梦的影子，让他努力侧着耳朵去寻。

这大概也是一只饿极了的蚊子，已临近死亡的边缘。他暗暗地叹了一口气。

当这只蚊子再一次落在他的脖子上时，他一动不动。他清晰地感觉到这只蚊子几只长长的脚在皮肤上爬动。接着，是一只管子扎了进去，吸他的血。

他如老僧入定一般，静静地躺在那里，一动不动。

蚊子吸饱了，飞起来了，嗡嗡地唱着。真好听。它飞向哪儿，他的头就转向哪儿。一直到它飞累了，停了下来，他也停止了寻找。他想打开矿灯去看看，可又怕惊吓了它。

这一刻，他的心宁静极了。

他知道，他还活着，他不孤单，也不感到黑暗，至少，这儿还有一个生命陪伴着他。虽然它那么小那么小，可此时，他们互相是对方的全部，包括希望，包括精神，也包括生命。

要活下去，他想，生命之间是相互关心的，尤其在患难中更是需要相濡以沫。他相信，外面的工友们一定在千方百计地设法营救自己，他们绝不会坐视不管。

他没有别的吃的，就将煤撮着一点一点往胃里咽。他听说过，有人在煤坑里就曾以吃煤救过命。

此后的五天，他就以听蚊子叫和吃煤延续着自己的生命。

第六天，一道亮光倾泻而下。他得救了。

当他被救出时，耳边依然听到嘤嘤的唱歌声。

他的眼睛被包着，看不见，但分明感觉到了蚊子飞走的姿势，矫健、优美，绝不拖泥带水。他想，生命是多么美好啊，正是在相互支撑、相互扶持中，才显得丰富多彩而毫不孤单。

师生在场

师：自然界形形色色的动植物都以自己独特的方式发出了生命的回响，而作为高级动物的人，能否听懂那些生命的声音并从中受到启迪呢？小小说《生命的声音》有哪几层含义？请同学们谈谈自己的见解。

生 A：我觉得"生命的声音"是指蚊子发出的声音。

生 B：我觉得也指在死亡临近时，矿工从蚊子的声音里感受到的生命的呼唤，是一种生存的信念。

师：请同学们结合文章内容推断"相濡以沫"这个成语的意思，并探究文中矿工与蚊子是如何"相濡以沫"的。

生 C："相濡以沫"比喻同处困境，相互救助；也指在患难中相互关心，相互支撑，相互扶持。

生 D：文中矿工与蚊子的"相濡以沫"具体表现为蚊子吸矿工的血以活命，矿工听着蚊子的声音重拾生命信念，以此来相互救助。

生 E：我觉得文中的"相濡以沫"还可以理解为：矿工给予蚊子的

是物质层面的帮助，而蚊子给予矿工的是精神层面的鼓励与启迪。

师：本文向我们传达了一种怎样的人生态度？请同学们谈谈自己的看法。

生F：我觉得本文向我们传达的人生态度是：当我们身处逆境时，不能气馁，要坚持一定能摆脱困境的信念，不断磨炼自己，始终对生命和未来充满信心和希望。

生G：我觉得本文也向我们传达了这样一个人生态度，即人生需要相互扶持和鼓励，我们要善于从其他事物身上汲取力量，我们要有发现和领悟的智慧。

生H：我觉得我们可以从相反的角度来理解，就是当我们身处顺境时，我们应该学会珍惜现在所拥有的一切，让自己的每一天都过得有意义。

一吐为快

当精神垮掉后，肉体的屈从也只是时间的问题。很多时候，疾病本不应该将患者置于死地，但其所带来的附加的痛苦或恐惧往往已经先磨灭了患者的生存意志。因此，只要患者能战胜心魔带来的痛苦或恐惧，奇迹就可能发生。而战胜心魔的契机，往往就来自身边不起眼的一朵花、一片云、一个眼神、一个微笑。万物有灵且有情，只要我们有心，自然中的一切就都能成为我们生命中的一份礼物，给我们启迪，成为我们在面对困境时战胜心魔、获得胜利的力量。

拓展阅读

背　叛

余显斌

将军派人下山去找粮。

多少天了，我们断了五谷，只能吃皮带，吃草根。总之，能吃的东西我们都吃了，除了石头和树木外。将军挠着后脑勺说，不行，得弄点粮食，不然的话，咋打仗？

王老蔫一听，扶着树干站起来，自告奋勇道，我去。

将军打量了一下他，问道，你去？

王老蔫点点头，告诉我们，他熟悉路，就像熟悉自己的手指。

我给将军眨了下眼，背过王老蔫，悄悄告诉将军，这小子又胆小又怕吃苦，什么时候这么勇敢过？不可信。将军瞪大眼睛问，啥意思？

我叹口气说，打败之后，本来就有些人心不稳。

我绝不是危言耸听，最近一段时间，在敌人的穷追不舍和大雪封山的情况下，有一些软骨头的战士，受不了苦，带着枪悄悄下山，投靠敌人，给我们带来了极大的危害。因此，我不得不小心，不得不提醒将军，尤其对于王老蔫这样的人，不可不防。

可是，将军最终没有接受我这个参谋长的建议，还是派出了王老蔫。现在，打垮后跟在将军身边的人也就十几个了，他们都是外地人，对于当地情况很生疏。也只有王老蔫是这儿的人，路熟。

王老蔫接受任务，敬了个礼，走了。

按照约定，第二天早晨王老蔫得赶到这儿。可是，天亮了，太阳照亮了雪野，仍不见王老蔫回来。我很是担心，告诉将军，得赶快转移，我怀疑王老蔫这家伙出了问题。

我分析，这小子路熟，不会出别的事，如果要出事，也一定是投敌。

将军摇着头说，再等一下。

将军自言自语，这个王老蔫，是不是让什么事耽搁了？

这一等，我们就等来了日军，一队黄乎乎的小鬼子，拿着枪向这边走来。当头一人，正是王老蔫。将军骂一声，软蛋，果然带着小鬼子来了。说完，暗令十几个人赶快趴下，藏身雪里，做好战斗准备。

我们趴在那儿，一动不动。

王老蔫渐走渐近，能看清他脸上的笑容了。这小子，很得意。

后边，跟着日军的小队长。

走到这儿，他站住了，一笑，告诉日军小队长，这儿是我们的一个窝点，不过，昨天将军和自己商定了，让自己运粮，不必来到这儿，直接送到虎头岭，天一亮他们就去取。说到这儿，他一笑道，自己不想干了，因此，跑到门头沟，遇见太君，就投奔过来了。

因此，他断定，将军现在在虎头岭。

日军小队长听了，一扬指挥刀，前进！

一队日军跟着王老蔫，吭哧吭哧踏着深雪，继续向前走去，一步步上了虎头岭。

不久，虎头岭上，传来王老蔫的喊声，小鬼子，去死吧。随着是一声手榴弹轰隆隆的爆炸声，然后一切都没有了，四野静悄悄的。我们爬起来，望着虎头岭，一个个眼中涌出了泪水。

将军用手擦一把泪说，走，去门头沟。

在门头沟，我们在一处山洞里最终找到了一袋粮，渡过了难关。

多年后，我已两鬓斑白，再次回到这儿，打问起王老蔫当年被捕的经过。当地人告诉我，说有人亲眼见到，王老蔫当时不是被捕的，确实是自己走出来自愿给日军带路的。当时，他扛着粮刚走到门头沟，发现一队日军悄悄向我们驻地方向摸去。他一惊，忙藏好粮，拍打着衣服走出来告诉日军，自己是抗联，刚刚从将军那儿逃出来的。

他说，他知道将军在哪儿，愿意带路立功。

于是，他带着日军径直走向虎头岭，走向自己生命的终点。

他和我同年，如果活到现在，也已经九十多了。

陈永林

陈永林(1972—   )，江西省九江市都昌县人。中国作家协会会员，中国微型小说学会理事，江西省作家协会理事，滕王阁文学院合同制专业作家，江西省小说创作委员会委员。

代表作有《毒不死的狗》《怀念一只叫阿黑的狗》《鼓殇》等。数篇小说被改编为广播剧、电视剧。小说集《红豆手镯》获江西省第五届谷雨文学奖，小说集《怀念一只叫阿黑的狗》获 2008 年冰心儿童图书奖。

2002 年中国作家协会授予其"中国小小说风云人物榜·小小说星座"荣誉称号。2006 年中国小说排行榜上榜作家。第三届中国小小说金麻雀奖得主。

小编有话

小说《鼓殇》以"鼓"为线索，通过小人物在现实生活中的无奈间接控诉了社会的不良风气，并对弱势群体中的小人物给予爱心和同情。整篇小说充满了悲悯和人道主义情怀，具有原生态般的生命质感和浪漫主义色彩，为读者打开了一扇观照社会人生和民间"草根"人物生存状态的窗。鼓声激荡，群山回响，那是山子心中难言的愤懑和满腔的激动。

鼓　殇

山子是个十乡百村出名的好鼓手。一只小小的牛皮鼓，被山子敲得出神入化。人们从他的鼓声中能听到风声雨声，鸡鸣狗吠；能看到旭日徐徐升起，雪花漫天飞舞；能嗅到鲜花的芬芳，稻谷的馨香；能触到情人柔唇的烫热，刚垦的土地的湿软。

因而十乡百村谁家办喜事丧事，都以能请到山子敲鼓而觉得脸上有光。

这天一大早，山子背着鼓刚要出门，村长来了。村长说，山子，你去哪儿？山子说，这还要问？村里德高望重的七根去世了，今天安葬，他当然得去祭奠七根。若七根家没人请他，他都会主动去。七根对他有恩。山子自小失去父母，七根极怜爱他，家里好吃的总给山子留一份，一年也总给山子缝两身新衣服。过年过节，也大都在七根家过。山子的这只鼓，都是七根送的。山子说着就要出门，村长拉住了山子，说，你不能去。山子说，我咋不能去？村长说，乡长的儿子今天结婚，想让你去助兴。山子说，我干吗去？难道凭他是乡长？山子甩脱了村长的手，就出了门。

村长喊，山子，你难道还不想要宅基地？

山子立住了，说，咋不想？

山子快三十了，可没哪个女人肯进门。女人嫌山子住的是低矮的泥坯屋。山子想拆了老屋盖，可老屋地基太小。山子为这事急，不知找到村长多少次。村长总拖，说乡土管所不批。山子心里痛恨，但没法。村委会的章绑在村长裤带上，你总不能强迫他盖。

对呀，你的鼓给乡长儿子的婚事驱了邪，他一高兴，跟土管所所长一说，你的宅基地不就批了？那女人不也有了？你岁数也不小了，不能再拖。要不，岁数一大，更找不到女人。村长又从口袋里掏出山子的宅基地申请书，说，进屋，这章我这就给你盖，待会儿就给乡长。

山子冷冷哼一声，又迈开步子走。村长跑上前拉住了山子，说，就算你不想要宅基地，但你也该为乡亲们的利益着想。

山子定定地望着村长。

村长说，你知道我们村想修条路。村里人集的资远远不够。我想让乡里拨点儿款。这事，我已给乡长说过，他说可以考虑。到时，你的鼓敲得他高兴，我再一提，他的笔一挥，不就签了字？

山子还有点犹豫。

村长又说，要知道乡亲们待你不薄。你可是吃百家饭、穿百家衣长大的。

山子眼里就湿漉漉的了。

山子就背着鼓来到乡长家。

新娘坐着桑塔纳来了，噼里啪啦的鞭炮热热闹闹地响个不停。山子起劲地敲着鼓，鼓声时而高亢如雷鸣，时而温柔如情人私语。人们被山子的鼓声吸引住了，不时发出赞叹声。

乡长也欢笑着看山子敲鼓。

喝酒时，乡长给山子敬酒，说，你辛苦了，谢谢。晚上闹洞房时，还得辛苦你。

山子就笑说，不辛苦。

乡长说，屋基的事，你村的村长也给我说了。你放心，这事还不是我一句话！

山子说，那乡里能给村里多少修路款？

什么修路款？

村长没给你说？我村想修条路，可村里集的资不够。

哈哈，你别听村长瞎起哄。乡里的工资都发不出，哪有啥闲钱拨给你们修路？

山子握酒杯的手抖起来，他被村长愚弄了。山子仿佛瞧见七根怨恨地望着他。山子就起劲地喝酒，喝了一杯又一杯，乡长劝住了，说，你晚上还要敲鼓，敲完鼓再喝个够。

山子说，不碍事。

晚上敲鼓时，山子再找不到感觉。鼓敲得杂乱无章。人们很失望，也感到怪，这是山子敲的鼓？

乡长也说，山子，你敲的啥鼓？

山子很尴尬，我也不知怎么敲的鼓。

你喝多了酒？乡长问。

没呀，我以往喝那么多酒，鼓仍敲得那么好。

山子的鼓敲得更是一塌糊涂，山子就索性住了手，灰溜溜地回家了。

晚上，山子背着鼓来到七根新落的坟前。山子又敲起鼓。

忽而，刮起狂风，狂风呼呼地叫。片刻又下起雨。雨很大，噼里啪啦地响。猫头鹰在风雨中凄凄哀哀地叫，狗也惶惶不安地吠。又传来数百个人的号啕大哭。

村人奇了，都打开门，并没刮风，也没下雨。一轮被湖水洗了似的圆月好端端挂在那儿。

村人都拥到七根的坟前。

山子拿鼓槌的手挥舞得让村人眼花缭乱。

师生在场

师：微型小说《鼓殇》具有中短篇小说的含量与结构，作者把人物置于矛盾冲突的关键位置，把有意味的文学叙事与日常生活叙事相融合。小说第三段交代山子与七根的关系，在全文中有什么作用？

生 A：交代山子的生活状况，使我们对山子的身世、社会地位等有一个较全面的认识；同时为后文情节的发展做铺垫。交代山子与七根的关系，为山子觉得对不住七根、后悔到乡长家敲鼓及山子晚上到七根坟前敲鼓等做了铺垫。

生 B：对比突出山子重大义的形象特点。七根对山子有恩，山子原本要去祭奠七根，但最终为了村里能修路而去乡长家敲鼓。

师：主人公山子有哪些形象特点？请同学们简要分析。

生 C：敲鼓技艺精湛。他是十乡百村出名的好鼓手，人们以能请到他敲鼓而觉得脸上有光。知恩图报。即使七根家不请他，他也会去帮忙，不忘七根对他的恩情。

生 D：善良正直、通晓大义。他给乡长家敲鼓，是因为觉得能够让村里得到修路款。

师：有人认为《鼓殇》这个题目不好，不如《婚礼上的骗局》更能显示本文主题的深度，你是怎么理解的？请同学们谈谈自己的观点。

生 E：我觉得《鼓殇》这个题目好。本文以"鼓"为线索，山子去乡长家击鼓与为七根击鼓构成主要情节。山子善击鼓，以此为题可使人物特征更加突出。

生 F：我也觉得《鼓殇》这个题目好。本文主题以"鼓"为生发点，该去为谁击鼓、如何去乡长家击鼓，击鼓的不同效果反映了作者的褒贬。以"殇"为题眼，突出了事件所折射的巨大的悲哀、遗憾，渲染了强烈的悲情氛围。

生 G：我觉得《婚礼上的骗局》这个题目好。因为这个题目紧扣核心事件，推动了情节的发展。乡长儿子的婚礼是本文的一个纽带事件，也是一个核心事件。山子被村长骗，所以才会去乡长家击鼓；因为骗局被揭穿，所以才会有山子在乡长家有判若两人的表现及去七根坟前击鼓的情节安排。

生 H：我也觉得《婚礼上的骗局》这个题目好。这个题目不仅强化了作品主题，还点出社会背景。婚礼、骗局，增加了文章的宽度和深度，表现了更为广泛的社会生活，揭示了生活所掩盖的真相。"骗"字集中反映了作者对山子和村长的不同褒贬态度，主题更加鲜明。

一吐为快

山子到七根坟前击鼓，鼓声感天动地，闻者惊心，那一阵阵鼓声，敲出了山子的屈辱、愤恨和对逝去恩人的怀念。山子的鼓声，不仅是作者心灵深处的呐喊，更是作者对人间冷暖的体味。我们在感动于作品中人物悲情命运的同时，不得不佩服作者深厚的文学功力。世事艰辛，生活不易，让我们把枯燥的生活过得充满诗意，坚守初心，砥砺前行。

拓展阅读

寒 冬（节选）

陈永林

空中溢满寒风狰狞的微笑。光秃秃的树干冷得瑟瑟发抖，发出凄厉无助的呜咽。空中铺满铅色的乌云，严密密地压在头顶上。

要下雪了。

我立在风中,脸被刀子样的风扎得生痛生痛。

"爹,上岸吧,要不会冻坏的。"

父亲不搭理我。父亲仍摸他的鱼。

"这些王八羔子都躲到哪儿去了?"父亲下湖快半个时辰了,可乌鱼一条也没摸到。寒冬,乌鱼怕冷,藏在泥土里一动也不动,很难抓。即使人踩住它,它也动都不动,让人很难感觉到踩住它了。

湖水对湖岸怀着满腔仇恨似的,猛烈而凶狠地撞击着湖岸。

父亲被湖浪冲个趔趄,险些摔倒。

"爹,别摸鱼了,回家吧。"

"放屁,不摸到乌鱼,你能当成兵……"

父亲的声音打战。

在我们这个穷山沟,想当兵的挤破头。每年冬季,许多人都为当兵奔波。我们这些没考上大学的,如又想挣脱脚下这贫瘠的土地束缚,那只有当兵一条路。

我也往当兵这条狭窄的路上挤。

去年,我验中了,可乡武装部只分给我们村委会四个名额。我没争到。原因是我们想抓住鸡却舍不得一把米。

今年,我验中后,父亲就忙活开了。

父亲拎了两条"红塔山"、两瓶"茅台"进了村支书的门。村支书见了烟酒,满口答应,又说:"只是村委会不是我一个人说了算,还得村长同意。村长同意了,我没二话。"

父亲又拎着鼓鼓囊囊的包进了村长家。

父亲对村长说明来意。

村长说:"这事,我当然会帮忙。只是今年指标太少,只三个。而村里验中了的却十几个,能否去得成,我不敢打包票。但我尽力帮忙。"

父亲又把烟酒拿出来,村长不收。父亲说:"你不收,就是看不起我,不想帮这个忙。""忙是要帮,但东西不能收。"两人争了很久,最后父亲执拗不过村长,把东西拎回家了。

父亲脸上阴阴的。

父亲说："村长死活不收东西，他不实心实意帮忙。唉！"

正巧，村长的女人得了一种妇科病，医生开了药，说要乌鱼做药引子才行。

父亲得知后，立马就下湖了。

父亲的身子开始抖了，"这……王巴……躲……哪里……"父亲话都说不囫囵。

"爹，回家吧，这兵我不当了。"

我的泪掉下来了。

"闭……上……你……臭嘴。"

父亲仍摸他的鱼。

忽然，父亲笑了："哈哈，终于……抓……住……你……"

父亲双手举着一条三四斤重的乌鱼。

父亲上了岸，身子一个劲地抖。父亲的嘴唇已冻得乌黑，身上发紫。可父亲还笑着说："这回没白来。村长见了这鱼，准会动心的。你当兵有望了。"

回到家，母亲把一红本本给我，说："通知书刚下来了，过几天就走。"

父亲问："这通知书谁送来的？"

"村支书。"

"那你把这乌鱼剖了，红烧，多用香油，要煎得焦黄焦黄，村支书喜欢吃。"父亲对母亲吩咐后，又对我说，"你去买两瓶好酒来。"

"那这乌鱼不送村长了？"母亲问。

"不送。"父亲生硬地说，"娃能当兵，全是村支书帮的忙。这情我们得谢。"

酒买回来了，父亲就去请村支书。

父亲把脊背上的肉块一个劲地往村支书碗里夹。村支书说："我自己来。"父亲说："多吃点，这东西冬天里吃了，补肾。"父亲又端起酒杯，说："我在这敬你一杯，娃儿能当成兵，全靠你了，在此谢你了。"父亲一仰脖，一杯酒一口干了。

"林子能当成兵，也亏了村长帮忙，我一个人不行的。乡长在外县有一亲戚，想把户口转到我们村，占我们村一个指标，村长挡着，把这指标给了林子。"

父亲"啊"了一声，笑便僵在脸上，但片刻，又说："来，喝酒。"

父亲的声音一下没了筋骨、软绵绵的。父亲刚才兴奋得发红的脸也犹如门墙下的枯草，蔫蔫的。

外面开始下雪了。

吃完酒，父亲又出去了，母亲和我没在意，都没问父亲到哪里去。到吃晚饭时，我四处喊父亲，却没人应。母亲也慌了。后来，母亲说："他是不是给村长摸乌鱼去了?"我跑到湖边，见岸上放着父亲的衣服，湖上却没父亲的影子。后来在离我们村二十几里的一个山脚下找到了父亲。父亲的身子已变得僵硬。

雪纷纷扬扬下，满世界一片耀眼的白。

刘国芳

刘国芳（1983—　），江西省抚州市临川区人。已在《中国作家》《人民日报》《读者》等报刊发表小说 2200 余篇，共计 400 多万字。著有《刘国芳小小说》《风铃》等 9 部小小说专著。多篇作品被翻译成英文、法文、日文、韩文多种版本介绍到国外。2003 年获首届中国小小说金麻雀奖。《月亮船》获《中国作家》优秀小小说奖。《风铃》获"亚龙杯"全国小小说一等奖。

小编有话

曾经有这样一段爱情出现在他们的生命里，但责任和义务使他们分隔两地。山长水远，世事纷扰，持枪守边的血性男儿只能将似水柔情深埋心底；家国情怀，英雄大志，军人的天职使他响应了祖国和人民的号召。世事变迁，沧海桑田，也许是他们的爱感动了上天，她又回到了他的身边。听，风铃轻轻摇曳，那是轻声细语爱的告白……

风　铃

兵回家探亲时，小琪抱着一个孩子来看他。兵屋里一屋子人，很热闹，小琪进来，把一屋子的热闹熄灭了。

旋即，众人离去。

一屋子只剩下兵和小琪，还有那个抱在小琪手里的孩子。

相对无言。

良久，小琪开口说话了："我对不起你。"

兵无言。

小琪说："是我母亲逼我嫁给大狗的。他有钱，给了聘礼两万块，我不嫁，母亲跳了两次河。"

兵无言。

小琪说："我是爱你的，一直爱你，我也知道你喜欢我，你还同意的话，我跟大狗离婚，跟你结婚。"

兵无言。

小琪见兵不说话，出去了。俄顷，小琪走了回来，她怀里除了抱着一个孩子外，还多了一个风铃。

小琪说："这风铃是你以前送我的，这两年我一直把它挂在门口。"

兵看见风铃，开口了："你现在来还我风铃，是吗？"

小琪摇头："我刚才说了，你还同意的话，我跟大狗离婚，跟你结婚。这事，你不要急于回答我，你考虑考虑，同意的话，把风铃挂在你门口，我看见了风铃，会来找你。"

小琪说着放下风铃走了。

屋里剩下了兵自己。

兵呆着，许久许久，后来兵拿着风铃，在手里晃动，于是有丁零丁零的声音在屋里响起。小琪住在隔壁，听到风铃声，她跑出来，抬头往他门口看。

他门口没有风铃。

小琪呆在自家门口，潸然泪下。

兵回部队时，也没把风铃挂在门口，而是把风铃带走了。回部队后，兵把风铃挂在营房门口。是大西北，风大，风铃整天在门口丁零丁零地响。兵没事时，呆呆地看着，还说："小琪，我把风铃挂在门口了，你看到了吗？"

军营里挂一个风铃，起先让兵们觉得好玩，久了，兵们烦了，觉得丁零丁零的声音很吵人，于是让兵拿下，兵拿下来，把风铃放好。但没事时，兵会把风铃拿出来，找一个无人的地方，坐下来，让风铃在胸前晃动，让风铃丁零丁零地响，还说："小琪，我把风铃挂在我的心口了，你看到了吗？"

小琪看不到，兵把风铃挂在心口也罢，门口也罢，小琪都看不到，小琪只看得见他的家门口，那儿，没有风铃。

两年后兵退伍了，这回，小琪没来看兵。兵问大家，小琪呢，怎么不见了？大家说小琪不怎么出来了，整天缩在家里。兵问出了什么事，大家说小琪老公找了一个更年轻的女人，跟小琪离了。

兵沉默起来。

隔天，兵把风铃挂在门口。

小琪没来。

兵便看着风铃发呆，在心里说："小琪，我把风铃挂在门口了，你看到了吗？"

有风吹来，风铃丁零丁零地响，兵听了，又在心里说："小琪，风铃在响哩，你听到了吗？"

小琪听到了，也看到了，但她一动不动抱着孩子坐在屋里，没出来。

隔天，兵找上门去。

兵去之前，把风铃取了下来，然后放在胸前，同时用手晃动着，于是在风铃丁零的响声中，兵走进了小琪屋里。

小琪见了兵，头垂下，然后说："我现在被人遗弃了，你还来做什么？"

兵说："来告诉你，我不但把风铃挂在门口了，还挂在心上了。"

说着，兵又把手中的风铃晃动起来。抱在小琪怀里的孩子，四岁了，会说话，听见风铃响，孩子把一只手伸出来，说："妈妈，我要。"

师生在场

师：作者将兵与小琪对爱情的坚守和追求，委婉而又含蓄地附着在那个丁零作响的风铃上，请同学们谈一谈，小说中的风铃在兵与小琪的情感发展过程中的作用。

生A：我认为风铃是两个人感情的焦点，风铃这个道具构建了整个故事，也暗示着两个人内心深处的情感起伏。

生 B：风铃是两个人情感发展的线索，并自始至终地表现着人物的内心活动，推动小说的情节发展。

师：小说开头部分三次写到"兵无言"，请同学们谈谈自己对这三处"无言"的理解。

生 C：第一个"兵无言"，出现在抱着孩子的小琪对兵说"我对不起你"时，这时的兵对自己的恋人不想说出责备的话。

生 D：第二个"兵无言"，表现出兵对突如其来的变故，只有痛苦地默默承受，不愿再说什么。

生 E：第三个"兵无言"，表明兵是爱小琪的，但此刻表白已经没有什么意义，所以无言。

师：有人说，小说中的兵在真爱面前过于软弱，他的无言与沉默，险些使他丢了自己的真爱；还有人说，兵经历了一次情感与理智的痛苦冲突，演绎了一份可赞可叹的人间真爱……请同学们谈谈自己的看法。

生 F：我觉得兵过于软弱。他明明爱小琪，也知道小琪深爱着他，但是面对小琪的表白，他选择了无言与沉默，这样的做法不仅伤害了自己深爱的人，也伤害了自己。我认为面对真爱，我们就应该勇敢地去争取。

生 G：我不同意 F 同学的看法，兵在真爱面前，虽无言，却从未放弃，他始终把这份爱放在心里，成为这份爱的忠实守护者。开始他之所以无言，是因为他不想让自己的爱伤害他人（大狗以及孩子），这更突出了兵的淳朴善良。我认为兵的爱是深沉的，是令人感动的。

一吐为快

魂系祖国的蓝天大地，背负民族的存亡安危，军人的生命中自有一种宏伟雄壮的美。在实现强军梦的伟大征程中，无数热血男儿前赴后继，为祖国奉献了自己的青春。责任应担，义务应尽，爱情亦不能少。当爱的幼芽一朝破土而出，必然焕发出巨大的生命能量，入心是风清月白，入眼是柳绿桃红。

拓展阅读

小小说的诗情画意

刘国芳

1. 诗即是小小说的语言。小小说因为是短小说，通篇要给人一种诗意，这样的小小说，就会看起来好看，有品位。这么多年，我一直在我的小说中追求一种诗意。

2. 情是指小小说应该写情。现实生活离不开情，婚姻需要爱情，家庭需要亲情，同事朋友之间需要友情，整个社会需要真情，情是和谐社会人与人之间关系的黏合剂。因此，小小说写出人的情感，就会吸引人，引起共鸣。这里的情不仅仅是指作品本身以情为题材，写爱情亲情友情，还指作者要用饱含情感的笔墨，来反映当下多姿多彩的生活。以情感人，应该是小小说追求和努力的目标。

3. 画即小小说要有画面感，即有动感，有立体感。一篇好的小小说，要让人在阅读的时候感到静中有动，动中有静，即阅读小小说时，平面的小说，要让人觉得看出了画面，阅读者随着文字的流动，感觉眼前的形象在动，人物在动，小说里的人物活的一样，在我们眼前活动着。

4. 意即小小说要有意思，要有意义，要有内涵：唐朝诗人白居易提出过"文章合为时而著，诗歌合为事而作"，这就是说，作为作家，要关注时代，关注社会。我不认为一篇小小说能反映我们这个时代，但一百篇一千篇呢，我以为是可以反映我们这个时代的。我们的小小说能从关怀生命，关注生存出发，这样的小小说就会有思想，有内涵，应该意蕴深远，回味无穷。

屠格涅夫

屠格涅夫(1818—1883)，出生于世袭贵族之家，是19世纪俄国享有世界声誉的现实主义艺术大师，批判现实主义作家、诗人和剧作家。代表作有《猎人笔记》《父与子》等。

小编有话

同样是遭遇丧子之痛，贫穷的农妇和地主太太表达情感的方式却截然不同。究竟是含蓄的表达更令人悲痛，还是沉重的泪水更加让人动容？相信每一个读者朋友心中都有自己的答案。让我们一起走进文章，看看屠格涅夫笔下一碗白菜汤的故事吧！

白菜汤

一个农家的寡妇死掉了她的独子，这个二十岁的青年是全村庄里最好的工人。

农妇的不幸遭遇被地主太太知道了。太太便在那儿子下葬的那一天去探问他的母亲。

那母亲在家里。

她站在小屋的中央，在一张桌子前面，伸着右手，不慌不忙地从一只漆黑的锅底舀起稀薄的白菜汤来，一调羹一调羹地吞下肚里去，她的左手无力地垂在腰间。

她的脸颊很消瘦，颜色也阴暗，眼睛红肿着。然而她的身子却挺得笔直，像在教堂里一样。

"呵，天呀！"太太想道，"她在这种时候还能够吃东西！她们这种人真是心肠硬，全都是一样！"

这时候太太记起来了：几年前她死掉了九岁的小女儿之后，她很悲痛，不肯住到彼得堡郊外美丽的别墅去，她宁愿在城里度过整个夏天。然而这个女人却还继续在喝她的白菜汤。

太太到底忍不住了。"达地安娜，"她说，"啊呀，你真叫我吃惊！难道你真的不喜欢你儿子吗？你怎么还有这样好的胃口？你怎么还能够喝这白菜汤？"

"我的瓦西亚死了，"妇人安静地说，悲哀的眼泪又沿着她憔悴的脸颊流下来，"自然我的日子也完了，我活活地给人把心挖了去。然而汤是不应该糟蹋的，里面放得有盐呢。"

太太只是耸了耸肩，就走开了。在她看来，盐是不值钱的东西。

师生在场

师：《白菜汤》这一篇微型小说是屠格涅夫晚年所创作的为数不多的微型小说之一，作者匠心独运，选取生活的一角，从小处落笔，巧妙地运用现实主义的手法，恰如其分地反映了当时俄国社会阶级对立的残酷现实。小说中的地主太太指责死去儿子的农妇在悲恸的时候还能喝下白菜汤，是心肠硬，不爱自己的儿子。同学们，请结合小说内容谈谈自己对此的看法。

生A：农妇很爱自己的儿子，从文中的相关描写中我们可看出独子的死让她痛不欲生。例如，从文中的动作描写："她的左手无力地垂在腰间"；肖像描写："她的脸颊很消瘦，颜色也阴暗，眼睛红肿着"；神态描写："悲哀的眼泪又沿着她憔悴的脸颊流下来"；语言描写："我的瓦西亚死了……我活活地给人把心挖了去……"等。

生B：我认为农妇在独子死去的情况下喝白菜汤是对儿子的别样怀念，因为白菜汤和盐里凝结了儿子的辛勤劳作。

生C：同样是丧子，同样是母亲，她们都爱自己的孩子，这一点毋庸置疑，只是她们表达情感的方式不同。农妇没有什么可以放弃，甚至一点点加了盐的白菜汤她也只能和着眼泪吞下，通过两个地位、身份悬殊的人的对比，更加强化了情感效果，写出了农妇的悲惨境遇和丧子之痛。

师：联系这篇小说，你怎样看待地主太太和农妇表达情感的方式？读完全文，你有怎样的人生启迪？

生 D：人表达情感的方式是不同的。地主太太在悲痛之下可以放弃到郊外美丽的别墅度假，在她看来这是最大最应该的牺牲、最好的表达方式。而农妇竟能一调羹一调羹地喝着白菜汤，令地主太太十分吃惊。不能说地主太太就合适，农妇就不当。判断人的内心痛苦的程度不能用外部的行为做标准。地主太太拒绝到美丽的别墅不能表示她更痛苦，而农妇吞白菜汤，也不能说明她"心肠硬"。

生 E：失去的已经失去，得到的就应该珍惜，哪怕是一点点"盐"。坚强地活下去，珍惜现在。

师：人的社会地位有高低之分，而感情没有。由于生活上的无奈，穷人的丧子之痛就要遭受富人的质疑和不屑，这是让人心酸的。号啕大哭的人不一定比沉默不语的人更痛苦，不流泪的人或许比流泪的人忍受着更大的悲哀。

一吐为快

在现实生活中，每个人都不可能是一帆风顺的。在逆境中我们要展示出自身生命的强度和韧性，迎接残酷生活的挑战，勇敢地笑对人生。英国哲学家洛克曾经说过："在生活磨难面前，精神上的坚强和无动于衷是我们抵抗罪恶和人生意外的最好武器。"生活还要继续，充满无限可能的未来还在远方静静地等待着我们。

拓展阅读

（一）屠格涅夫与托尔斯泰
1853 年秋天，屠格涅夫无意中在松林里捡到一本皱巴巴的杂志。

他随手翻了几页，竟被一篇题为《童年》的小说吸引。作者是一个初出茅庐的小辈。屠格涅夫四处打听，最后得知作者两岁丧母，七岁丧父，是由姑母一手抚养照顾长大的，刚跨出校门便去高加索部队当了兵。

屠格涅夫几经周折找到他的姑母，表达了他对作者的欣赏与肯定。姑母很快写信告诉侄儿："你的第一篇小说引起了轰动，连屠格涅夫都逢人称赞你。他说：'这位年轻人如果能继续写下去，前途一定不可限量！'"作者收到姑母的信后，本是因为生活苦闷而信笔涂鸦打发心中寂寞的，由于屠格涅夫的欣赏，于是一发不可收地写了下去，最终成为具有世界声誉、世界意义的文学家和思想家。他就是《战争与和平》《安娜·卡列尼娜》和《复活》的作者列夫·托尔斯泰。

(二)屠格涅夫与乞丐

屠格涅夫在一次外出散步时碰到一个穷人向他乞讨，他在衣袋里摸了半天，然后抱歉地说："兄弟啊，实在对不起，我没带吃的东西，钱包也丢在家里了。"乞丐突然紧紧地抓住屠格涅夫的手，一个劲儿地说："谢谢你，谢谢你，太谢谢你了！"屠格涅夫奇怪地说："你谢我什么呢？我什么也没有给你啊。"乞丐激动地说："我本想找点东西吃然后去自杀，没想到你竟然称我为兄弟！还向我表示歉意，您给了我活下去的勇气。"

马克·吐温

马克·吐温(1835—1910),19世纪后期美国著名作家、幽默大师、小说家、演说家,美国现实主义文学的杰出代表。主要作品有短篇小说《卡拉维拉斯县著名的跳蛙》《百万英镑》《竞选州长》,中长篇小说《汤姆·索耶历险记》《哈克贝利·费恩历险记》《王子与贫儿》《败坏了赫德莱堡的人》《密西西比河上的生活》《镀金时代》等。

2006年,马克·吐温被美国的权威期刊《大西洋月刊》评为影响美国的100位人物第16名。

小编有话

别人的鲜花总是分外绚烂,别人的成功总是格外诱人。我们不否认生活中会有奇迹发生,但是这种上天的恩赐就像天上掉下的馅饼一样可遇而不可求。没有谁的成功是可以完全复制的,世上本来就没有不劳而获的事情,相信您在读了马克·吐温先生的《我所发现的生活》后,在莞尔一笑之余,肯定还有更深层次的思考。

我所发现的生活

那个人家住费城,小时候很穷,他走进一家银行,问道:"劳驾,先生,您需要帮手吗?"一位仪表堂堂的人回答说:"不,孩子,我不需要。"

孩子满腹愁肠,他嘴里嚼着一根甘草棒糖,这是他花一分钱买的,钱是从虔诚、好心的姑妈那里偷来的。他分明是在抽泣,大颗大颗的泪珠滚到腮边。他一声不吭，沿着银行的大理石台阶跳下来。那个银行家用很优雅的姿势弯腰躲到了门后，因为他觉得那个孩子想用石头掷他。可是，孩子拾起一件什么东西，却把它揣进又寒碜又破烂的怀里去了。

"过来，小孩儿。"孩子真的过去了。银行家问道："瞧，你捡到什么啦？"他回答："一个别针儿呗。"银行家说："小孩子，你是个乖孩子吗？"他回答说是的。银行家又问："你相信主吗？——我是说，你上不上主的学校？"他回答说上的。接着，银行家取来了一支用纯金做的钢笔，用纯净的墨水在纸上写了个"St. Peter"的字眼，问小孩是什么意思。孩子说："咸彼得。"（小孩把英文 Saint 的缩写 St.，误认为 Salt，即咸的意思）银行家告诉他这个字是"圣彼得"，孩子说了声"噢！"

随后，银行家让小男孩做他的合伙人，把投资的一半利润分给他，他娶了银行家的女儿。现在呢，银行家的一切全是他的了，全归他自己了。

我叔叔给我讲了上述这个故事，我花了 6 个星期在一家银行的门口找别针儿。我瞧着那个银行家会把我叫进去，问我："小孩子，你是个乖孩子吗？"我就回答："是呀。"他要是问我"St. John"是什么意思？我就说是"咸约翰"。可是，银行家并不急于找合伙人，而我猜他没有女儿恐怕有个儿子，因为有一天他问我说："小孩子，你捡什么呀？"我非常谦恭有礼地说："别针儿呀。"他说："咱们来瞧瞧。"他接过了别针。我摘下帽子，已经准备跟着他走进银行，变成他的合伙人，再娶他女儿为妻子。但是，我并没有受到邀请。他说："这些别针儿是银行的，要是再让我看见你在这儿溜达，我就放狗咬你！"后来我走开了，别针儿也被那头吝啬的老畜生没收了。这就是我所发现的生活。

师生在场

师：马克·吐温集幽默风趣于一身，又不乏对社会的洞察和剖析。他的小小说《我所发现的生活》就通过"我"和小男孩都捡到别针儿这一相似故事情节的不同结局，揭示了理想和现实的巨大反差。请同学们结合文章简要分析小物件"别针儿"在小说中的作用。

生 A：情节方面："别针儿"是线索，贯穿两个相似的故事情节，展现了小男孩和"我"的不同遭遇，显出作者构思精巧。

生 B：人物形象的塑造方面："别针儿"展现了两个银行家不同的生活态度，展了"我"践行小男孩故事的心理。

生 C：主题方面：以小见大，同样的"别针儿"，不同的遭遇，突出主题。

师：文章以《我所发现的生活》为题，请同学们结合文本分析"我"发现的生活有哪些，并联系现实谈谈自己的看法。

生 D：小小的别针儿改变了小男孩的命运。一个穷孩子凭借诚实坚强获得了银行家的赏识，并一跃而成为银行家，获得了爱情事业的双丰收。

生 E：在一天天貌似相同的生活中也有微小的差别。同样是捡到别针儿，"我"和小男孩的遭遇却不相同，小男孩感受到生活中的善，"我"却感受到生活中的恶。

生 F："我"把童话当生活的幼稚可笑，"我"幻想依靠别人的帮助不劳而获的可悲。

生 G：这篇小说告诉我们：人的命运常常会在细微之处出现转机。

生 H：这篇小说给我的启示是：生活不可复制，一味盲目模仿照搬他人的生活，不考虑自己的实际情况，是愚昧的表现。

生 I：读了这篇小说后，我明白了愿望是美好的，现实是丑陋的。梦虽好却对现实的丑于事无补，我们不应沉溺于梦中，否则将一事无成。

一吐为快

无限的春光给了人们无限的思考却也遮住了人们沉静的目光，盎然的春色唤起了人们久远的企盼却也迷离了人们燃烧的激情。梦想虽美但对现实的残酷于事无补，只有经历漫漫暗夜才能迎来曙光，一味沉溺于梦中，天天渴望神助，这样的人必将一事无成。朋友们，趁春光正好，趁月色正明，抛却幻想，摒弃彷徨，让我们一直行走在通往理想的路上……

拓展阅读

你所不知道的马克·吐温

捉弄牧师

有一位牧师在讲坛上说教，马克·吐温讨厌极了，有心要和他开一个玩笑。"牧师先生，你的讲词实在妙得很，只不过我曾经在一本书上看见过。你说的每一个字都在上面。"那牧师听了后不高兴地回答说："我的讲词绝非抄袭！""但是那书上确是一字不差。""那么你把那本书借给我一看。"牧师无可奈何地说。于是，过了几天，这位牧师接到了马克·吐温寄给他的一本书——字典。

一针见血

美国有一位百万富翁，他的左眼坏了，花好多钱请人给装了一只假眼，这只假眼装得真好，乍一看，谁也不会认为它是假的。于是，这位百万富翁十分得意，常常在人们面前夸耀自己。

有一次，他碰到马克·吐温，就问道："你猜得出来吗？我哪一只眼睛是假的？"马克·吐温指着他的左眼说："这只是假的。"百万富翁万分诧异："您怎么知道的？根据是什么？"马克·吐温回答说："很简单，因为你这只眼睛里多少还有一点点慈悲。"

死是千真万确的

某一个愚人节，有人为了戏弄马克·吐温，在纽约的一家报纸上报道说他死了。结果，马克·吐温的亲戚朋友从全国各地纷纷赶来吊丧。当他们来到马克·吐温家的时候，只见马克·吐温正坐在桌前写作。亲戚朋友先是一惊，接着都齐声谴责那家造谣的报纸。马克·吐温毫无怒色，幽默地说："报道我死是千真万确的，不过把日期提前了一些。"

左　拉

左拉(1840—1902)，法国自然主义小说家和理论家，自然主义文学流派创始人。

代表作品为《卢贡—马卡尔家族》，该作品包括 20 部长篇小说，登场人物达 1000 多人，其中代表作有《小酒店》《萌芽》《娜娜》《金钱》等。

小编有话

真正的好作品都具有不可磨灭的时代性，《广告的受害者》一篇更是如此。小说通过塑造克洛德这样一位愚昧的、迂腐的、只相信广告的"诚实"小伙子的形象，揭露了广告对人们的欺骗和伤害，以此来批判广告媒体的欺诈性和虚伪性。克洛德的悲剧人生仅仅是时代的产物吗？还是另有原因？相信您读罢此文，会有更深刻的理解。

广告的受害者

我认识一个诚实的小伙子，他去年才去世，他一辈子可以说是受尽了折磨。

克洛德从他懂事的年龄起，就抱定这个主张：我的生活计划已经定了。我只要闭上眼睛接受我的时代的恩赐。为了跟得上文明的进步，过美满幸福的生活，"我只消每天早晚看看报纸和广告，准确地按照这些无比崇高的导师指点的去做。这是真正聪明的办法，唯一可能得到幸福的办法。"从这一天起，克洛德把报纸上登的和墙上贴的广告当作他的生活法典。它们变成了帮他解决一切问题的、万无一失的指南。

凡是广告上没有大力推荐的，他都一概不买或者不做。

这个不幸的人就是因为这个缘故，生活在一个真正的地狱里。

克洛德买了一块地产，土是从别处运来的，他只能在桩基上盖房子。这所房子是按照最新的建筑方法盖的，一刮风就晃悠，一下大雨就一块块往下掉。

房子内部呢，壁炉里装着结构精巧的除烟器，冒出来的烟可以把人呛死。电铃不管您怎么撤，它就是不肯响。厕所是按照一个极好的式样造的，变成了一个可怕的臭屎坑。抽屉和橱门装的是特别的机件，开了关不上，关上了又开不开。

尤其是那一架自动钢琴，其实不过是一只糟透了的手摇风琴罢了，还有保险箱，撬不开，烧不着，在一个冬天夜里，被几个贼轻轻松松地背在背上搬走了。

不幸的克洛德，他不光是财产上受到损失，身体上也吃足了苦头。

他刚到街上，衣服就裂缝了。他是从那些出清存货举行大拍卖的公司里买来的。

有一天我遇见他，他的头完全秃了。他是想把他的金黄色的头发变成黑色，这又是受他对文明进步的爱好的驱使，他刚用过一种药水，金黄色的头发全部脱光，他非常高兴，因为照他自己说的，他现在可以涂一种油膏，一定可以使他长出一头比以前的金黄色头发厚两倍的黑头发。

他吞服的各种药品，我就不一一详谈了。他原来很强壮，现在变得很瘦弱，一用力就喘气。也就是从这个时候起，广告开始把他的小命断送了。他相信自己有病，他按照广告上开的良方医治自己。他看到每种药品都受到同等的赞扬，拿不定主意，于是为了使疗效更高，同时服用各种药品。

广告对他的智力还要损害得厉害。他把报纸向他推荐的书籍摆满书架。他采用的分类法是最奇妙的：他把一本本书按照价值的高低排列。我的意思是说，按照出版商花钱叫人写的那些评介文章的热情程度的高低排列，当代的所有荒谬愚蠢和下流无耻的书籍都集中在那儿，还从来没有人看到过有谁收藏这么多伤风败俗的东西。克洛德很仔细地把介绍他买书的广告贴在每本书的书脊上。

这样一来他每次打开一本书，就可以事先了解他应该按照规定表达的是哪一种感情，是笑还是哭。

有了这一套办法，他完全变成了一个白痴。

这出悲剧的最后一幕是令人悲痛的。

克洛德看到有一个女梦游者能治百病，于是连忙跑去请她医治他其实没有的毛病。这个女梦游者十分热心，要帮助他返老还童，把回复到十六岁的秘方告诉了他。其实方法也很简单，只要用某种水洗澡，再内服某一种水就行了。

他吞下药水，钻到洗澡水里，他变得非常年轻了，年轻得半个钟头以后别人发现他已经死在澡盆里。

克洛德甚至在死了以后，也是广告的受害者。他在遗嘱中嘱咐，要把他装在一口能够很快就起防腐作用的棺材里。这种棺材是一位药剂师新近取得专利权的。棺材刚抬到公墓，就裂成两半，这个可怜虫的尸体滚到烂泥里，只好和碎棺材板混在一起埋了。

他的坟是用硬质纤维板和人造大理石砌的，头一个冬天的雨水就把它淋坏了，很快就在他的墓穴上变成了一堆叫不出名堂的破烂。

师生在场

师：广告对克洛德造成的伤害包括哪几个方面？请同学们简要分析一下。

生 A：财产方面的伤害。广告让克洛德损失了许多财产。

生 B：身体方面的伤害。广告让克洛德的头发掉光，让他变得很虚弱，并最终夺走了他的生命。

生 C：智力方面的伤害。克洛德完全按照广告来选书、读书，让自己的脑子毫无用处。

师：小说中的克洛德是一个什么样的形象？请同学们简要概括一下。

生 D：对美好的生活有追求，却缺少正确的认识和方法。缺少主见，迷信广告，执迷不悟。

师：小说的题目是《广告的受害者》，但造成克洛德悲剧的只是广告吗？有没有其他原因？请同学们结合全文，谈谈自己的看法。

生E：我认为害死克洛德的还有虚假广告背后奸诈的商人。

生F：我觉得是让人迷乱的时代、不诚信的社会风气害死了他。

生G：我觉得害死克洛德的还有像"我"这样的一类人，生活在他周围却不知规劝并给予帮助的人。

一吐为快

在《娱乐至死》一书中，作者一针见血地指出了现代传媒对人类的独立思考能力造成的不可挽回的损伤，许多发出广告者的无良行径让很多人陷入了无穷无尽的痛苦和迷茫之中。如何避免冗杂的广告对我们身心造成的不良影响？如何保持内心的安定和思考的自主呢？德国哲学家康德说过："这个世界上唯有两样东西能让我们的心灵感到深深的震撼：一是我们头顶灿烂的星空，一是我们内心崇高的道德法则。"坚持自我，心怀梦想，遵守道德，让我们曾经游离的思想、漂泊的精神和没有依托的心灵回归最后的家园。

拓展阅读

左拉经典语句

1. 这个世界眼泪太多，你不会懂得。

2. 一个社会，只有当他把真理公之于众时，才会强而有力。

3. 爱是不会老的，它留着的是永恒的火焰与不灭的光辉，世界的存在，就以它为养料。

4. 每一个人可能的最大幸福是在全体人所实现的最大幸福之中。

5. 愚昧从来没有给人带来幸福；幸福的根源在于知识。

6. 生活的全部意义在于无穷地探索尚未知道的东西，在于不断地增加更多的知识。

7. 我在每一天里重新诞生，每天都是我新生命的开始。

8. 生活中唯一的幸福就是不断前进。

9. 生活的道路一旦选定，就要勇敢地走到底，绝不回头。

10. 一个民族，只有一条法律——善良。

都　德

都德(1840—1897)，法国普罗旺斯人，杰出的爱国作家。代表作
《小东西》，集中表现了他不带恶意的讽刺和含蓄的感伤，也就是所谓
的"含泪的微笑"。都德因而有了"法国的狄更斯"的誉称。他一生共写
了13部长篇小说、1部剧本和4部短篇小说集。其中《最后一课》和
《柏林之围》更由于具有深刻的爱国主义内容和精湛的艺术技巧而享有
极高的声誉，成为世界短篇小说的杰作。

小编有话

"战士军前半死生，美人帐下犹歌舞。"《打完这盘台球》这篇小说再
现了普法战争中的真实场面，一边是怀抱着满腔爱国热情、随时准备
为祖国荣誉献身的士兵，另一边却是在深宅别墅里兴致勃勃地打着台
球的元帅和陪同他的副官们。鲜明的对比让我们愕然、愤然。普鲁士
的炮弹在士兵队列中炸开，美丽的天鹅溅出淋漓的鲜血，元帅却一脸
漠然，无动于衷，仿佛士兵的死伤、战役的胜负对他而言只是蝇头小
事，而取代了那血腥的死亡的、眼下最重要的事情，竟是他手中那一
根小小的球杆。战争是残酷的，可是比战争更残酷的是人性的冷漠。

打完这盘台球 (节选)

仗已经打了两天，这些兵士是在倾盆大雨之下，背上扛着背包度
过了这一夜的，因此他们都疲惫不堪。可是你看已经长长的三个钟头
了，就任凭他们手扶着枪，在大道的积水滩里，雨水渗透的田野的烂

泥里挨受着入骨的寒气。

……

他们在这里干什么呢？情况怎样了呢？

那些尊炮，炮口向着丛林，好像在窥伺什么东西。掩蔽起来的机枪牢牢瞄着天际。一切都像准备齐全，只待进攻。为什么不进攻呢？还等待什么呢？

原来是等候命令，而总司令部却迟迟不下命令。

可是总司令部并不远。这座路易十三式的古堡就是总司令部，被雨洗过的红砖在半山坡的矮树丛中闪闪发光……平整的绿色浅草地夹在两行盛开的盆花之间一直伸展到正房的阶前……

饭厅的窗户都面临大门石阶开着，从窗口望进去，可以看见杯盘狼藉的饭桌；拔去塞子的酒瓶，暗淡无光的空酒杯，都憔悴地留在弄皱了的台布上；正是宾客已散，宴会已成为残局。在隔壁屋子里，发出说话的语声，笑声，台球的滚动声，互相碰杯声。原来元帅正在打他那盘台球，这就是军队为什么在那里等待命令的缘故。元帅一打上台球，天塌下来他都不管，世上更没有任何东西可以阻碍他把这盘球打完。

打台球嘛！

这是这位伟大军人的癖好。他站在那里，严肃得跟身临战场一样，穿着军礼服，胸前挂满了勋章，眼睛冒火，两颧通红；宴会，赌兴，酒意都催得他劲头十足。他的副官们众星捧月似地围着他，殷勤恭顺，他每打一球，他们便钦佩叹赏得五体投地……

跟元帅打台球的对手是一位参谋本部的短小的大尉，他是打台球的第一把能手，能够把世界上的所有元帅打个落花流水，可是他懂得和他的长官之间应该保持一种表示敬意的距离，他留着神不要打赢，可也不要输得太容易。他正是一位人们称为有前途的军官。

"留神！小伙子！元帅已有了十五分，你是十分。应该照这样对付到底；对你的晋级来说，这比在外边跟那些人一起，让淹没大地的泉涌似的雨水浇着，弄脏了你美丽的军服，冲淡了你绶带的金线，一直等候着总也不下达的命令，用处大得多。"这大尉就这样心里默念着。

这盘球打得真精彩。象牙球滚来滚去，互相挨身擦过，两色交错着。球台的边沿弹性很强，台呢热乎乎的……突然，天上闪过一发炮弹的火光。一阵隆隆的响声震得玻璃颤动。大家都吓了一跳，焦虑地你看看我，我看看你。只有元帅什么也没看见，什么也没听见；他哈腰歪在台子上，正在琢磨一杆子"嘬球"的绝妙效果。这是他的拿手好戏，嘬球的效果！……

看！又是一片火光，紧跟着又是一片。大炮一发跟着一发，一发比一发快。副官们都奔到窗口。莫非普鲁士人真的进攻了？

"让他们攻吧！"元帅拿粉块擦着球杆头说，"该你啦，大尉。"

……这时候骚乱更厉害了。大炮的震撼声中，还夹杂着机枪的嗒嗒声，排枪的连续不断的响声。从一片一片的浅草地里，升起一大片镶着黑边的红云。花园的尽头全部被照得通红……总司令部里开始惊慌起来。报告一个跟着一个飞来。传令兵骑着马如飞地跑来。大家都要求见元帅。

元帅是见不着的。我不是对你们说过，没有任何东西可以阻碍他打完他那盘球吗？

"该你了，大尉。"

不过大尉有点心不在焉了。到底还是年纪太轻！你看他忘记了他玩的花样，连着打了两杆子好球，几乎要赢这盘球。这回，元帅可怒不可遏了，脸上显出惊奇和愤怒。正在这时，一匹跑得四蹄翻飞的马奔到了院子里。一个满身是泥的副官不顾卫兵的拦阻，一跳闯上了石阶："元帅！元帅！……"元帅怎样接待他，这颇值得一看。元帅无名火有八丈高，脸红得跟鸡冠一样，出现在窗口，手里还拿着球杆：

"有什么事？……这成何体统？……难道这儿没有卫兵了？"

"可是，元帅啊……"

"好吧……回头再说……等我的命令！"

窗子又使劲地关上了。等他的命令！

那些可怜人，正是在等候啊。风正对准了他们的面孔吹来了雨和机枪的子弹。整营的人遭到歼灭，就在同一个时候，其他的营头儿却手持武器，帮不上忙，也无法明白为什么待在那里毫无动作。一点办法没有。他们在等候命令……不过，死是无须等候命令的，于是这些人就整百整百地死去……从他们张开的伤口里，不声不响地流着法国的忠贞之血……在那上面，台球室里，也异常紧张；元帅又领了先；可是那个小个儿大尉像狮子似地抵抗着。

十七分！十八分！十九分！

几乎来不及记分了。战争的声音越来越近。元帅只差一分了。炮弹已打到花园里。有一颗竟在水池上空爆炸了。镜面似的水四分五裂，一只天鹅在卷成漩涡的一大堆带血的羽毛里慌慌张张地游着。这是最后一声炮。

现在是一片沉寂。没有别的声响，只有雨点落在灌木上的声音，小土山下隐约的鼓声；在渗透雨水的路上还有一种有如羊群狂奔的踏步声……军队是完全垮了。元帅打赢了他那盘球。

师生在场

师：高尔基曾经说过，短篇小说必须具备这些条件：鲜明地描写事件的环境，活泼地表现作品中的人物，选择正确而生动的语言。小说中对总司令部景物的描写有什么作用？请同学们谈谈自己的看法。

生A：景物描写的穿插暗示着战事发展的进程，推动了情节发展。同时写出了总司令部的豪奢，渲染出安详悠闲的氛围，充满讽刺意味。

生B：小说开头大战在即的环境描写，衬托出了元帅等人的享乐安逸，这与兵士们的疲惫艰辛形成对比。

师：小说故事的叙述用的是第三人称，请同学们谈谈这样的人称有什么好处。

生C：有利于故事的讲述，叙述者站在全知视角，清楚地交代情节的进展、人物的心理活动等；同时拉开叙述者与故事之间的距离，更具客观性。

师：小说的题目是《打完这盘台球》，以此为题，有哪些方面的作用？请同学们简要分析一下。

生D：引起读者的阅读兴趣。打台球是轻松的娱乐，小说以此为题，开头却交代出战争背景，制造悬念，充分调动起读者的阅读兴趣。

生 E：《打完这盘台球》交代了小说的主要事件，贯穿全文，情节的发展推进，都与元帅打台球有关，是情节发展的线索。

生 F：敌人在疯狂进攻，可是元帅的心中根本不顾兵士们的死活、国家的安危，一心一意打台球，以《打完这盘台球》为题，揭示出法军元帅的昏聩无能，使人物形象生动丰满。

生 G：以此为题，揭示出法国军队指挥层沉溺玩乐，最终导致战役失败，士兵白白送命，使主题思想更加集中、深刻，揭示出文章的主旨。元帅赢了台球，却输了战争。

一吐为快

"吾为天下计，岂惜小民哉"，董卓将小民和士兵视若草芥，不但冷酷残忍，而且嚣张跋扈到了极点，最终惨遭横死。大将粟裕，涟水七战七捷，有人夸赞他为"常胜将军"，粟裕却回答："没有战士们的勇敢作战，不怕牺牲，哪来的常胜将军？"抗美援朝战役中，彭德怀将军也是以"爱兵"出名，身先士卒，浴血奋战，带头冲锋。一个心中没有士兵的将军，最后也不会有好的善终；一个心中没有国家的将军，也绝不会有伟大的建树。不用士兵的鲜血换取自己的勋章，不用国家的屈辱谋求自身的利益，应该是一个爱国将领的原则和底线。国难当头，岂能坐视？爱兵如子，方是取胜之道。

拓展阅读

都德经典名句

1. 亡了国当了奴隶的人民，只要牢牢记住他们的语言，就好像拿着一把打开监狱大门的钥匙。

——《最后一课》

2. 要想除掉旷野里的杂草，方法只有一种，那就是在上面种上庄稼。同样，要想让灵魂无纷扰，唯一的方法，就是用美德去占据它。

——《最后一课》

3．女人的眼睛总是比较敏锐的，哪怕是对世上的坏事全然无知的最老实的女人有时也会突然闪现出惊人的睿智。

4．伟大的人物总是通过某些弱点同他们的时代联系在一起。

5．让他人接受一种看法的最好方式，就是让他们相信这个看法来自他们自己。

6．在夜的一片寂静之中，一个神秘的世界就开始活动了。这时，溪流歌唱得更清脆，池塘也闪闪发出微光。山间的精灵来来往往，自由自在；微风轻轻，传来种种难以察觉的声音，似乎可以听见枝叶在吐芽，小草在生长。白天，是生物的天地；夜晚，就是无生物的天地了。

——《磨坊文札》

7．书籍是最好的朋友。当生活中遇到任何困难的时候，你都可以向它求助，它永远不会背弃你。

亚米契斯

亚米契斯(1846—1908)，意大利因佩里亚人，著名儿童文学作家。著名作品《爱的教育》，是一部日记体小说，情感丰富且文笔优美。全书共 100 篇文章，其中《小抄写员》《寻母三千里》等篇目尤为知名。

小编有话

这原本是一个错误，但它却创造了人间温暖的一幕，让疲惫不堪的心灵有了归属，让孤独的灵魂饱饮爱的琼浆，让即将消逝的生命放慢了脚步。广博的爱不分亲疏，不在远近，更不论是非，这是对亲人的爱，是对同胞的爱，是对人类的爱，更是对世界的爱。广博的爱超越宇宙，超越时空。亲爱的朋友，相信这篇闪耀着人性光辉的小说能触动你心底最柔软的神经。

看护父亲的孩子

春雨绵绵的早晨，一个满揣泥水的乡下孩子，来到那不勒斯市一家著名的医院门口，递了封信给看门人，说要找他入院不久的父亲。看门人瞥了一眼信的大致内容，就叫了一个护士领孩子过去。

看着病人的样子，孩子哭起来。病人很瘦，头发变白了，胡须变长了，肿胀的脸又青又暗，皮肤像要破裂似的发亮，眼睛变小了，嘴唇变厚了，全然不像父亲平日的模样。呼吸很微弱，只有额头轮廓和眉毛还有点像父亲。孩子叫着：

"父亲！父亲！认得我吗？我是西西洛！母亲不能来，叫我来照顾你。请看看我，跟我说句话吧！"

病人看了孩子一会儿，又闭上眼睛。

"父亲！父亲！你怎么了？我是你的儿子西西洛啊！"

正胡乱想着，有人用手轻轻拍他的肩膀，抬头一看，原来是医生。

"不要担心，他脸上发丹毒了。虽然病情很厉害，但还有希望。你要细心照顾他！你在这里真是再好不过了。"

从此，西西洛就细心照顾父亲。病人常常看着西西洛，好像不很清醒，不过注视他的时间慢慢变长了。当西西洛用手帕捂着眼睛哭的时候，病人总是凝视着他。有一次嘴唇微动，好像要说什么。他昏睡之后清醒一点儿的时候，总是睁开眼睛寻找看护他的人。西西洛自己也很高兴，把母亲、妹妹们的事情以及平时盼父亲回国的情形都说给他听，又用深情的话劝慰病人。

到了第五天，病情忽然加重，护士送来的药和食品，只有西西洛喂他才肯吃。

下午四点钟，西西洛依旧独自流泪，忽然听见屋外有脚步声，还有人说话：

"护士小姐！再见！"

这使西西洛跳了起来，激动地抑制住叫喊的冲动。

一个胳膊上缠着绷带的人走了进来。西西洛站在那里，发出刺耳的尖叫——"父亲！"那人回头一看，也叫起来："西西洛！"西西洛箭似的跑到他身旁。

"啊！西西洛，这是怎么回事？你认错人了！你母亲来信说你已经来到医院，快把我担心死了！西西洛，怎么这样憔悴？我已经好了，母亲、孔赛德拉、小宝宝都好吗？我正要出院！天呀！竟有这样阴差阳错的事！"

西西洛想说家里的状况，可说不出话来。

"走吧！我们今晚还能赶到家。"父亲拉他走。

可西西洛一动不动，回头看着那病人。病人也睁大眼睛注视着西西洛。西西洛从心里流出这样的话来：

"别急，父亲，请等一等！我现在不能回去。我在这里住了五天，已经把他当作你了。我那么爱他，你看他看我的眼神！他不能没有我。父亲，请暂时让我留在这里吧！"

父亲犹豫不决，看看儿子，又看看病人，问周围的人："他是谁？"

有人回答说："跟你一样，也是个农村人，刚从国外做工回来，恰好跟你同一天住进医院。进来的时候不省人事，话也不能说了。家里人好像不在附近。他准是把你的儿子当成自己的儿子了。"

病人仍看着西西洛。

"那么你留在这里吧，善良的孩子。我先回去让你母亲放心。这几块钱你当作零用。再见！"父亲说完，亲了儿子的额头就走了。

西西洛回到病床旁边，病人似乎安心了，西西洛不离病人半步，病人也紧紧盯着西西洛，吃力地动着嘴唇想要说些什么。眼神也很和善。西西洛紧紧握住病人的手，病人睁开眼，看了看西西洛就闭上了。

"他去了！"西西洛叫着。

"回去吧，善良的孩子。神会保佑你这样的人的，你将来会得到幸福的，快回去吧！"

护士把窗台上养着的花取来一束交给西西洛：

"没什么可送你的，请收下这花当作纪念吧！"

"谢谢！"西西洛收下花，擦着眼泪说，"但是我要走远路，花会白白枯萎的。"说完将花撒在病床四周，"把这花留下当作纪念吧！谢谢医生和护士小姐！谢谢大家！"又对着死者说："再见！"

忽然不知道该如何叫他，西西洛想了一下，就用几天来已经习惯的称呼说："再见，父亲！"说着取出衣服包，打起精神，缓缓走出去。

外面天亮了。

师生在场

师：《看护父亲的孩子》这篇小小说描述了乡下孩子西西洛在医院看护父亲的故事，情节安排精彩感人。小说首尾都有一段精短的景物描写，请同学们说说它们在文中的作用。

生 A：开头"春雨绵绵的早晨"，交代了故事发生的时间和天气情况；还渲染了既有雨中凄凉，又有春天温暖的氛围，奠定了全文感情的基调。结尾"外面天亮了"象征着主人公崇高的思想境界给人们带来的美好感觉。

生B：文章开始的景物描写烘托了主人公焦急、忧虑的心情。"外面天亮了"象征着主人公新生活的开始，使小说超越亲情的爱是更美好、更高尚、更可贵的人间之情的主题得到了升华。

师：这篇小说描述了乡下孩子西西洛在医院看护父亲的故事，情节安排十分精巧，请同学们谈谈自己的看法。

生C：小说的情节发展既在意料之外，又在情理之中，十分精巧。西西洛悉心照料并且为之悲伤落泪了五天的"父亲"竟然不是自己的父亲，故事情节出人意料。

生D：西西洛得知认错了人竟然还选择了留下，明知不是自己的父亲竟然还以"父亲"称呼，这一情节也出人意料。

生E："看门人瞥了一眼信的大致内容，就……""全然不像父亲平日的模样""病人看了孩子一会儿，又闭上眼睛""病人总是凝视着他"，这些语句为后文西西洛知道那个病人不是自己的亲生父亲做了铺垫。

生F：文中西西洛的善良、充满爱心的美好品质都使情节发展在情理之中。

一吐为快

冰心说："爱在左，情在右，走在生命的两旁，随时撒种，随时开花，将这一径长途，点缀得香花弥漫，使穿枝拂叶的行人，踏着荆棘，不觉得痛苦，有泪可落，却不是悲凉。"大爱无声，小说中少年对"父亲"的关心和照顾，已超越了亲情和友情的范畴，少年身上折射出的爱之光一定可以照亮我们生命的旅途。爱是冬日的暖阳，也是夏日的荫凉，我们行走尘世，靠的就是爱的巨大力量。

拓展阅读

亚米契斯经典名句

1. 要坚强，要勇敢，不要让绝望和庸俗的忧愁压倒你，要保持伟大的灵魂在经受苦难时的豁达与平静。

2. 不要让嫉妒的蛇钻进你的心里，这条蛇会腐蚀人的头脑，毁坏人的心灵。

3. 怎样的人才最有价值呢？读破了千万卷书的人最有价值吗？不是，仅只读书是不能冲破人生之波的。由书卷得来的知识好比是行李一类的东西。如果头脑中塞满了这类东西，反不能轻捷地在活的人生之波里游泳了。

4. 要在活的人生之波里游泳，第一要紧的是健康的身体；第二要紧的是用自己的意志过活；第三要紧的是道德的价值。身体的健康是一种力，意志的生活也是一种力，但是最伟大的是道德的力。

5. 戏弄了一个无辜的朋友，欺负了一个不幸的人，打了一个不能保护自己的弱者！你们这是一种无视于人的名誉，最低劣、最可耻的行为！

6. 人无论学什么，可有三种方法：一是从书本去学，二是从他人的经验上去学，三是从自己的经验上去学。这三种方法之中，任择一种，都应有同样的结果，可是实际上却不然。从书本上得来的知识其价值如果比之铜币，那么从他人的经验得来的知识是银币，从自己的经验得来的知识是金币了。

7. 你要想具有诗人、哲人及大人物的资格，非有能把人的长处善处锐敏感味的心不可。

8. 所谓幸福的人者，就是贤明的人，同时也就是有健康的身体，有善心，有完全辨别道理的头脑的人。

9. 爱是一次没有尽头的旅行，一路上边走边看，就会很轻松，每天也会因有对新东西的感悟、学习而充实起来。于是，就想继续走下去，甚至投入热情，不在乎它将持续多久。这时候，这种情怀已升华为一种爱，一种对于生活的爱。

莫泊桑

莫泊桑(1850—1893)，19世纪后期法国优秀的批判现实主义作家。一生创作了6部长篇小说和350多篇中短篇小说，游记3部。他与契诃夫和欧•亨利并列世界三大短篇小说巨匠，对后世产生了极大影响，被誉为"短篇小说之王"。屠格涅夫认为他是19世纪法国文坛上"最卓越的天才"。《羊脂球》《项链》等都是经典作品。

小编有话

"无限地丰富多彩，无不精湛绝妙，令人叹为观止。"法国作家左拉这样评价莫泊桑的短篇小说。作为世界上的优秀的短篇小说家，莫泊桑的著作以其精练的语言和深刻的主题让人回味无穷。亲爱的朋友，如果你还没有领略过这番精彩，那还等什么呢？静下心来开启我们今天的阅读之旅，从《两个朋友》中体会友情的力量、战争的残酷，从《小酒桶》里汲取人生的智慧吧。

两个朋友(节选)

巴黎被普鲁士军队包围了。各处的屋顶上看不见什么鸟雀，水沟里的老鼠也稀少了。

这一天上午，钟表修理师莫利梭先生和针线杂货店老板索瓦日先生两位钓友在大街上碰了面。他们进了一家小咖啡馆一块儿喝苦艾酒。出来的时候，他们都很有醉意了。天气是暖的，天空蔚蓝而晴朗，一阵和风拂得他们脸有点儿痒。

"钓鱼去？想起来真有意思！"

"不过到什么地方去钓？"

"到我们那个沙洲上去。我们法国兵的前哨在哥隆白村附近。我认识杜木兰团长，他一定会不费事地让我们过去的。"莫利梭高兴得发抖了："好。算我一个。"于是他们分了手，各自回家去取他们的渔具。

一小时以后，他们到了那位团长办公的别墅里。随后，他们带着一张通行证又上路了。

不久，他们穿过了前哨，穿过了那个荒芜了的哥隆白村，后来就到了塞纳河的小葡萄园的边上了。时候大约是 11 点钟。

对面，阿让德衣镇像是死了一样。麦芽山和沙诺山的高峰俯临四周的一切。索瓦日指着那些山顶低声慢气地说："普鲁士人就在那山顶！"

莫利梭口吃地说："倘若我们撞见了他们怎么办？"索瓦日带着巴黎人惯有的嘲讽态度回答道："我们可以送一份炸鱼给他们吧。"

他们弯着腰，张着眼睛，侧着耳朵，在地上爬着走，利用一些矮树掩护了自己。

来到河岸，四周静悄悄的。他们觉得放心了，就动手钓鱼。

在他们对面是荒凉的马郎德洲，从前在洲上开饭馆的那所小房子现在关闭了，像是已经许多年无人理睬了。

索瓦日钓到第一条鲈鱼，随后他们时不时地举起钓竿。他们郑重地把这些鱼放在一个浸在水里的网袋里。一阵甜美的快乐透过他们的心，世上人每逢找到了一件久已被人剥夺的嗜好，这种快乐就抓住了他们。

晴朗的日光，在他们的背上洒下了它的暖气。他们不去思虑什么了，不知道世上其他的事了，他们只知道钓鱼。

瓦雷良山的炮声响起来了。

索瓦日耸着双肩说："他们现在又动手了。"

莫利梭正闷闷地瞧着他钓丝上的浮子不住地往下沉，忽然这个性子温和的人发起火来了，愤愤地说："像这样自相残杀，真是太蠢了。"

索瓦日回答道："真不如畜生。"

后来他们开始安安静静讨论起来，辨明战争上的大问题，结果都承认人是永远不会自由的。

"这就是人生！"索瓦日高声喊着。"您不如说这就是死亡吧。"莫利梭带着笑容回答。

不过他们都张皇地吃了一惊，明显地觉得他们后面有人走动。转过来一望，看见四个黑洞洞的枪口。

两根钓竿从他们手里滑下来，落到河里去了。几秒钟之内，他们都被捉住了，绑好了，抬走了，扔进·只小船里，渡到了对面的那个沙洲上。

在那所他们以为已无人理睬的房子后面，站着二十来个士兵。一个小兵在军官的脚跟前，放下了那只由他小心翼翼地带回来的满是鲜鱼的网袋。

那个普鲁士军官微笑着："喂，先生们，你们很好地钓了一回鱼吧？我想你们两个人都是被派来侦探我们的奸细。我捉了你们，就要枪毙你们。不过你们既然从前哨走得出来，自然知道回去的口令，把口令给我吧，我赦免你们。"

两个面无人色的朋友靠着站在一处，四只手因为一阵轻微的神经震动都在那里发抖，他们一声也不响。

那军官接着说："谁也不会知道这件事，你们可以平安地走回去。这桩秘密就随着你们消失了。倘若你们不答应，那就非死不可，并且立刻就死。你们去选择吧。"

他们依然一动不动，没有开口。

那普鲁士军官始终是宁静的，伸手指着河里继续又说："你们想想吧，五分钟之后你们就要到水底下去了。五分钟之后！你们应当都有父母妻小吧！"

瓦雷良山的炮声始终没有停止。

两个钓鱼的人依然站着没有说话。那个普鲁士军官发了命令。随后来了十二个兵士，站在相距二十来步远的地方。

军官接着说："我限你们一分钟，多一秒钟都不行。"

随后，他突然站起来，伸出胳膊挽着莫利梭，把他引到了远一点的地方，低声说："快点，那个口令呢？你那个伙伴什么也不会知道的，我可以装作不忍心的样子。"

莫利梭一个字也不回答。

那普鲁士人随后又引开了索瓦日，并且对他提出了同样的问题。

索瓦日没有回答。

他们又靠紧着站在一起了，依然没有开口。

军官发了命令。兵士们都托起了他们的枪。

这时候，莫利梭的眼光偶然落在那只盛满了鲈鱼的网袋上面，那东西依然放在野草里，离他不过几步。

一道目光使得那一堆还能够跳动的鱼闪出反光。于是一阵悲伤教他心酸了，尽管极力镇定自己，眼眶里已经满是眼泪。

他口吃地说："永别了，索瓦日先生。"

索瓦日回答道："永别了，莫利梭先生。"

他们互相握过了手，不由自主地浑身发抖了。

军官喊道："放！"十二支枪合做一声响了。随后，那些士兵把他们俩抬到了河边，扔进了水里。一点儿血浮起来了。瓦雷良山的炮声并没有停息。

那位神色始终泰然的军官忽然望见了野草里那只盛满了鲈鱼的网袋，他笑了，喊道："威廉，来！趁这些鱼还活着，赶快给我炸一炸，味道一定很鲜。"

师生在场

师：小说《两个朋友》以普法战争为背景，讲述了巴黎被围困，两个钓鱼迷被捕后，宁死不说出通关卡的口令，最后被枪毙沉入水中的故事。小说中三次写到"瓦雷良山的炮声"，请同学们简析其在文中的作用。

生A：渲染了紧张的战争氛围，推动了情节发展。同时揭示了战争的残酷，引发了人们对战争的思考，凸显了反战主题。

生B：烘托人物的震惊心理，暗示着人物的悲剧命运。

师：请同学们结合小说，简析题目《两个朋友》的含义和作用。

生 C："两个朋友"指莫利梭和索瓦日是有着共同兴趣和爱好的普通朋友；更指他们面对敌人的威逼利诱，不出卖人格，不屈膝投降，成为傲然赴死的生死至交。

生 D：小说围绕"两个朋友"的故事展开情节，材料组织以"两个朋友"为中心，不枝不蔓，有力地统领了全篇。

师：小说中的两位主人公是普通公民，但面对死亡威胁，却能始终坚贞不屈，即使牺牲自己的生命也不肯说出口令，请同学们结合人物和情节谈谈其合理性。

生 E：二人垂钓时的欢乐、幸福，体现了他们对和平生活的无限热爱，说明为了生活的和平他们甘愿献出生命。

生 F：他们对战争的议论，如"自相残杀""太蠢"等，表明他们对战争极其厌恶，这种反战情绪说明他们不会背叛自己的祖国。

生 G：二人结下的深厚友谊，也使得敌人的阴谋没有得逞具有合理性。

生 H：二人在被俘时的惊慌失措暗示了他们内心的恐惧，这也符合平民的心理，使故事更加真实、合理。

师：这篇小说在表现强烈的爱国精神和反战思想时，对民族入侵与不义之战进行了有力的控诉，它投射出整个人类对和平的渴望。

一吐为快

在成长过程中，我们会邂逅许许多多的人，有些人会与我们相伴而行，患难与共；有些人只能陪我们走一段路，便各奔东西。然而还有一种人，他知道我们需要什么，甚至我们不必开口，他就已懂得我们心中的所想所需，这种真诚的、真挚的心灵和灵魂上的朋友会让我们的眼睛焕发光彩，让我们与自信相伴，与快乐同行。岁月更迭，四季轮回，让我们在红尘中守候与你我相知相惜的那个人。

小编有话

人性的贪婪，会滋生许多恶。小说《小酒桶》中的玛格卢瓦尔太太原本是一个滴酒不沾的人，但在希科想早点独占她的财产的圈套下染上了酒瘾，从原先一个健壮精明的老妇人变成了一个沉迷酒桶的醉鬼，再也无法控制自己的生活和思考，最终在雪地里冻死。没有不犯错的人，当我们意识到自己的言行偏离了最初的方向，就应该悬崖勒马，及时悔改，否则，等待我们的将是万劫不复的结局。

小酒桶（节选）

埃佩维尔镇上开客店的希科老板，终于与七十二岁的玛格卢瓦尔老婆婆签订了一份特殊的合约：他每个月给老婆婆二百五十法郎，老婆婆百岁之后，她那价值六万法郎的农庄归希科所有。

三年过去了。这位老太太非常健壮。她好像一天也没见老，希科可就悲观失望极了。他觉着这笔钱好像已经付了半个世纪了，他觉得自己受了骗，上了当，破产了。过一阵子他就要去看望一下那个老婆婆，就好比人们七月间到地里看麦子，是否已经熟得可以开镰收割。

他束手无策，一看见她，就恨不得把她掐死。他于是琢磨起办法来了。

终于有一天，他又来看她，兴高采烈地搓着手。闲聊了几分钟以后，他说：

"我说，老婆婆，您到埃佩维尔来的时候，为什么不上我那儿去吃饭呢？外边有人说闲话，说咱们的交情破裂了，我听着心里很难受。您知道，亲爱的老婆婆，上我那儿吃饭，一个钱也不用花。吃顿把饭，我是不计较的。您只要一想着来，就别客气，尽管来好啦，这反倒叫我高兴。"

玛格卢瓦尔老婆婆用不着第二次邀请；第三天，她坐着她的马车，来到了客店，理所当然似的要求那份店主人已经许下的午饭。

客店老板心花怒放，像招待贵妇人似的招待了她，又是子鸡，又是灌肠，还有鳗鱼、羊腿和肥肉片儿白菜。可是她几乎什么也没有吃，因为她从小过的是俭朴生活，一向只是吃点汤和一块抹黄油的面包，就行了。

希科大失所望，只好一个劲儿地劝她吃。而且她什么也不喝，就连咖啡也不肯喝。

他问道：

"您总可以喝一小杯吧。"

"这倒行，可以的。我不拒绝。"

他于是使足了劲向客店的那一头喊道：

"罗萨丽，快拿白兰地来，要上等的，最纯的！"

女侍出现了，手里拿着一个贴着一张葡萄叶形商标的长瓶子。

他斟了两小杯。

"尝尝这个吧，老婆婆，这可是好东西。"

那位老太太慢慢地喝起来，一小口一小口地喝着，为的是好多享受一会儿。等把那杯喝完，她把剩下的点点滴滴也倒在嘴里，然后表示：

"一点不错，真是好酒。"

她话还没说完，希科已经给他斟上了第二杯。她想拒绝，已经来不及了，她跟喝第一杯一样品了好久。

他于是要请她喝第三巡，她拒绝了。他一再地劝说：

"你看，这简直是牛奶嘛；我喝十杯，十二杯，都不费劲，跟糖似的下去了，既不胀肚，也不上头，简直可以说在舌尖儿上就化成气了。没有比这对健康更有益处的了。"

她原来就很想喝，所以也就没有坚持拒绝，不过她只喝了半杯。

这时候，希科忽然一下子变得非常慷慨，大声说：

"好吧，您既然喜欢这个酒，我就送您一小桶吧，不为别的，就为了让您看看，咱们始终是好朋友。"

那位老太太也没有表示不要，就走了，她已经多少有了一点醉意。

第二天，客店老板进入玛格卢瓦尔老婆婆的院子，然后从车子里拉出一个箍着铁圈的小木桶。他要她立刻尝尝，为的是证明完全是一模一样的好白兰地；等他们每人喝了三杯，他就一面起身一面表示：

"您也知道，喝完了，咱们那儿还有，别客气。我不是斤斤计较的人。喝得越快，我越高兴。"

他又爬上了他的轻便马车。

四天以后他又来了。他走到跟前，问了好，几乎挨着她的鼻子跟她说闲话，为的是闻闻她哈气的味道。他闻出了酒香，于是他眉开眼笑了。

隔不了多久，当地就传说开了，说玛格卢瓦尔老婆婆常常独自一个喝得烂醉如泥。有时候躺在她的厨房里，有时候躺在她的院子里，有时候躺在附近的路上，一动不动地跟死尸一样，别人只好把她抬回去。

希科不再上她家去了，有人跟他谈到这个乡下女人，他总要愁容满面地嘟囔着说：

"她这把年纪，竟沾上这种嗜好，这不是太不幸了吗？您瞧，一个人上了年纪，就无法可想了。早晚她得上个大当才算完。"

果然，她上了个大当。第二年冬天，快到圣诞节了，她喝得烂醉，跌在雪地里死了。

希科老板继承了农庄，他对人说：

"这个乡下佬，她要是不贪杯，总还有十年好活吧。"

师生在场

师：原本滴酒不沾的玛格卢瓦尔老婆婆，最后却染上酒瘾，冻死在雪地里。请同学们思考下玛格卢瓦尔老婆婆为什么会落入希科老板的圈套？

生 A：我觉得是因为希科老板为人太阴险狡猾。

生 B：我觉得也有玛格卢瓦尔老婆婆自己的原因，她爱占小便宜，而且她经不起诱惑。

师：希科老板为什么隔三岔五就去看望玛格卢瓦尔老婆婆？当知道她经常喝得烂醉如泥后为什么就不再去她家了？

生 C：希科老板隔三岔五就去看望玛格卢瓦尔老婆婆，是因为他期盼着老婆婆赶紧死去，他好继承老婆婆的农庄。

生 D：当知道她经常喝得烂醉如泥后就不再去了，这是因为希科老板知道老婆婆上了他的当，开始酗酒，她很快就会死去。

师：纵观全文，同学们能看出希科老板是一个怎样的人吗？从中你悟出了什么道理？

生 E：希科老板是一个阴险、奸诈、冷酷、工于心计，为达到自己的目的不择手段的人。

生 F：读了此文，我悟出的道理就是：要抵制别人不怀好意的诱惑，不要总想着贪别人的小便宜。做人要讲诚信，如果为一己私利做不道德的事，最终会遭到社会和人们的唾弃。

生 G：可怜之人必有可恨之处，我们要提高警惕，提升自身修养，不要被坏人利用陷害。

一吐为快

贪欲和年龄没有关系，有不少人即使活了很久，也没有增长多少智慧。也正因如此，自古至今的仁人志士，总是在修身养性上对自身严苛之至，从不在"偶尔一次"的问题上犯糊涂，"偶尔一次"，虽可能让人快乐一时，但更可能让人毁掉一生。让我们谨记"千里之堤，溃于蚁穴""慎初，慎微"等名言警句，不断地对自己的行为提出更高的要求。

拓展阅读

莫泊桑与福楼拜的故事
（一）

法国作家莫泊桑，很小便表现出了出众的聪明才智。一天，莫泊桑跟舅父去拜访他的好友——著名作家福楼拜。舅父想推荐福楼拜做莫泊桑的文学导师。可是，莫泊桑却骄傲地问福楼拜究竟会些什么，福楼拜反问莫泊桑会些什么，莫泊桑得意地说："我什么都会，只要你知道的，我就会。"

　　福楼拜不慌不忙地说:"那好,你就先跟我说说你每天的学习情况吧。"莫泊桑自信地说:"我上午用两小时来读书写作,用另两小时来弹钢琴,下午则用一小时向邻居学习修理汽车,用三小时来练习踢足球,晚上,我会去烧烤店学习怎样制作烧鹅,星期天则去乡下种菜。"说完后,莫泊桑得意地反问道:"福楼拜先生,您每天的工作情况又是怎样的呢?"

　　福楼拜笑了笑说:"我每天上午用四小时来读书写作,下午用四小时来读书写作,晚上,我还会用四小时来读书写作。"莫泊桑不解地问:"难道您就不会别的了吗?"福楼拜没有回答,而是接着问:"你究竟有什么特长,如有哪样事情你做得特别好?"这下,莫泊桑答不上来了。于是他便问福楼拜:"那么,您的特长又是什么呢?"福楼拜说:"写作。"

　　原来特长便是专心地做一件事情。莫泊桑下决心拜福楼拜为文学导师,一心一意地读书写作,最终取得了丰硕的成果。

(二)

　　一天,莫泊桑带着一篇新作去请教法国杰出的现实主义作家福楼拜。他看到福楼拜的桌上放着厚厚的一叠文稿,翻开一看,却见每页上都只写一行,其余九行都是空白。莫泊桑不解地问:"先生,您这样写,不是太浪费稿纸了吗?"福楼拜笑了笑,说:"我早已养成了这种习惯,一张十行的稿纸上,只写第一行,其余九行是留着修改用的。"

　　莫泊桑听了,恍然大悟。于是他立即告辞,回家修改自己的小说去了。

契诃夫

契诃夫(1860—1904),19 世纪末期俄国批判现实主义作家、戏剧家、短篇小说艺术大师,与法国的莫泊桑、美国的欧·亨利并称为"世界三大短篇小说巨匠"。

契诃夫的作品多数取材于小人物的平凡生活,抨击沙皇专制,揭露统治阶级的残暴。代表作有小说《变色龙》《胖子和瘦子》《套中人》《小公务员之死》等。

小编有话

一个人怎么可能死于一声呵斥?这种匪夷所思的事情为什么会发生?凶手该不该为这位可怜的死者负责?这位死者的悲惨结局究竟是个案还是影射着一种普遍的现象?亲爱的朋友,带着这些疑问,让我们走进契诃夫的经典之作《小公务员之死》,从小说中去寻找答案吧。

小公务员之死

一个美好的晚上,一位心情美好的庶务官伊凡·德米特里·切尔维亚科夫,坐在剧院第二排座椅上,正拿着望远镜观看轻歌剧《科尔涅维利的钟声》。他看着演出,感到无比幸福。但突然间……小说里经常出现这个"但突然间"。作家们是对的:生活中确实充满了种种意外事件。但突然间,他的脸皱起来,眼睛往上翻,呼吸停住了……他放下望远镜,低下头,便……阿嚏一声!他打了个喷嚏。你们瞧,无论何时何地,谁打喷嚏都是不能禁止的。庄稼汉打喷嚏,警长打喷嚏,有时连达官贵人也在所难免。人人都打喷嚏。切尔维亚科夫毫不慌张，掏出小手绢擦擦脸，而且像一位讲礼貌的人那样，举目看看四周：他的喷嚏是否溅着什么人了？但这时他不由得慌张起来。他看到，坐在他前面第一排座椅上的一个小老头，正用手套使劲擦他的秃头和脖子，嘴里还嘟哝着什么。切尔维亚科夫认出这人是三品文官布里扎洛夫将军，他在交通部门任职。

"我的喷嚏溅着他了！"切尔维亚科夫心想，"他虽说不是我的上司，是别的部门的，不过这总不妥当。应当向他赔个不是才对。"

切尔维亚科夫咳嗽一声，身子探向前去，凑着将军的耳朵小声说：

"务请大人原谅，我的唾沫星子溅着您了……我出于无心……"

"没什么，没什么……"

"看在上帝分上，请您原谅。要知道我……我不是有意的……"

"哎，请坐下吧！让人听嘛！"

切尔维亚科夫心慌意乱了，他傻笑一下，开始望着舞台。他看着演出，但已不再感到幸福。他开始惶惶不安起来。幕间休息时，他走到布里扎洛夫跟前，在他身边走来走去，终于克制住胆怯心情，嗫嚅道：

"我溅着您了，大人……务请宽恕……要知道我……我不是有意的……"

"哎，够了！……我已经忘了，您怎么老提它呢！"将军说完，不耐烦地撇了撇下嘴唇。

"他说忘了，可是他那眼神多凶！"切尔维亚科夫暗想，不时怀疑地瞧他一眼。"连话都不想说了。应当向他解释清楚，我完全是无意的……这是自然规律……否则他会认为我故意啐他。他现在不这么想，过后肯定会这么想的！……"

回家后，切尔维亚科夫把自己的失态告诉了妻子。他觉得妻子对发生的事过于轻率。她先是吓着了，但后来听说布里扎洛夫是"别的部门的"，也就放心了。

"不过你还是去一趟赔礼道歉的好，"她说，"他会认为你在公共场合举止不当！"

"说得对呀！刚才我道歉过了，可是他有点古怪……一句中听的话也没说。再者也没有时间细谈。"

第二天，切尔维亚科夫穿上新制服，刮了脸，去找布里扎洛夫解释……走进将军的接待室，他看到里面有许多请求接见的人。将军也在其中，他已经开始接见了。询问过几人后，将军抬眼望着切尔维亚科夫。

"昨天在'阿尔卡吉亚'剧场，倘若大人还记得的话，"庶务官开始报告，"我打了一个喷嚏，无意中溅了……务请您原……"

"什么废话！……天知道怎么回事！"将军扭过脸，对下一名来访者说："您有什么事？"

"他不想说！"切尔维亚科夫脸色煞白，心里想道，"看来他生气了……不行，这事不能这样放下……我要跟他解释清楚……"

当将军接见完最后一名来访者，正要返回内室时，切尔维亚科夫一步跟上去，又开始嗫嚅道：

"大人！倘若在下胆敢打搅大人的话，那么可以说，只是出于一种悔过的心情……我不是有意的，务请您谅解，大人！"

将军做出一副哭丧脸，挥一下手。

"您简直开玩笑，先生！"将军说完，进门不见了。

"这怎么是开玩笑？"切尔维亚科夫想，"根本不是开玩笑！身为将军，却不明事理！既然这样，我再也不向这个好摆架子的人赔不是了！去他的！我给他写封信，再也不来了！真的，再也不来了！"

切尔维亚科夫这么思量着回到家里。可是给将军的信却没有写成。想来想去，怎么也想不出这信该怎么写。只好次日又去向将军本人解释。

"我昨天来打搅了大人，"当将军向他抬起疑问的目光，他开始嗫嚅道，"我不是如您讲的来开玩笑的。我来是向您赔礼道歉，因为我打喷嚏时溅着您了，大人……说到开玩笑，我可从来没有想过。在下胆敢开玩笑吗？倘若我们真开玩笑，那样的话，就丝毫谈不上对大人的敬重了……谈不上……"

"滚出去！"忽然间，脸色发青、浑身打战的将军大喝一声。

"什么，大人?"切尔维亚科夫小声问道，他吓呆了。

"滚出去!"将军顿着脚，又喊了一声。

切尔维亚科夫感到肚子里什么东西碎了。什么也看不见，什么也听不着，他一步一步退到门口。他来到街上，步履艰难地走着……他懵懵懂懂地回到家里，没脱制服，就倒在长沙发上，后来就……死了。

师生在场

师:《小公务员之死》是契诃夫早期著名的代表作之一。小说描写了一个由当时俄国沙皇专制主义的严酷统治而演绎出来的荒唐故事。相信同学们读了这篇小说后，在感叹主人公迂腐的同时，又"哀其不幸，怒其不争"。那么小说的主人公切尔维亚科夫是一个怎样的人?请同学们结合作品简要概述。

生A:他因循守旧、畏首畏尾、自卑脆弱。从作品中他的语言行为和心理活动能充分看出来。

生B:他有对于强权与暴力的无奈屈从的奴性心理。将军开始并没有太在意他的喷嚏溅到了自己，也对他的道歉没有不满情绪，但他的奴性心理让他惶恐忧郁，从而使他做出后面一系列更荒唐的道歉举动，最后激怒了将军，造成悲剧。

生C:他有获得尊重与认同的强烈愿望和平等意识。当他向将军道歉，遭到生硬而傲慢的拒绝时，他的心理受到严重的挫伤。可他要求获得自尊的愿望和平等意识，使他要找回心理平衡，于是，他一次次地找将军道歉。

师:对于小公务员之死，有人认为这完全归咎于黑暗的俄国社会，也有人认为这源于小公务员的奴性心理和等级观念，还有人将其归因于小公务员自身的自卑情结。你认同以上哪一种说法?结合小说内容谈谈自己的观点。

生D:我认为小公务员之死的根本原因在于黑暗的俄国社会。沙皇专制统治严格的等级制度与残酷的高压政策是这场悲剧的制造者与罪魁祸首。归根结底，这是另一种意义上的"他杀"。这说明，在这种高压政策下，人们生存在地位与权势分明的氛围中，恐怖与压迫的毒瘤已经深深地污染、毒害了当时俄国各阶层人民的心灵。

生 E：我认为小公务员之死源于其自身的自卑情结。从小说情节的发展看，小公务员有着很强的自卑情结。小公务员生活的环境使他产生了根深蒂固的自卑心理，在他眼里，那些上层社会的达官贵人神圣不可侵犯，他们的一举一动、一言一行，都代表着一种意志、命令和心理威胁，并使他产生一种现实的压抑感。当他想摆脱这种压抑并获得自尊时，随之而来的更大的打击使他完全处在幻想状态中，臆想的判断让他做出"穿上新制服，刮了脸"去赔礼道歉的荒唐举动。这正是作者对病态社会使人性扭曲、心理变态的揭露。

师：刚才两位同学的回答都非常好！《小公务员之死》在艺术表现上乍一看平淡无奇，朴素、自然，但小说通过对幽默可笑的人和事的描写，反映了由当时社会的极端恐怖造成的人们的精神异化、性格扭曲及心理变态，表明了作者对罪恶制度的无泪控诉，具有深刻的社会意义。

一吐为快

自卑可以摧毁人，也可以造就人。自卑不是与生俱来的，它是环境的产物，但是身处现实生活中的我们，无法去苛责时代，我们能做的就是提升自身修养。正如心理学家阿德勒所说，自卑过后还应该有超越。正视自己，正视世界，努力超越，不断进步，这是我们驱除内心障碍的法宝。"走自己的路，让别人去说吧！"我们只要做到：用更真诚的态度去爱人，用更开阔的心胸去拥抱生活。

小编有话

《柔弱的人》故事短小，但反映的问题深刻，真可谓尺幅之中隐含了千里之外的广阔社会图景。故事不仅揭示了由统治者造成的现实社会的黑暗，更揭示、呈现了黑暗社会存在的基础和后果：普通百姓、小人物身上存在的严重问题。社会对个人的影响总是外在因素，而可以决定个人行为的唯有个人自身。亲爱的读者朋友，我期望当我们处于被欺凌的弱势地位时，我们不是坐以待毙而是奋起反抗；当我们处于强势地位时，我们不是乘势欺压而是同情弱小。

柔弱的人

前几天，我曾把孩子的家庭教师尤丽娅·瓦西里耶夫娜请到我的办公室来。要和她谈谈孩子的情况，顺便付给她应得的工资。

我对她说："请坐，尤丽娅·瓦西里耶夫娜！我想工资应该付给您了。您也许要用钱，您太拘泥礼节，自己是不肯开口的……呃……我们和您讲妥，每月三十卢布……"

"四十卢布……"

"不，三十……每月的工资我都清清楚楚地记下，我一向按三十卢布付教师的工资的……呃，您待了两月……"

"两月零五天……"

"整两月……那就按两个月来记好了。这就是说，应付您六十卢布……扣除九个星期日……在星期日您不会和我孩子学习过多的东西，而玩耍的时间会更多一些，只不过游玩……还有三个节日……"

尤丽娅·瓦西里耶夫娜骤然涨红了脸，牵动着衣襟，但一语不发……

"三个节日一并扣除，应扣十二卢布……柯里雅有病四天没学习……您只和瓦里雅一人学习……您牙痛三天，我夫人准您午饭后歇假……十二加七得十九，扣除……还剩……嗯……四十一卢布。一点问题也没有吧？"

尤丽娅·瓦西里耶夫娜的表情更加难看，她虽然想说什么，下巴在颤抖。突然她神经质地咳嗽起来，然后擦了擦鼻涕，但还是没说一句话！

"新年底，您打碎一个带底碟的配套茶杯，扣除两卢布……你应该知道我没有按茶杯的全价，它是传家宝……上帝保佑，我总是不停地丢失财产，而后，由于您的疏忽，柯里雅爬树撕破礼服……扣除十卢布……女仆盗走瓦里雅皮鞋一双，也是由于您的玩忽职守，您必须得对此负责，要不是因为您，这一切都不会发生的。所以，也就是说，再扣除五卢布……一月九日，您从我这里支取了十卢布……"

"我没支过！"尤丽娅·瓦西里耶夫娜声音小得可怜。

"听着！我可不是傻瓜。"

"唉……那就算这样，也行。"

"四十一减二十七净得十四。"

尽管她的表情不停地在变，甚至多了些泪珠，但也只能是随他去了，令人怜悯的小姑娘啊！

她用颤抖的声音说道："有一次，我只从您夫人那里支取了三卢布……再没支过……"

"是吗？这么说，我得重新写一下我的账簿！从十四卢布再扣除……呐，这是您的钱，最可爱的姑娘！三卢布……三卢布……又三卢布……一卢布再加一卢布……请收下吧！"

我把十一卢布递给了她，她接过去，很长时间才喃喃地说："谢谢。"

我一下子站了起来，碰到了我的桌子，响声很大。憎恶使我不安起来。

"为什么'谢谢'？"我问。

"为了给钱……"

"实际上我剥夺了您的钱！为什么还说'谢谢'！"

"在别处，根本一文不给。"

"不给？太怪啦！我和您开玩笑，对您的教训是太残酷了……我要把您应得的八十卢布如数付给您！呐，事先已给您装好在信封里了！可是您怎么能够忍受这一切呢？为什么不抗议？为什么沉默不语？难道您要用您的眼泪来应付这一切吗？难道您可以这样软弱吗？"

她苦笑了一下，而我却从她脸上的神态看出了答案，这就是"可以"。

我请她对我的残酷教训给予宽恕，跟着把使她大为惊疑的八十卢布递给了她。她连数都没数，好像即使里面是报纸，她也不会介意的。

我呆呆地望着这一切，心里的念头翻腾不息：

"也许世上只因有了这样的弱者，才会有蛮横无理的强者。"

师生在场

师：契诃夫的小说以篇幅短、人物少、情节简单而立意深刻、内涵丰富著称，今天我们所学的《柔弱的人》就是一个例子。故事中的"我"是契诃夫着力描写的一个人物。有人说，文中的"我"是一个用幽默外衣包裹着奸刁狠毒的洗劫者；有人说，"我"是个具有民主主义思想的知识分子，就是作者自己。同学们怎样评价这个人物？请说说自己的理解。

生 A："我"在文中除了指"我"本身之外，还扮演了一个"雇主"的角色。从文中的语言描写和情节安排来看，这个"雇主"，其所作所为分明卑劣下流，而说话却格外彬彬有礼，似乎颇有教养。

生 B：这一形象分明就是道貌岸然、厚颜无耻的典型，让人格外厌恶。但即使如此，作者还要通过尤丽娅的口告诉我们"在别处，根本一文不给"，看来某些人的无耻总能超乎善良人的想象，在"我"身上，我看到了一批有权势的强者的嘴脸。

生 C：问题并不那么简单。"我"在最后，不仅一分不少地给了尤丽娅·瓦西里耶夫娜八十卢布，而且对她的软弱感到愤怒。虽然小说中的"我"不等同于作者本人，但"我"身上显然有作者的影子。

生 D："我"曾质问尤丽娅为何软弱，但最终看着她的背影，"我"心里想到的是："也许世上只因有了这样的弱者，才会有蛮横无理的强者。"这正是揭示文章中心的关键。"我"对于掠夺者不满，对于被掠夺者不知反抗而批评。所以我认为文中的"我"是个具有民主主义思想的知识分子。

师：同学们刚才的回答非常好，每位同学都有自己的思考。这篇小小说只有两个人物，所述故事发生在同一个环境中，作者对病态人格的揭示和质疑却力透纸背，振聋发聩。针对社会上强者对于弱者的掠夺，请同学们再结合文本谈谈自己的感想。

生 E：从本文内容上看，作者对于这个社会强者掠夺弱者的根本原因进行了剖析，那就是强者之所以为强者，那是因为弱者太过于退让，根本没有坚持自己的原则，更不要说据理力争了。

生 F：这篇小说给我们以启示：若要不被人任意地欺负和掠夺，就要有自己为人处世的原则，遇到事情不能一味地退让。只有你有力地反抗了，这个社会才不会让强者为所欲为，弱者才会有自己的生存空间。

师：作家契诃夫针砭和批判的对象不仅是家庭教师，还包括"我"。因为强权异化的不仅是弱者，还包括生活在这种环境中的每一个人。这一事实告诉我们，在一个充斥着强权与不公的社会里，人性的缺失也是必然的。我们以前所学的鲁迅的作品中有与《柔弱的人》极为相似的表述："我们极容易变成奴隶，而且变了之后，还万分喜欢"（《灯下漫笔》）；"四千年来时时吃人的地方，今天才明白，我也在其中混了多年"，"我未必无意之中，不吃了我妹子的几片肉"（《狂人日记》）。这是智者们洞察生活后的共同感受和体验。

一吐为快

在沉睡千年的"铁屋子"中，鲁迅以无比的勇气发出了振聋发聩的"呐喊"。他对中国传统的封建文化，对中国国民的劣根性进行了毫不留情的揭露与批判。今天，再读契诃夫的《柔弱的人》，我们才知道启发民智，除却国民性格中的奴性、惰性，依然是跨越国界、民族的世界性话题和难题，它任重而道远，令我们震撼和警醒。

拓展阅读

契诃夫小故事二则

小作品比大文章好

契诃夫初学写作时，只是给彼得堡一家叫作《花絮》的幽默周刊写点小文章。他写了五年小文章，很多人都说他在文学创作方面是不会有什么成就的。有人说他写小文章是雕虫小技，有人还说小文章轻飘飘的，不足挂齿，写长篇才有分量。契诃夫却不这么看，他说："小作品比大文章好，矫揉造作少，而又较易获得成功。"契诃夫成名之后，仍然极为重视写小文章。他曾说："我是极力拥护小作品的，要是叫我办一个幽默杂志，我会拒绝一切长文章。"

正直的人并不是渺小的

契诃夫有一次接到弟弟的信，信上弟弟自称是"你的渺小无闻的弟弟"。他立刻提笔在回信上写道："你为什么自称是'你的渺小无闻的弟弟'？你承认自己渺小吗？人需要有自己的尊严。你又不是个骗子，你是个正直的人，对吧？那就尊称自己是个正直的人吧，要知道正直的人并不是渺小的，不要把谦虚和妄自菲薄混为一谈。"

欧·亨利

欧·亨利(1862—1910)，原名威廉·雪德尼·波特，美国短篇小说巨匠，美国现代短篇小说的创始人。曾被评论界誉为"曼哈顿桂冠散文作家"和"美国现代短篇小说之父"。他的作品有"美国生活的百科全书"之誉。主要作品有《麦琪的礼物》《警察与赞美诗》《最后一片叶子》《二十年后》等。

小编有话

希望，是潘多拉的盒子中最宝贵的礼物。最后一片叶子就是琼西的希望之光，为了挽救她的生命，画家贝尔曼拿起画笔，创作了他生命中最伟大的作品。小说通过描写平凡的小人物之间的真挚情感，让我们嗅到了人性美的芳香，这芳香给人以希望、光明，进而汇成一股巨大的情感洪流，引领着我们心怀感恩，奋勇向前。

最后一片叶子(节选)

琼西得了肺炎。她躺在一张油漆过的铁床上，一动也不动，凝望着小小的荷兰式玻璃窗外对面砖房的空墙。

一天早晨，那个忙碌的医生扬了扬他那毛茸茸的灰白色眉毛，把苏叫到外边的走廊上。

"我看，她的病只有十分之一的恢复希望。"……

"她——她希望有一天能够去画那不勒斯的海湾。"苏说。

医生说："我一定尽我的努力用科学所能达到的全部力量来治疗

她。可要是我的病人开始算计会有多少辆马车送她出丧，我就得把治疗的效果减掉百分之五十。只要你能想法让她对冬季大衣袖子的时新式样感兴趣而提出一两个问题，那我可以向你保证把医好她的机会从十分之一提高到五分之一。"

医生走后，苏走进工作室里，把一条日本餐巾哭成一团湿。后来她手里拿着画板，装作精神抖擞的样子走进琼的屋子，嘴里吹着爵士音乐的调子。

琼西躺着，脸朝着窗口，被子底下的身体纹丝不动。苏以为她睡着了，赶忙停止吹口哨。

她架好画板，开始给杂志里的故事画一张钢笔插图。忽然听到一个重复了几次的低微的声音。她快步走到床边。

琼西的眼睛睁得很大。她望着窗外，数着……倒过来数。

"十二，"她数道，歇了一会儿又说，"十一，"然后是"十"和"九"；接着几乎同时数"八"和"七"。

苏关切地看了看窗外。那儿有什么可数的呢？只见一个空荡阴暗的院子，二十英尺①以外还有一所砖房的空墙。一棵老极了的常春藤，枯萎的根纠结在一起，枝干攀在砖墙的半腰上。秋天的寒风把藤上的叶子差不多全都吹掉了，只有几乎光秃的枝条还缠附在剥落的砖块上。

"什么呀，亲爱的?"苏问道。

"六，"琼西几乎用耳语低声说道，"它们现在越落越快了。三天前还有差不多一百片。我数得头都疼了。但是现在好数了。又掉了一片。只剩下五片了。"

"五片什么呀，亲爱的? 告诉你的苏吧。"

"叶子。常春藤上的。等到最后一片叶子掉下来，我也就该去了。这件事我三天前就知道了。难道医生没有告诉你?"

"……医生今天早晨还告诉我，说你迅速痊愈的机会是——让我一字不改地照他的话说吧——他说有九成把握……"

"……只剩下四片了。我想在天黑以前等着看那最后一片叶子掉下

---

① 编者注：1 英尺＝0.3048 米。

去。然后我也要去了。"

"琼西，亲爱的，"苏俯着身子对她说，"你答应我闭上眼睛，不要瞧窗外，等我画完，行吗？……"

"你睡一会吧，"苏说道，"我得下楼把贝尔曼叫上来，给我当那个隐居的老矿工的模特儿。我一会儿就回来。不要动，等我回来。"

老贝尔曼是住在她们这座楼房底层的一个画家。……贝尔曼是个失败的画家。他操了四十年的画笔，还远没有摸着艺术女神的衣裙。他老是说就要画他的那幅杰作了，可是直到现在他还没有动笔……

苏在楼下他那间光线黯淡的斗室里找到了嘴里酒气扑鼻的贝尔曼。一幅空白的画布绷在一个画架上，摆在屋角里，等待那幅杰作已经二十五年了，可是连一根线条还没等着。苏把琼西的胡思乱想告诉了他，还说她害怕琼西自个儿瘦小柔弱得像一片叶子一样，对这个世界的留恋越来越微弱，恐怕真会离世飘走了。

"什么，"他喊道，"世界上真会有人蠢到因为那些该死的常春藤叶子落掉就想死？……你干吗让她胡思乱想？唉，可怜的琼西小姐。"

"她病得很厉害，很虚弱。"苏说。……

"你简直太婆婆妈妈了！"贝尔曼喊道，"谁说不愿意当模特儿？走，我和你一块去。我不是讲了半天愿意给你当模特儿吗？老天爷，琼西小姐这么好的姑娘真不应该躺在这种地方生病。总有一天我要画一幅杰作，我们就可以都搬出去了。一定的！"

……

第二天早晨，苏只睡了一个小时的觉，醒来了，她看见琼西无神的眼睛睁得大大地注视着拉下的绿窗帘。

"把窗帘拉起来，我要看看。"她低声地命令道。

苏疲倦地照办了。

然而，看呀！经过了漫长一夜的风吹雨打，在砖墙上还挂着一片藤叶。它是常春藤上最后的一片叶子了。靠近茎部仍然是深绿色，可是锯齿形的叶子边缘枯萎发黄，它傲然挂在一根离地二十多英尺的藤枝上。

"这是最后一片叶子。"琼西说道，"我以为它昨晚一定会落掉的。

我听见风声的。今天它一定会落掉，我也会死的。"

……

天刚蒙蒙亮，琼西就毫不留情地吩咐拉起窗帘来。

那片藤叶仍然在那里。

琼西躺着对它看了许久。然后她招呼正在煤气炉上给她煮鸡汤的苏。

"……给我一面小镜子，再把枕头垫高，我要坐起来看你做饭。"

过了一个钟头，她说道：

"苏，我希望有一天能去画那不勒斯的海湾。"

……

第二天，医生对苏说："她已经脱离危险，你成功了。现在只剩下营养和护理了。"

下午苏跑到琼西的床前，琼西正躺着，安详地编织着一条毫无用处的深蓝色毛线披肩。苏用一只胳膊连枕头带人一把抱住了她。

"我有件事要告诉你，小家伙，"她说，"贝尔曼先生今天在医院里患肺炎去世了。……亲爱的，瞧瞧窗子外面，瞧瞧墙上那最后一片藤叶。难道你没有想过，为什么风刮得那样厉害，它却从来不摇一摇、动一动呢？唉，亲爱的，这片叶子才是贝尔曼的杰作——就是在最后一片叶子掉下来的晚上，他把它画在那里的。"

师生在场

师：小说《最后一片叶子》是欧·亨利讴歌人性美的杰作之一，这篇小说至今仍保持着巨大的艺术魅力。请同学们谈谈最后一片叶子与琼西有怎样的联系。

生A：最后一片叶子关系到琼西的生死。叶子是希望的象征，如若叶子落了，琼西也就给自己找到了放弃抗争的理由。只要叶子不落，她就有所期待，有所抗争。正是在最后一片常春藤叶的鼓舞下，琼西重新振作起来，直到康复。

师：为什么说"最后一片叶子"是贝尔曼的杰作？请同学们谈谈自

己的看法。

生 B：因为"最后一片叶子"是贝尔曼一生的艺术结晶，它融进了贝尔曼的爱、善良和宝贵的生命。正是这"最后一片叶子"让琼西重新树立了生的信念，挽救了琼西的生命。而这信念是贝尔曼先生传递给她的。

生 C：因为贝尔曼 25 年来一直说要画的"惊人之作"实现了，他为此付出生命，最后一片叶子是他牺牲精神的象征。

师：贝尔曼在本来就篇幅颇短的小说中出场的次数极少，但他是整篇小说的灵魂，贝尔曼是怎样的一个人？请同学们结合文本分析一下。

生 D：贝尔曼是一个不拘小节、郁郁不得志的老画家，他生活失意，不满现状，但当他得知琼西的病情和想法后，讽刺地咆哮了一阵子，写出他的善良和同情心。

生 E：最后贝尔曼因为冒雨画最后一片叶子，得了肺炎而去世。他的人格得到了升华，崇高的爱心、自我牺牲的精神由此得到了展现。由此，我们看到了贝尔曼平凡的甚至有点讨厌的外表下有一颗火热的、金子般的爱心，虽然穷困潦倒，但他仍无私关怀、帮助他人，甚至不惜付出生命的代价。

生 F：我觉得作者借此歌颂了穷苦朋友相濡以沫的珍贵友情和普通人的心灵美。

师：《最后一片叶子》描述了平凡的普通下层小人物之间的真挚的相濡以沫的关爱和友情，以及老贝尔曼不顾危险、勇于救助他人的奉献精神，他们演绎了平凡人中大爱无言的精彩。这种"底层的温情、平凡的高贵"又给人以希望、光明和奋进的生活力量，它让人性美的奇葩绽开在我们每个人的心中。

一吐为快

信念能创造奇迹。因为信念，贝尔曼冒雨画下了他生命的伟大杰作；因为信念，琼西的生命得以延续。一个人，只要有了坚定的信念，并为信念不懈努力，那么，无论遇到怎样的绝境，他都能找到突破口。小说中最后一片常春藤叶，是人与人之间希望的传递，是不灭的生命之火，是人性善良的光辉。朋友，当你遭遇困境时，希望你能想起这片常春藤叶，这片蕴含了信念、希望、爱和善的叶子。

小编有话

小说表面上写的是"手"的故事，揭示的却是"心"的问题：为了维护罪犯的面子和尊严，不给他造成心灵上的负担，警长撒了一个善意的谎言。特雷莎修女说，爱是治疗人间一切问题的良药。亲爱的朋友，开启我们今天的阅读之旅，一起去感受那一瞬间迸发的爱与美的光辉吧。

心与手(节选)

在丹佛车站，一帮旅客涌进开往东部方向的 BM 公司的快车车厢。在一节车厢里，坐着一位衣着华丽的年轻女子，身边摆满有经验的旅行者才会携带的豪华物品。

在新上车的旅客中，走来两个人。一位年轻英俊，神态举止显得果敢而又坦率；另一位脸色阴沉，行动拖沓。他们被手铐铐在一起。

两个人穿过车厢过道，一张背向的位子，是唯一空着的，正对着那位迷人的女人。

他们就在这张空位子上坐下来。

年轻的女子看到他们，脸上即刻浮现出妩媚的笑颜，圆润的双颊，有些发红。接着，她伸出那戴着灰色手套的手，与来客握手。

她开口说话的声音，听上去甜美而又舒缓，让人感到这是一位爱好交谈的人。

她说："埃斯顿先生，怎么，他乡异地，连老朋友也不认识了？"

年轻英俊的那位，听到她的声音，一怔，局促不安起来，然后，他用左手握住了她的手。

"费尔吉德小姐,"他笑着说,"我请求您原谅我,不能用另一只手来握手,因为它现在正派用场呢。"

他微微地提起右手,只见一副闪亮的"手镯",正把他的右手腕和同伴的左手腕扣在一起。

年轻姑娘眼中的兴奋神情,渐渐变成一种惶惑的恐惧,脸颊上的红色消退了。她不解地张开双唇,力图缓解难过的心情。

埃斯顿微微一笑,好像是这位小姐的样子使他发笑一样。

他刚要开口解释,同伴抢先说话了。

这位脸色阴沉的人,一直用他那锐利机敏的眼睛,偷偷地察看着姑娘的表情。

"请允许我说话,小姐。看得出来,您和这位警长,一定很熟悉,如果您让他在判罪的时候,替我说几句好话,我的处境一定会好多了。他正送我去内森维茨监狱,我将因伪造罪,在那儿,被判处七年徒刑。"

姑娘舒了口气,脸色恢复自然,"那么,这就是你现在做的差事,当个警长。"

"亲爱的费尔吉德小姐,"埃斯顿平静地说,"我不得不找个差事来做。钱总是生翅而飞的。你也清楚,在华盛顿,要有钱,才能和别人一样地生活。我发现,西部有个赚钱的好去处,当然,警长的地位,自然比不上大使。"

……

姑娘的眼光,再次被吸引到那副亮闪闪的手铐上,她睁大眼睛。

"别在意,小姐,"另外那位来客说道,"为了不让犯人逃跑,所有的警长,都把自己和犯人铐在一起,埃斯顿先生是懂得这一点的。"

"要过多久,我们才能在华盛顿见面?"姑娘问。

"我想,不会是马上,"埃斯顿回答,"恐怕我是不会有轻松自在的日子过了。"

"我喜爱西部。"姑娘不在意地说着,眼光温柔地闪动着。

看着车窗外,她坦率自然,毫不掩饰地告诉他:"妈妈和我在西部度过了整个夏天,因为父亲生病,她一星期前回去了。我在西部过得很愉快，我想，这儿的空气适合我。金钱可代表不了一切，但人们常在这点上出差错，并执迷不悟地——"

"我说，警长先生，"脸色阴沉的那位粗声地说道，"这太不公平了，我需要喝点酒，我一天没抽烟了。你们谈够了吗？现在，带我去抽烟室，好吗？我真想过过瘾。"

这两位系在一起的旅行者，站起身来，埃斯顿脸上依旧挂着迟钝的微笑。

"我可不能拒绝一个抽烟的请求，"他轻声说，"这是一位不走运的朋友。再见，费尔吉德小姐，工作需要，你能理解。"他伸手来握别。

……

两位来客小心翼翼地穿过车厢过道，进入吸烟室。

另外两个坐在一旁的旅客，几乎听到他们的全部谈话，其中一个说道："那个警长真是一条好汉，很多西部人都这样棒。"

"如此年轻的小伙子，就担任一个这么大的职务，是吗？"另一个问道。

"年轻人？"第一个人大叫道，"你真的看准了吗？我是说，你见过把犯人铐在自己右手上的警官吗？"

师生在场

师：欧·亨利被誉为"美国现代短篇小说之父"，其作品构思新颖，语言幽默风趣，结局常常出人意料。请同学们根据小说内容简要概括费尔吉德小姐的形象特点。

生 A：衣着华丽，长相妩媚。从"坐着一位衣着华丽的年轻女子""脸上即刻浮现出妩媚的笑颜"中可以看出来。

生 B：声音甜美、舒缓，爱好交谈。从"她开口说话的声音，听上去甜美而又舒缓，让人感到这是一位爱好交谈的人"中可以看出来。

生 C：坦率自然，纯真善良。从"她坦率自然，毫不掩饰地告诉他""我在西部过得很愉快""金钱可代表不了一切，但人们常在这点上出差错，并执迷不悟地——"中可以看出来，而且自始至终她都没有发现警官的破绽，这说明她纯真善良。

生 D：身份高贵。从"身边摆满有经验的旅行者才会携带的豪华物品"中可以看出来。

师：这篇小说的结尾暗示了什么？前文对这一结尾做了哪些铺垫？

生 E：暗示承认自己是罪犯的人才是真正的警长，而埃斯顿才是罪犯。"见过把犯人铐在自己右手上的警官吗？"说明埃斯顿和所谓的犯人的身份应该对调。

生 F：做铺垫的地方有埃斯顿的神情。当姑娘跟他打招呼时，他显得局促不安。

生 G：埃斯顿的语言也做了铺垫。当姑娘问多久能见面时，他说"恐怕我是不会有轻松自在的日子过了"。

生 H：文中自称是罪犯的人的神情也为结尾做了铺垫。这位脸色阴沉的人一直用他那"锐利机敏的眼睛，偷偷地察看着姑娘的表情"。

师：小说的题目是《心与手》，请同学们思考分析下题目为什么是《心与手》。

生 I：小说的情节是和两只铐在一起的手紧密相关的。一个女子在火车上遇到了老朋友，却发现老朋友的一只手和另外一个人的手用手铐铐在了一起，女子惊讶，朋友尴尬，而另外一个被铐的人——真正的警长出于好心解释说自己是罪犯，她的朋友是警长，缓解了这一尴尬局面。

生 J：小说表面上写的是"被铐在一起的手"的故事，揭示的却是"心"的问题——心灵深处的人性美。警长为了维护罪犯的面子和尊严，不给他造成心灵上的负担，编造了一个善意的谎言，这体现了警长善解人意、为别人着想、体谅他人之心的美好品格。

一吐为快

"有之于内，必形于外"，警长善意的谎言让我们看到了他的大度和包容，感受到了他心灵深处的人性美。善意的谎言是美丽的，它让人从心里燃起希望之火，让我们的世界充满爱和温暖。朋友，美好的爱从不会因为你身份卑微而对你视而不见，不会因为你处境艰难而对你熟视无睹。人心中的爱足够温暖整个寒冷的冬天，也能够感化所有迷途的灵魂。

拓展阅读

欧·亨利 经典名言名句

1. 人生是个含泪的微笑。

——《欧·亨利短篇小说精选》

2. 你笑时，人们与你一道欢笑；你哭时，人们却付之一笑。

——《欧·亨利短篇小说精选》

3. 我们最后变成什么样，并不取决于我们选择了哪条道路，而是取决于我们的内心。

——《我们选择的路》

4. 人生是由啜泣、抽噎和微笑组成的，而抽噎占了其中绝大部分。

——《麦琪的礼物》

5. 当你爱着你的艺术，没有什么是不能牺牲的。

——《爱的牺牲》

6. 这座城市像是一片巨大凶险的流沙，它不断地向着无底的深渊渗漏下去，今天还在上面的沙粒，明天就可能被卷埋在了深深的淤泥和黏土之中。

——《带家具出租的房间》

7. 为生命画一片树叶，只要心存相信，总有奇迹发生，希望虽然渺茫，但它永存人世。

——《最后一片叶子》

8. 灿烂的生命中一个忙碌的时辰，抵得上一世纪的默默无闻。

——《忙碌经纪人的浪漫史》

9. 自从开天辟地以来，一个女人对另一个女人就不存在任何神秘之处。每一个女人都像闪电一般迅速地穿透另一个女人的肺腑，从她姊妹的话语中筛出最狡猾的伪装，看清她隐藏最深的愿望，从她诡计多端的谈话里摘出她的诡辩就像梳子剔出头发，然后用拇指和食指捻着它嘲笑一番，才让它带着根深蒂固的怀疑随风飘去。

——《学校呀学校》

10. 她的微笑叫山茱萸，在寒冬腊月都会开花。

——《刎颈之交》

约翰尼斯·延森

约翰尼斯·延森(1873—1950)，丹麦小说家、诗人，主要作品有长篇系列小说《漫长的旅行》《世界的光明》等。1944年，作品《漫长的旅行》由于借助丰富有力的诗意想象，将胸襟广博的求知心和大胆的、清新的创造性风格结合起来而获诺贝尔文学奖。

延森的小说、诗歌和散文被誉为"丹麦文坛的三绝"，同时他还被誉为"丹麦语言的革新大师"。

小编有话

小说描摹出人与动物间有可能恒久存在的亲情状态，它可以超越时代的贫困窘迫，超越世界的人情冷漠，成为浮躁繁杂的世界里的永远温暖的慰藉……人与动物之间产生的亲情是弥足珍贵的，在安妮的眼中，牛已经不是动物，他是朋友，是陪伴，是最大的精神依托，更是心灵相通的伴侣，是晚年最好的守候。

安妮和母牛(节选)

在瓦布森举办的定期市集，也有牛市。那儿有个老妇，也牵着一头母牛站在那儿。但她和母牛之间，总保持着一段距离，不知是客气，还是要引起人们的注意。为了怕被阳光照射，她的头巾拉得很低，遮住了额头。她一直默默地站在那儿编织着袜子。这只袜子快打好了，下面都卷了起来。她的衣服款式看来已很古老了，可是倒很干净。下面穿着一条手染的蓝裙，还有染过的那股臭味。腰间系着用褐色丝线编的三角肚兜，在凹入的小腹上打了一个结。头巾都褪色了，褶痕很深，显然收藏许久没用了。木鞋的底也磨损了，但皮面仍抹着鞋油。一双干瘪的老手，勤快地动着四根棒针。灰白的头发上还插着一根多余的棒针，她一面倾听着市集传来的音乐，一面看着从她面前走过的人潮，和正在交易的牛只。四周十分嘈杂喧闹……而她只是默默地站在阳光下，编织着她的袜子。

母牛走来把鼻子挨在她的手肘边，牛肚松垮垮地垂着，脚向外侧张开，正在反刍。这头牛虽然老了，可是毛色仍很光鲜，想来照顾得很妥善，称得上是一头很好的母牛。只有臀部到背脊的地方，瘦得露骨。除了这个缺点，这头母牛可以说是很漂亮的……它就像其他的母牛一样，经历过各种生活，如果比作人的话，该是历经世事了。生了小牛，既不怎么去看护，也不舔舐小牛，只是忠实地吃着饲草，再流出牛奶来。母牛现在在这儿，就像在任何地方一样，一面熟练地反刍食物，一面用尾巴赶着苍蝇。绑牛的细绳，是很小心地系在牛角上的，松软地垂了下来，因此母牛就不至于在田间乱跑，也不至于独自跑到其他的地方去。

牛的笼头，不但老旧，而且也被磨损成了圆形。鼻栓也没有了，好在母牛十分温驯，也无此需要。牛绳倒是换了一根新的，平常吃草用的那根牛绳，不但陈旧，还有好几节是连结起来的。安妮婆婆注意到了这点，她希望今天母牛扮得漂亮些，那根旧牛绳是有损观瞻的。

这头母牛是很适宜屠宰用的，所以很快就有人走过来，细细端详着它。他用指尖仔细压在牛背的皮肤上，当他在牛身边这么做的时候，母牛只是后退了一点，并未生气。

"老婆婆，这头牛你要卖多少钱啊?"这人把两道锐利的目光，从牛的身上，移到安妮的身上。

安妮的手仍忙着织袜子，一面答道："这头牛并不是要卖的!"

她很慎重地结束了谈话，用一只手擦擦鼻子的下方，好像她正忙，不愿被人打扰。

那人虽然走开了，可是一路走，还禁不住频频回头，目不转睛地看着那条母牛。

接着，又来了一个身材挺拔、胡子剃得清清爽爽的屠夫。他先用藤杖敲牛角，又用他肥大的手，沿着牛的背筋摸下去。

"这头牛要多少钱？"

安妮婆婆斜着眼看着母牛。母牛孩子气地眨着眼，看着眼前的藤杖。接着就别过头，好像在远方发现了什么有趣的东西。

"这头牛不卖的！"

屠夫染着血的风衣下摆，在风中吹着，听了这话转身就走了。没隔多久，又有一个买主来了，安妮婆婆摇摇头。

"这头牛是不卖的！"

如此——拒绝了好几个买主之后，安妮婆婆的名声也不胫而走。方才要买母牛的人，其中有一个又折了回来，向安妮婆婆提出了十分优厚的条件。这使安妮婆婆有些窘迫不安，不过她还是说不卖就是不卖。

"哦？难道你已经卖给别人了？"

"怎么会！"

"真是这样，可把我搞糊涂了，老婆婆，那么你又为什么站在这儿，展示你的母牛呢？"

安妮虽然低着头，可是仍然一个劲地织着袜子。

"喂！你干吗要和母牛站在这里啊？"这人似被侮辱了，"这可真是你的牛吗？"

当然！这还用问吗？这头牛百分之百是属于安妮的。她把这头牛从小抚养大。她对这人说，这牛的确是她的。她想她该再说些什么，好让对方息怒。可是对方却没有给她开口的机会。

"你就是要玩弄人才站在这儿是吗？"

怎么这么说呢？安妮悲伤得再也说不下去了。她真慌了，手只有不停地织下去。她不知该把视线落在什么地方才好，她着实很困惑。那个人正气冲冲地逼着她问道："是吧？你是专为侮辱人才到这市集里来的吧？"

这时，安妮放下了手上正在织的袜子，解开拴牛的绳子，准备牵牛回去。她诚挚哀求的眼光，向着那人望去。

"这是头十分孤独的母牛!"她完全能信任眼前这个男人,说出了心底的话,"它现在实在是太孤单了。我和这头牛,住在一户小农家里。谈到牛,就仅有这一头,再也没有别的牛了。我一直过着孤孤单单、离群索居的生活,所以,就想带它到市集来,也好有其他的牛做伴,我也希望它能快活些。真的,我真的是这么想的。我想我这么做,也不可能让别人惹上麻烦,所以我就这么做了。我虽然到这儿来了,但不是来卖牛的。就是这样,现在就让我回去了吧!抱歉了,再见,谢谢你!"

师生在场

师:《安妮与母牛》这篇小小说给无数心灵以感动、教育和启迪。同学们,相信你们读了这篇小说后,会对安妮留下很深刻的印象,请结合全文简析安妮这一形象。

生 A:安妮是一个贫困又自尊心强的农妇。从她的衣服款式很古老、头巾褪了色、木鞋底磨损了中可以看出她生活很贫困。从她穿的衣服很干净、木鞋虽旧但却抹了油等情节中可以看出她自尊心强的性格特征。

生 B:安妮是一个孤寂的人。她跟买牛的人说自己一直过着孤孤单单的生活,只有一头牛与她相伴,她很孤寂。与其说牵着牛到牛市来是为了给牛找个伴,不如说是为了使自己暂时地摆脱孤寂。

生 C:安妮是一个勤劳、善良、有爱心的人。文中多处写到安妮在织袜子,说明她是一个勤劳的人;当被买牛的人误会时,她感到抱歉,她可怜母牛的孤独,带它到牛市来,让它有其他的牛做伴等,表现了安妮的善良和有爱心。

师:本文写了安妮和她的牛的故事,作者主要是写牛还是写安妮?这样写的好处是什么?请同学们谈谈自己的看法。

生 D:我认为作者主要是写安妮。文章看似主要写牛,写牛的孤独,但实际上是为了写安妮,写安妮的孤独。

生 E:我认为作者这样写的好处是:安妮和牛相依相伴、相依为命，安妮怎样孤独，作者没写，这样就给读者留有想象的余地，让读者回味无穷。

师：文中的母牛对安妮表现出了什么样的感情？请同学们结合文章进行探究。

生 F：母牛对安妮表现出了亲近。母牛走近安妮，把鼻子挨在她的手肘边，可见母牛对安妮的亲近。母牛对安妮也表现出了顺服。绑牛的细绳松软地垂下来，牛也不乱跑，鼻栓也不用，可见母牛的顺服。

生 G：我认为母牛对安妮有这样的感情，是安妮平时对母牛如对亲人般爱护的结果，凸显安妮与母牛相依为命，读来令人酸楚。

生 H：我觉得本文通过写安妮和她的母牛之间的亲近，应该引发我们对老年人孤独问题的思考。

一吐为快

感动和快乐是人与人、人与动物、人与自然之间的一种无言的意会，这就像沁人心脾的甘泉，像芳香四溢的热茶，有时只要一个眼神、一个轻微的动作就足以冲刷掉所有的孤独和寂寞，让内心温暖而感动，让心境澄澈而透明。《安妮和母牛》带给我们的正是这样的温暖和感动。

拓展阅读

约翰尼斯·延森小传

约翰尼斯·延森，丹麦小说家、诗人。他出生于丹麦日德兰半岛西岸的西玛兰。从小学起，他就迷恋书本，尤其喜爱丹麦古典文学和北欧神话传说。西玛兰滋养了延森对时空的强烈感受，使他关注人类的历史和命运并与大自然深深结缘。17 岁时，延森到格陵兰上高中，三年后，到了哥本哈根上大学，结识了勃兰兑斯等丹麦一些著名的学者和作家。1895 年，延森在一份周刊上发表了连载惊险小说《卡塞亚的宝物》，这是他的第一部文学作品，紧接着，他又写了一系列侦探小说。1896 年，长篇小说《丹麦人》出版，由延森根据学生时代的经历写成。从此，延森成为一名职业作家。从 1897 年起，他陆续创作了 30 多篇描写西玛兰风土人情的短篇小说，后来结集出版了《西玛兰短篇小说集》，该小说集连续再版达几十次之多，为延森赢得了世界声誉。

延森的重要作品有长篇系列小说《漫长的旅行》：《冰河》《船》《失去的天国》《诺尼亚·葛斯特》《奇姆利人远征》和《哥伦布》。这六部长篇小说从远古冰河时代的北欧写到哥伦布发现美洲大陆，具有史诗的宏大气势和优美奇特的风格。延森能驾驭各种文学样式，作品的体裁繁多，他创作过诗歌、小说、散文、历史神话故事、随笔，同时还著有艺术史方面的专著。

1944 年，延森获诺贝尔奖时，已是 71 岁的老人了，那时他正躺在哥本哈根一家医院的病床上，幸亏那年的颁奖仪式没有举行。直到 1945 年战后第一次恢复传统的颁奖典礼时，他才亲赴瑞典领奖。1950 年 12 月 25 日，延森走完了他 77 年的人生之路。

毛 姆

毛姆(1874—1965)，英国小说家、剧作家。代表作有戏剧《圆圈》，长篇小说《人类枷锁》《月亮和六便士》，短篇小说集《叶的震颤》《阿金》。

1954年，英国女王授予他"荣誉侍从"的称号，他成为皇家文学会的会员。同年1月25日，英国嘉里克文学俱乐部特地设宴庆贺他的八十寿辰；在英国文学史上受到这种礼遇的，只有狄更斯、萨克雷和特罗洛普三位作家。

小编有话

自大、执着、自傲，是故事中的画家长期以来的性格特征。孤芳自赏的他一生都在攀爬绘画艺术的山峰，殊不知，正是他向来看不起的医生哥哥一直在背后默默支持着他，日复一日，年复一年。当医生哥哥去世后，画家在哥哥的房子里发现了25年来他卖给那个匿名者的所有作品。真相被揭开了，画家弟弟会有怎样的表现呢？让我们一起走进这篇小说，去感受里面的是是非非吧。

冤 家

现在，他们兄弟俩终于都过世了。一个画家和一个医生。画家一直自以为有绘画的天才。他自大、骄傲而且易怒，向来看不起他兄弟那副庸俗、多愁善感的德行。然而，他实际上并没有什么才气，如果不是他兄弟的接济，他早就要三餐不继了。

奇怪的是，尽管他的画从技巧、内涵各方面看来都是极粗俗、拙劣的作品，他还是持续地画着。偶尔举办几次画展，总是刚好卖出两幅画，每次都是如此，一幅不多一幅不少。

终于，医生也绝望地认清他兄弟的"天分"了。在不断地接济和支持之后，医生发现自己的兄弟天生就只能当个二流的画家，心里着实十分难过。可是他一直隐埋在心里。

医生去世的时候留下所有的遗产给他的兄弟。画家在医生的房子里发现了二十五年来他卖给那个匿名者的所有作品。起初他疑惑不解，最后他给自己找到了解释——这狡猾的家伙终于做了一次正确的投资。

师生在场

师：毛姆是英国现代著名作家，素有"英国的莫泊桑"之称，他一生创作了大量的长短篇小说和剧本。今天我们阅读了他的《冤家》，请同学们简要分析文本中"起初他疑惑不解，最后他给自己找到了解释——这狡猾的家伙终于做了一次正确的投资"体现出来的画家的心态。

生 A：画家盲目自大的自豪心态。"这狡猾的家伙终于做了一次正确的投资"以反讽的语言来批评画家的无知和盲目自大。

生 B：画家毫无自知之明的骄傲心态。"这狡猾的家伙终于做了一次正确的投资"，他一直自以为有绘画的天赋，觉得哥哥还是有眼光的，突出了他的愚昧无知和得意，他不知道哥哥对他的爱是亲情的体现，是哥哥在尽自己的责任。

师：联系生活实际，请同学们谈谈医生哥哥为画家弟弟的付出是否有价值？

生 C：有价值。守护了弟弟一生的兴趣与梦想，让弟弟终生在自信中度过，这种付出包含了哥哥对弟弟无私的爱，令人感动。故事也告诉我们在困境中要给予亲人尽可能多的爱与关怀，让他们体会到平凡生活的幸福。

生 D：我觉得无价值。哥哥一味善意隐瞒，没有适当的提醒，使得弟弟始终没有醒悟，也没有取得成绩，这种帮助助长了弟弟的盲目自信与狂妄自大，假如没有哥哥的暗中接济，也许弟弟早已改变志向，知难而退，重新定位自己的人生了。

生E：我觉得也无价值。这篇小说告诉我们，爱亲人，要讲究方式，授之以鱼，不如授之以渔。

一吐为快

源于生活，高于生活。这简简单单的八个字，描述了艺术创作的真谛。真正隽永流长的艺术，一定植根于生活中的悲欢离合，来自岁月中的喜怒哀乐。感悟生命，体会人生，让我们在岁月的长河中撷取美丽的浪花，作为人生中最宝贵的珍藏，使其在我们的记忆里不断发酵，历久弥香。

拓展阅读

口吃的毛姆

没有口吃，就没有一个成为作家的毛姆。

毛姆的口吃从他少年开始就一直跟随毛姆，直到他人生终了。

毛姆少年时，时时都能感觉到一双双嘲弄的眼睛，这种目光像锐利的冰锥一样刺伤着他，使他在成长时期就养成了孤僻的性格。

少年时，毛姆并没有想成为一名作家，他想成为一名律师。他的祖父与父亲都是律师，而他却口吃。造物主跟毛姆开的玩笑太淘气亦太残酷——哪怕给他别样的残疾呢？

一个普通人也许并非一定得有一份敏感，但一个作家绝不可少了这份敏感。毛姆的敏感常常是过分的。因此，他的生活中很少有亲人与朋友。敏感给毛姆的创作带来了巨大的资源，却毁掉了他的生活——他的生活千疮百孔，最后只剩下一个寂寞的灵魂和一幢空大的房子。

但我们要永远感激这份敏感，因为它给我们带来了《雨》《月亮和六便士》《人类枷锁》和《刀锋》等上佳小说和几十部精彩的戏剧。

　　当毛姆不能用嘴顺畅、流利地表达时，他笔下的文字却汩汩而出、流动不止。他一直活到了 91 岁。口语的滞涩，却成全了文字的不绝流淌。当我们回头看毛姆的每一部作品时，我们看到的也还是那让人舒心的流淌。毛姆的叙事从来都是从容不迫的。他找准了某一种口气之后，就会一路写下来，笔势从头至尾，不会有一时的虚弱和受阻。侃侃而谈，左右逢源，言如流水，遇圆则圆，遇方则方，将一个口吃的毛姆洗刷得干干净净，不留一丝痕迹。

　　毛姆绝对没有想到口吃成全了他，也成全了世界文学史。

卡夫卡

卡夫卡(1883—1924)，奥地利小说家。卡夫卡被认为是现代派文学的鼻祖，表现主义文学的先驱。第二次世界大战以后，在欧洲兴起的"荒诞派戏剧"、法国的"新小说"和在美国出现的"黑色幽默"小说等文学流派都受到卡夫卡小说的影响。

他与马塞尔·普鲁斯特、詹姆斯·乔伊斯等并称为西方现代主义文学的先驱和大师。短篇小说代表作是《变形记》，长篇小说代表作是《审判》《城堡》《美国》。

小编有话

在这扇法律之门里的一个遥不可及的地方，真理闪着金光，需要人们打开层层大门才能找到。乡下人来到了法律门前，原本以为可以顺利找到真理的他却只能一直等待，等待着那扇原本就是为自己而设的大门为自己打开。卡夫卡是意识流小说的滥觞，后世所有的效仿只不过是他的注脚。作为《审判》的一部分，这篇《法律门前》又将会给我们带来怎样的思考呢？

法律门前

法律门前站着一名卫士。一天来了个乡下人，请求卫士放他进法律的门里去。可是卫士回答说，他现在不能允许他这样做。乡下人考虑了一下又问：他等一等是否可以进去呢？

"有可能，"卫士回答，"但现在不成。"

由于法律的大门始终都敞开着，这当儿卫士又退到一边去了，乡下人便弯着腰，往门里瞧。卫士发现了大笑道："要是你很想进去，就不妨试试，把我的禁止当耳旁风好了。不过得记住：我可是很厉害的。再说我还仅仅是最低一级的卫士哩。从一座厅堂到另一座厅堂，每一道门前面都站着一个卫士，而且一个比一个厉害。就说第三座厅堂前那位吧，连我都不敢正眼瞧他呐。"

乡下人没料到会碰见这么多困难；人家可是说法律之门人人都可以进，随时都可以进啊，他想。不过，当他现在仔细打量过那位穿皮大衣的卫士，看了看他那又大又尖的鼻子，又长又密又黑的鞑靼人似的胡须以后，他觉得还是等一等，到人家允许他进去时再进去好一些。卫士给他一只小矮凳，让他坐在大门旁边。他于是便坐在那儿，日复一日，年复一年。其间他做过多次尝试，请求人家放他进去，搞得卫士也厌烦起来。时不时地，卫士也向他提出些简短的询问，问他的家乡和其他许多情况，不过，这都是些那类大人物提的不关痛痒的问题，临了儿卫士还是对他讲，他还不能放他进去。乡下人为旅行到这儿来原本是准备了许多东西的，如今可全都花光了，为了讨好卫士，花再多也该啊。那位尽管什么都收了，却对他讲："我收的目的，仅仅是使你别以为自己有什么礼数不周到。"

许多年来，乡下人差不多一直不停地在观察着这个卫士。他把其他卫士全给忘了，对于他来说，这第一个卫士似乎就是进入法律殿堂的唯一的障碍。他诅咒自己机会碰得不巧，头一些年还骂得大声大气，毫无顾忌，到后来人老了，就只能再独自嘟嘟囔囔几句。他甚至变得孩子气起来。在对卫士的多年观察中，他发现这位老兄的大衣毛领里藏着跳蚤，于是也请跳蚤帮助他使那位卫士改变主意。终于，他老眼昏花了，但自己却闹不清楚究竟是周围真的变黑了呢，或者仅仅是眼睛在欺骗他。不过，这当儿在黑暗中，他却清清楚楚看见一道亮光，一道从法律之门中迸射出来的不灭的亮光。此刻他已经生命垂危。弥留之际，他在这整个过程中的经验一下子全涌进脑海，凝聚成了一个迄今他还不曾向卫士提过的问题。他向卫士招了招手，他的身体正在慢慢僵硬，再也站不起来了。卫士不得不向他俯下身子，他俩的高矮差已变得对他大大不利。"事已至此,你还想知道什么?"卫士问,"你这个人真不知足。"

"不是所有的人都向往法律么,"乡下人说,"可怎么在这许多年间,除去我以外就没见有任何人来要求进去呢?"

卫士看出乡下人已死到临头,为了让他那听力渐渐消失的耳朵能听清楚,便冲他大声吼道:"这道门任何别的人都不得进入,因为它是专为你设下的。现在我可得去把它关起来了。"

师生在场

师:《法律门前》是卡夫卡未完成的小说《审判》中的一部分。故事情节以卫士和乡下人为主线层层展开,作者通过对二者的对话及行为的精彩描写,引出了我们对一系列相关法律问题的思考。同学们读完该小说后请概括"乡下人"这一形象的主要性格特点。

生 A:不安于现状,他愤恨命运的不公,并多次尝试进入法律之门,生命终结时敢于质问门卫。

生 B:老实忠厚,单纯幼稚,他想进入法律之门,却在卫士的恐吓下停下脚步,到死也没有勇气踏入大门。

生 C:迂腐懦弱,胆怯守旧,缺乏创新精神。乡下人把注意力过多地集中在了第一个卫士身上,从而做出了许多无谓的努力和争取,换来的却是生命的代价。

师:好的小说结尾会产生意想不到的艺术效果,请同学们谈谈这篇小说结尾的作用。

生 D:在小说的结尾,卫士揭示了法律之门的真相,出人意料,令人回味。这也是对乡下人苦守一生的讽刺,增强了小说的讽刺性,突出了小说的悲剧性。

生 E:不仅呼应了前文,而且深化了主旨,引发了读者的思考。

师:为了进入法律之门,乡下人付出了所有,苦苦等待了一生也没有进去。请结合全文分析乡下人是否能够进入法律之门。

生 F:乡下人能够进入法律之门。卫士对他的限制都是形式上的,他从头至尾都没有提到乡下人如果强行通过的后果，他只是笑着说："要是你很想进去，就不妨试试，把我的禁止当耳旁风好了。"

生 G：我也同意"乡下人能够进入法律之门"这一观点。因为在故事的结尾，卫士又说："这道门任何别的人都不得进入，因为它是专为你设下的。"这说明乡下人是有权进入这道门的。如果乡下人拿出勇气，他是完全可以进入的。

生 H：我认为乡下人不能进入法律之门。卫士在一定程度上可以看作法律或者特权阶级的化身，他不仅把守着每一扇通往法律的大门，还把持着执法的大权。

生 I：我也认为乡下人不能进入法律之门。卫士故意拖延乡下人的进程，告知乡下人可以通过却不是即刻，还刻意渲染门内的危险，直到乡下人死前才说出真相。此外，乡下人自身的性格也是进入法律之门的障碍，所以他永远也不能进入。

一吐为快

《法律门前》是对整个西方法律体系的寓言化解读，文中的每句对话都有其自身的含义，卡夫卡本人也对这篇文章报以极大的赞赏和期望。虽然乡下人终其一生也没有进入法律之门，没有看到这个世界的真理之光，但法律之门却一直为他敞开。毕业于法律专业的卡夫卡对法律的适用范围有自己独到而深刻的理解——虽然人人生而平等，但法律之门只为真正的勇敢者敞开。

拓展阅读

从内部照亮现实：遭遇弗兰茨·卡夫卡(节选)

默 雷

卡夫卡对写作的痴迷是罕见的，甚至是极端的。换句话说，写作就是他的生活方式。

他的自白："当哪一天不是通过写作和与之有关的事情而获得幸福

时，而恰恰在写作上无能为力，这时车还没开便翻了，因为对写作的渴望无论在哪里都大大重于其他。"即使沉溺于爱情中，他也不厌其烦地向爱人菲莉斯解释自己的写作理念：因为只有通过我的写作我才能停留在生命中……一旦我失去了写作，我便必然失去了你，失去了一切……

他甚至把写作推向生命的另一片风景——人的自救。"每个人都以自己的方式离开地狱，我是通过写作。所以在不得已时，亦只能通过写作，而不是通过安静的睡眠以求留在人间……所以我怀着战战兢兢的恐惧，在种种干扰面前死死抱住写作不放，而且不仅是写作，也包括写作所需要的孤独。"

卡夫卡把自己与世界牢牢地捆绑在"写作"这架战车上，任其驰骋，只有这样用他的话说"才能赎回迷失的自我"。写作对他来说不是一件工作，而是一种必须、一种自觉。如同生命需要空气一样，他则需要写作，甚至一刻也离不开它。他的浸入使他最大限度地获得了一个与世界相互摩擦并释放其火焰的话语空间，他的话（除了他的小说）几乎完全是说给自己心灵聆听的，最多不过是讲给某个人或某几个人听的，他的私人性质决定了他的坦诚远远大于他的掩饰。他不同于我们时代的御用作家，先摆出一副架势，然后借用一堆意识形态的铠甲和资源，在贫乏的堆砌中你看到的却是一座不发光的金字塔……

我要表明的是，卡夫卡是我见过的把写作与生命抱得最紧密的一个。在我看来，几乎就是一个东西。用生命拥抱写作，用写作放大生命；把生命交付写作，把写作还原为生命。他催促自己"将世界升华到纯洁、真实、不变的境界时才能获得"的这种幸福，对他只能是一个理想的抱负，至死他也没有看到这一刻的降临，哪怕像流星仅仅在内心短暂地显现，也没有发生过。

左琴科

米哈依尔·米哈依洛维奇·左琴科(1895—1958)，苏联优秀的幽默讽刺作家，在 20 世纪 20 年代风靡一时，在读者群中树立了独特的威信，也获得了高尔基、费定等人的欣赏。作家、批评家罗曼·古利认为左琴科是"继作家果戈理含着泪的笑、契诃夫忧伤的笑之后，在苏联文学中第一个发笑的作家"。

小编有话

小说《狗鼻子》以寻找商人叶列麦伊·巴勃金被人偷走的貂皮大衣为主线，以幽默的手法揭露并批判了人性自私、贪婪等阴暗和丑恶的一面。左琴科的幽默小说秉承了幽默讽刺大师果戈理、契诃夫的传统，"左琴科式的幽默"突出了人道主义的"同情"，让人在捧腹大笑的同时又陷入深深的思索……

狗鼻子

商人叶列麦伊·巴勃金有件貂皮大衣给人偷走了。

商人叶列麦伊·巴勃金嚎了起来。他真心疼这件大衣呀。

他说："诸位，我那件皮大衣可是好货啊。太可惜了。钱我舍得花，皮大衣舍不得丢啊，我非把这个贼抓到不可。我要啐他一脸唾沫。"

于是，叶列麦伊·巴勃金叫来警犬搜查。来了一个戴鸭舌帽、打裹腿的便衣，领着一只狗。狗还是个大个头，毛是褐色的；嘴脸尖尖的，一副尊容很不雅观。

便衣把那只狗推到门旁去闻脚印，自己"嘘"了一声就退到一边。警犬嗅了嗅，朝人群扫了一眼（自然四周有许多围观的人），突然跑到住在五号的一个叫朱奥克拉的女人跟前，一个劲儿地闻她的裙子下摆。女人往人群里躲，狗一口咬住裙子。女人往一旁跑，它也跟着。一句话，它咬住女人的裙角就是不放。

女人扑通一声跪倒在便衣面前。

"完了，"她说，"我犯案啊。我不抵赖。"她说："有五桶酒曲，这不假。还有酿酒用的全套家什，这也是真的，都藏在浴室里。把我送公安局好了。"

人们自然惊得叫出了声。

"那件皮大衣呢？"有人问。

她说："皮大衣我可不知道，听都没听说过。别的都是实话。抓走我好了，我反正是个小偷，随你们罚吧。"

这叫朱什么的女人就给带走了。

便衣牵过那只大狗，又推它去闻脚印，说了声"嘘"又退到一旁。

狗转了转眼珠，鼻子嗅了嗅，忽地冲着房产管理员跑过去。

管理员吓得脸色煞白，摔了个仰面朝天。

他说："诸位好人呀，你们的觉悟高，把我捆了吧。我收了大伙的水费，全让我给乱花了。"

住户们当然一拥而上，把管理员捆绑起来。这当儿警犬又转到七号房客的跟前，一口咬住他的裤腿。

这位公民一下子面如土色，瘫倒在人群前面。

他说："我有罪，我有罪。是我涂改了劳动履历表，瞒了一年。照理，我身强力壮，该去服兵役，保卫国家。可我反倒躲在七号房里，用着电，享受各种公共福利。你们把我逮起来吧！"

人们发慌了，心想：

"这是条什么狗，这么吓人呀？"

那个商人叶列麦伊·巴勃金，一个劲儿眨巴着眼睛。他朝四周看了看，掏出钱递给便衣。

"快把这条狗牵走吧，真见它的鬼。丢了貉皮大衣，我认倒霉了。丢就丢了吧……"

他正说着，狗已经过来了，站在商人面前不停地摇尾巴。

商人叶列麦伊·巴勃金慌了手脚，掉头就走，狗追着不放，跑到他跟前就闻他那双套鞋。

商人吓得脸色刷地就白了。

他说："老天有眼，我实说了吧。我自己就是个混账小偷。那件皮大衣，说实话也不是我的，是我哥哥的，我赖着没还。我真该死，我真后悔啊！"

这下子人群哄地四散而逃。狗也顾不得闻了，就近咬住了两三个人，咬住就不放。

这几位也一一坦白了：一个打牌把公款给输了；一个抄起熨斗砸了自己的太太；还有一个，说的那事简直叫人没法言传。

人一跑光，院子便空空如也，只剩下那条狗和便衣。

这时警犬忽然走到便衣跟前，大摇其尾巴。便衣脸色陡地变了，一下子跪倒在狗跟前。

他说："老弟，要咬你就咬吧。你的狗食费，我领的是三十卢布，可自己私吞了二十卢布……"

后来怎样，我就不得而知了。是非之地，不可久留，我便赶紧溜之乎也。

师生在场

师：左琴科的小说以日常生活中的琐碎事件和小人物为主要关注对象，从人和事的庸常品质入手揭示人性的可笑可悲。请同学们思考这篇小说以《狗鼻子》为题，有何深刻含义和作用。

生 A：狗鼻子具有较强的辨别气味的功能，在小说中，它能够识别出不同人在日常生活中的丑恶心理和罪恶行为，象征着正义的审判。

生 B：狗鼻子在故事中起到引带各色人物出场、推动情节发展的作用。它是将各种人串联起来的媒介，是小说的行文线索，具有丰富而深刻的内涵。

师：这篇小说运用了多种表现手法，请同学们结合文章举例说明。

生 C：这篇小说运用了对比的手法，将常态下的人物与真实的人性进行对比，暴露出人性中阴暗、丑恶的一面，凸显了小说的主旨。

生 D：小说采用了夸张的表现手法，增强了小说的讽刺意味，使文本具有了更加吸引读者的表达效果。

生 E：小说采用了象征的手法，狗鼻子象征了正义的审判，各色人等以及各自身上所发生的故事象征了一类人、一类事，作者借象征手法批判了现实中人性自私、贪婪、阴暗和丑恶的一面，丰富并深化了文章的内涵。

生 F：小说运用了以小见大的手法，表面上写的是生活中的一件小事，实际上揭示的是一个深刻的主题，反映的是人性的大问题，切入口小，但意义深刻。

师：有人认为这篇小说的主角是警犬，有人认为主角是事件中的所有当事人，你赞成哪一种观点？请同学们谈谈自己的观点并阐述理由。

生 G：我认为警犬是主角。因为在小说中警犬贯穿故事的始终，故事的开展都是靠警犬的一系列活动提示、推动的，小说的题目就是《狗鼻子》。因此主角应该是警犬。

生 H：我认为所有当事人是主角。警犬的活动仅仅是串起故事的线索，警犬是一个具有象征意义的角色，只是小说的一个"工具"，所以所有当事人是主角。

生 I：我也认为所有当事人是主角。小说中的当事人虽然较多，但小说的主题是通过所有当事人这个"群体"揭示的，所有当事人身上所反映的内容具有普遍性和典型性。因此，小说的主角是所有当事人。

一吐为快

不做亏心事，不怕鬼敲门。不要做坏事，否则内心始终会不安宁。无论时代如何变迁，无论生活在哪个国度，生命都不可能从偷盗、谎言中开出灿烂的鲜花。问心无愧者自然昂首挺胸，心中有愧者必定鬼鬼祟祟。欺瞒、哄骗不可能永不穿帮，真诚、善良才永远是守护心灵的净土。面对心灵的净土，纵然我们是孤独的守望者，也要坚持到底。

拓展阅读

天才的力量

左琴科

演员库兹金娜取得一鸣惊人的成功，观众们使劲跺脚，嗷嗷地吼，简直发了狂。演员的崇拜者们把鲜花朝台上扔去，喊叫着："库兹金娜！库——兹金娜！"

一个机灵非凡的崇拜者想穿过乐队挤上台去，给观众拦住了。于是他向门上写着"闲人莫入"的房间冲去，一下就不见了。

库兹金娜这时正坐在演员化妆室里，心想："啊！我期望的正是这样的成功啊！激动人心，以自己的天才使人们变得高尚起来……"

这时，有人敲门。

"喂，"她说，"请进。"

一个人飞身走了进来，这就是那位机灵的崇拜者。他的动作是那么麻利，女演员甚至连他的脸都没有看清。

这个人扑通一声跪在她面前，嘟哝着说："我爱……我倾倒……"他拣起扔在地上的一只皮靴就一个劲儿地吻起来。

"对不起，"女演员说，"那不是我的皮靴，那是滑稽老太婆的……这才是我的。"

崇拜者又疯狂地抓起女演员的皮靴。

"还有一只……"崇拜者跪在地上一边爬一边嘶哑地说，"还有一只呢？"

"天哪！"女演员暗自想，"他是多么爱我啊！"她于是把另一只皮靴也递给他，怯生生地说："在这儿……那儿是我的束腰带……"崇拜者抓起皮靴和束腰带，非常庄重地把它们贴在自己胸前。

库兹金娜仰面坐在扶手椅上，她想："天哪！天才的力量是多么惊人呀！它使人抑制不住自己的感情……成功了！是多么成功啊！崇拜者们闯到后台来，吻我的靴子……多么幸福，多么光荣！"她越想越激动，连眼睛都闭上了。

"库兹金娜！"导演喊了起来，"上场！"

女演员猛地醒了过来。崇拜者和皮靴都不翼而飞了，后来才查清楚：除了皮靴和束腰带以外，化妆室还丢失了一盒化妆品、假发。最可怕的是，滑稽老太婆的一只皮靴也不见了。那个崇拜者没有找到另外一只，另外一只在扶手椅底下。

海明威

海明威（1899—1961），美国作家、记者。海明威是美国"迷惘的一代"作家中的代表人物。他一向以文坛硬汉著称，是美利坚民族的精神丰碑。

海明威的作品标志着他独特创作风格的形成，在美国文学史乃至世界文学史上都占有重要地位。1954 年，他的《老人与海》获得诺贝尔文学奖。2001 年，他的《太阳照样升起》与《永别了，武器》两部作品被美国现代图书馆列入"20 世纪中的 100 部最佳英文小说"。

小编有话

战争毁灭一切，它所到之处风卷残云一般毁掉了所有的生命。在凶猛的炮火面前，最微小的希望也会被摧毁得一干二净。桥畔的老人已是风烛残年，但仍旧没能逃过这一场浩劫。他那种不惧战火的平静，更令人深思。潘多拉的魔盒已经打开，人类究竟要往何处寻找最后的伊甸园？

桥畔的老人

一个满身尘土，戴着一副钢边眼镜的老人坐在桥畔。

这是一座浮桥。桥上车水马龙，汽车、卡车、男人、女人，还有小孩，蜂拥地渡过河去。一辆辆骡拉的车子靠着士兵推转车轮，在浮桥陡岸上摇摇晃晃地爬动着。而这个老人却一直坐在那里，木然不动。他已经筋疲力尽，再无法迈动脚步了。

　　我的任务是过桥了解桥头周围的情况，摸清敌人的动向。这项任务完成以后，我又回到了桥畔。这时，桥上的车辆已经不多了，行人寥寥无几；而这个老人还是坐在那里。

　　"你是哪里来的?"我上去问他。

　　"从桑·卡洛斯来的。"他说时，脸上露出了一丝笑意。

　　桑·卡洛斯是他的家乡，所以一提到家乡的名字，他感到快慰，露出了笑容。

　　"我一直在照管家畜。"他解释着。

　　"噢。"我对他这句话似懂非懂。

　　"是呀，"他继续说，"你要知道，我在那里一直照管家畜。我是最后一个离开桑·卡洛斯的呢。"

　　他看上去既不像放牧的，也不像管理家畜的。我看了看他那满是尘土的黑衣服，看了看他那满面泥灰的脸颊，和他那副钢边眼镜，问道：

　　"是些什么家畜呢?"

　　"好几种，"他一边说一边摇着头，"没有办法，我是不得不和它们分开的。"

　　我注视着这座浮桥和这块看上去像是非洲土地的埃布罗三角洲，心里揣摩着还有多久敌人会出现在眼前，也一直留神地听着是否有不测事件发生的联络信号声。而这个老头仍然坐在那里。

　　"是些什么家畜呢?"我又问他。

　　"共有三种家畜，"他解释说，"两只山羊，一只猫，还有四对鸽子。"

　　"你一定要同它们分开吗?"

　　"是呀，因为炮火呀! 队长通知我离开，因为炮火呀!"

　　"你没有家吗?"我问的时候，举眼望着浮桥的尽头，现在只有最后几辆车子正沿着河岸的下坡，疾驰而去。

　　"我没有家，"他回答说，"我只有我刚才说过的那些家畜。当然，那只猫没有问题，它会照管自己的，可是，其他的牲畜怎么办呢?"

　　"你的政见怎样?"我问他。

"我毫无政见，"他说，"我今年七十六岁，刚才走了十二公里，现在已经寸步难行了呀。"

"这里可不是歇脚的好地方，"我说，"要是你还能走的话，你就到去托尔萨的岔路口公路上，那里还有卡车。"

"我等会再去。那些卡车往哪里去呀？"

"朝巴塞罗那方向去的。"我告诉他。

"那个方向我没有熟人，"他说，"谢谢你，非常感谢你。"

他面容憔悴，目光呆滞地望了望我，似乎要谁分担他内心的焦虑似的。然后说："那只猫没有问题，我心中有数，不必为它担心。但另外的几只，你说它们该怎么办呢？"

"嗯，它们可能会安然脱险的。"

"你这样想吗？"

"当然啰。"我说时，又举目眺望远处的河岸，现在连车影也没有了。

"我是因为炮火，才不得不离开的。而它们，在炮火中怎么办呢？"

"你有没有打开鸽子笼？"我问。

"打开了。"

"那它们会飞出去的。"

"对，对，它们会飞的……但另外的牲畜呢？唉，最好还是不去想它们吧。"他说。

"要是你已经歇得差不多了的话，应该走了。"我劝着他，"站起来，走走试试吧！"

"谢谢。"他边说边挣扎着站起来，但身子一个摇晃，朝后一仰，又跌倒在尘土中了。

"我一直在照管那些家畜，"这时，他说话的声音单调、刻板，也不是在对我说，"我一直就是照管家畜的。"

此时此刻，我对他已经无能为力了。那是复活节后的星期天，法西斯军队正朝埃布罗推进。阴霾的天空中，云幕低垂，一片灰暗，连敌人的飞机也无法上天。

猫儿会照管自己，飞机没有上天，这就是那个老人能碰上的全部好运了。

师生在场

师：面对战争带来的灾难，人们纷纷逃离故土，为什么老人却一直坐在桥畔？请同学们发表自己的见解。

生 A：我觉得是因为老人饱受战争摧残后筋疲力尽、体力不支、疲惫不堪。从"他边说边挣扎着站起来，但身子一个摇晃，朝后一仰，又跌倒在尘土中了"中可以看出来。

生 B：我觉得老人一直坐在桥畔，是因为他对故园的留恋。文中说老人最后一个离开家乡，表明他对家乡的留念与热爱。

生 C：我觉得是因为老人对未来的茫然，失去了生活的依靠和希望，求生的欲望减退。

师：文中有多处景物描写，请同学们谈谈有什么作用。

生 D：开头真实地描绘了大敌将临、人们仓皇逃命的景象，与一直坐在桥畔的老人形成了鲜明的对比，衬托出了老人的孤独，给小说营造了悲凉的气氛。

生 E："阴霾的天空中，云幕低垂，一片灰暗"暗示了老人即将到来的悲惨结局，烘托了人物悲凉的心境，暗示了文章的中心。同时这句话也渲染了战争来临之前压抑沉重的气氛，凸显了战争给人们带来的苦难。

师：小说主要写战争给人们带来的灾难，却从"桥"切入，以一个"老人"为刻画对象，请同学们结合全文谈谈作者这样写的好处。

生 F：这是以小见大的写法，用微小的场面揭示战争的宏大。在这里桥是连接战争和家园的桥。老人在战争里已经无路可走，那桥是他的命运之桥。因为桥连接着他的过去和现在、战争与和平。

生 G：桥畔的老人仿佛是一个小小的窗口，以小见大地揭示出战争的残忍、罪恶，显示出战火纷飞的年代里人性的善良——对生命的尊重与对和平的渴望。

一吐为快

总有一种声音，在梦中辗转，总有一种渴望，在心里流淌，那就是对和平的向往。和平，是每一个有爱心、有良知的人心中最真诚的呼唤，是一代又一代人孜孜以求的目标和共同的心愿。要想实现和平"大同"世界，必须有一种人类普遍认同的价值观，那就是"以天地万物为一体"的仁爱精神。面对战争和灾难，人类需要携起手来共同进退，勇敢抗争，为实现更加美好的明天而努力。

拓展阅读

海明威写作趣闻

7支铅笔：海明威每天早晨6点半，便聚精会神地站着写作，一直写到中午12点半，通常一次写作不超过6小时，偶尔延长2小时。他喜欢用铅笔写作，便于修改。有人说他写作时一天用了20支铅笔。他说没这么多，写得最顺手时一天只用了7支铅笔。

向画家、作曲家学习：海明威在埋头创作的同时，每年都要读点莎士比亚的剧作，以及其他著名作家的巨著；此外，他还精心研究奥地利作曲家莫扎特、西班牙油画家戈雅、法国现代派画家谢赞勒的作品。他说，他向画家学到的东西跟向文学家学到的东西一样多。他特别注意学习音乐作品基调的和谐和旋律的配合。难怪他的小说情景交融，浓淡适宜，语言简洁清新、独创一格。

改到出版前最后一分钟：海明威的写作态度极其严肃，他十分重视作品的修改。他每天开始写作时，先把前一天写的读一遍，写到哪里就改到哪里。全书写完后又从头到尾改一遍；草稿请人家打字誊清后又改一遍；最后清样出来再改一遍。他认为这样的三次大修改是写好一本书的必要条件。他的长篇小说《永别了，武器》初稿写了6个月，修改又花了5个月，清样出来后还在改，最后一页一共改了39次才满意。《丧钟为谁而鸣》的创作花了17个月，脱稿后天天都在修改，清样出来后，他连续修改了96小时，没有离开房间。他主张"去掉废话"，把一切华而不实的词句删去，最终取得了文学上的巨大成功。

川端康成

川端康成（1899—1972），日本著名小说家，新感觉派作家。1968年以《雪国》《古都》《千羽鹤》三部代表作品获得诺贝尔文学奖，成为继泰戈尔和阿格农之后亚洲第三位获得诺贝尔文学奖的人。

小编有话

敏感而细腻，曲微而丰盈，纪美子和每一个正怀春的少女一样，内心深处都有着不安的悸动。在川端康成的笔下，爱情是生人对逝者永远的怀恋，是女孩对男孩不变的等待，爱情带来的阵阵痛楚混合着石榴的酸涩气息，让人读后久久回味。

石　榴

一夜寒风，石榴树的叶子全落光了。

石榴树下残留着一圈泥土，叶子散落在它的周围。

纪美子打开挡雨板，看见石榴树变得光秃秃的，不由得大吃一惊。落叶形成一个漂亮的圆圈，这也是不可思议的。因为风把叶子吹落以后，叶子往往都散到各处。

树梢上结了好看的石榴。

"妈妈，石榴。"纪美子呼喊母亲。

"真的……忘了。"母亲只瞧了瞧，又回到厨房里去了。

从"忘了"这句话里，纪美子想起自己家中的寂寞。生活在这里，连檐廊上的石榴也忘了。

那是仅仅半个月以前的事，表亲家的孩子来玩时，很快就注意到了石榴。七岁的男孩莽莽撞撞地爬上了石榴树。纪美子觉得他很生龙活虎，便站在廊道上说："再往上爬，有大个的。"

"唔，有是有，我摘了它，就下不来啦。"

的确，两手拿着石榴是无法从树上下来的。纪美子笑起来了。孩子非常可爱。

孩子到来之前，这家人早已把石榴忘了。而且，直到今早也不曾想起石榴。

孩子来时，石榴还藏在树叶丛里，今早却裸露在半空中。

这些石榴和被落叶围在圈中的泥土，都是冷冰冰的。

纪美子走出庭院，用竹竿摘取石榴。

石榴已经烂熟，被丰满的籽儿胀裂了。放在走廊上，一粒粒的籽儿在阳光下闪烁着。

纪美子似乎觉得对不起石榴。

她上了二楼，麻利地做起针线活来。约莫十点，传来了启吉的声音。大概木门是敞着的，他突然绕到庭院，精神抖擞地说着话。

"纪美子，纪美子，阿启来了。"母亲大声喊道。

纪美子慌忙把脱了线的针插在针线包上。

"纪美子也说过好多遍，她想在你出征之前见你一面。不过，她又有点不好意思去找你，而你又总也不来。呀，今天……"母亲说着要留启吉吃午饭，可是启吉似乎很忙。

"真不好办啊……这是我们家的石榴，尝尝吧。"

于是，母亲又呼喊纪美子。

纪美子下楼来了。启吉望眼欲穿似的用目光相迎，纪美子吓得把脚缩了回去。

启吉忽然流露出温情脉脉的眼神，这时他"啊"地喊了一声，石榴掉落下来了。

两人面面相觑，微微一笑。

纪美子意识到彼此正相视而笑时，脸颊发热了。启吉急忙从走廊上站了起来。

"纪美子，注意身体啊。"

"启吉，你更要……"

纪美子话未说完，启吉已转过身去，背向纪美子，同母亲寒暄起来了。

启吉走出庭院以后，纪美子还望着庭院木门那边，目送了一会儿。

"阿启也是急性子。多可惜啊，把这么好吃的石榴……"母亲说罢，把胸贴在走廊上，伸手把石榴捡了起来。

也许是刚才阿启的目光变得温柔的时候，他自己不由自主地想把石榴掰成两半，一不小心掉落在地上的吧。石榴没掰开，露籽儿的那面朝下掉在地上了。

母亲在厨房里把这个石榴洗净，走出来叫了声"纪美子"，便递给了她。

"我不要，太脏了。"

纪美子皱起眉头，后退了一步，脸颊火辣辣的。她有点张皇失措，便老老实实地接了过来。

启吉好像咬过上半边的石榴籽儿。

母亲在场，纪美子如果不吃，更显得不自然了，于是她若无其事地吃了一口。石榴的酸味渗到牙齿里，仿佛还沁入肺腑。纪美子感到一种近似悲哀的喜悦。

母亲对纪美子向来是不关心的，她已经站起来了。

母亲经过梳妆台前，说："哎哟哟，瞧这头发乱得不像样子。以这副模样目送阿启这个孩子，太不好意思了。"

她说罢就在那里坐下来了。

纪美子一声不响地听着梳子拢头的声音。

"你父亲死后，有一段时间……"母亲慢条斯理地说，"我害怕梳头……一梳起来，就不由得发愣。有时忽然觉得你父亲依然等着我梳完头似的。待我意识到时，不觉吓了一跳。"

纪美子想起，母亲经常吃父亲剩下的东西。

纪美子的心头涌上一股说不出的难受，那是一种催人落泪的幸福。

母亲只是觉得可惜而已。刚才也许仅仅是因为可惜，才把石榴给了纪美子的吧。或许是母亲过惯了这样的生活，习以为常，不知不觉间就流露出来了吧。

纪美子觉得自己发现了秘密,感到一阵喜悦,可面对母亲,又感到难为情了。

但是,启吉并不知道这些。纪美子对这种分别方式似乎也感到满意了,她还觉得自己是永远等待着启吉的。

她偷偷地望了望母亲,阳光射在隔着梳妆台的纸拉门上。

对纪美子来说,她再也不敢去吃放在膝上的石榴了。

师生在场

师:小说《石榴》通过一个极简单的事件,充分展露了女主人公敏感而细腻、曲微而丰盈的内心世界,咀之嚼之,余味无穷。请同学们思考并谈谈小说为什么以《石榴》为题。

生 A:“石榴”是贯穿全文的线索,小说的情节发展始终围绕“石榴”展开,纪美子和启吉的爱情是通过“石榴”来揭示的。

生 B:“石榴”表现了小说对爱情等美好事物的珍惜和对战争给人们造成的伤害的厌恶的主题。

师:小说主人公纪美子有哪些形象特点?请同学们简要分析一下。

生 C:纯情与娇羞。“纪美子意识到彼此正相视而笑时,脸颊发热了”,“脸颊发热”这种极为简单而自然的描写,却充分地展现了纪美子的纯情与娇羞。

生 D:渴望爱情与幸福。启吉走了以后,“纪美子还望着庭院木门那边,目送了一会儿”,这表现出纪美子对启吉的恋恋不舍。

生 E:对战争给自己带来的伤痛感到无奈。母亲已经失去丈夫,年轻的纪美子是否能再见到自己的爱人,谁都不知道。如果启吉战亡,那么立誓一生坚守爱情的纯真少女就只能在无尽的等待中红颜凋零,这种结局实在让人惋惜不已,不愿看见。

师:有人认为小说的主题是歌颂爱情,也有人认为小说的主题是反战。你怎么看?请同学们结合全文内容谈谈自己的看法。

生 F:我觉得小说的主题是歌颂爱情。启吉来时,“纪美子慌忙把脱了线的针插在针线包上”,表现了纪美子非常渴望见到与自己相爱的人；当纪美子与启吉的目光相遇时，纪美子"吓得把脚缩了回去"，这说明纪美子见到启吉后感到紧张、兴奋，并且有点儿害羞。

生 G：我也觉得小说的主题是歌颂爱情。启吉走了以后，"纪美子还望着庭院木门那边，目送了一会儿"，这使我们深深地感受到纪美子对启吉的恋恋不舍。

生 H：我觉得小说的主题是反战。树梢上结了好看的石榴，纪美子的母亲却说"真的……忘了"。好看的石榴代表着美好的生活景象，生活在这种孤寂的环境中，就连眼前的美也忽视了。这种孤寂的环境正是由战争造成的。

生 I：我也觉得小说的主题是反战。纪美子满怀对爱情的美好期望，却不得不与启吉分离，"她想在你出征之前见你一面"说明造成启吉与纪美子分离的正是战争。

生 J：我也觉得小说的主题是反战。启吉走了以后，"纪美子还望着庭院木门那边，目送了一会儿"，这使我们深深地感受到纪美子对启吉的恋恋不舍，也感受到小说中人物的命运是被战争支配着的。

一吐为快

"庭有枇杷树，吾妻死之年手植也，今已亭亭如盖矣。"《项脊轩志》中的此句令古今多少人黯然神伤。问世间，情为何物？或许就如同文章中提到的石榴，在不经意间闯进人的眼睛，凭借着独特的酸味给人无法忘怀的美好记忆；如同母亲的梳子、启吉的笑容，都是爱情最初最美好的模样。岁月静悄悄地流淌，爱情早已悄然出现在了身边，等到我们某一天从记忆里苏醒，却发现它已成为灵魂深处的烙印。

拓展阅读

川端康成经典名句

1. 花色给空气着彩，就连身体也好像染上了颜色。

——《古都》

2. 美在于发现，在于邂逅，是机缘。

——《花未眠》

3. 失去了恋人是悲伤的，更让人难过的是迷失了一颗心。

——《伊豆的舞女》

4. 我们都是上帝之子，每一个降生就像是被上帝抛下……因为我们是上帝之子，所以抛弃在前，拯救在后。

——《古都》

5. 罪责也许不会消失，悲哀却是会过去的。

——《千羽鹤》

6. 一切艺术都无非是人们走向成熟的道路。

——《纯真的声音》

7. 也许人世间的习惯与秩序，使他们的罪恶意识都麻木了。

——《睡美人》

8. 面对记忆，合十膜拜。

——《参加葬礼的名人》

9. 所谓魔界，就是以坚强的意志去生活的世界吧。

——《舞姫》

10. 即使靠一支笔沦落于赤贫之中，我微弱而敏感的心灵也已无法和文学分开。

——《独影自命》

托马斯·沃尔夫

托马斯·沃尔夫(1900—1938)，20 世纪二三十年代活跃于美国文坛的著名小说家。他在短暂的一生中共留下 4 部长篇小说《天使，望故乡》《时间与河流》《蛛网和岩石》《你不能再回家》，还有数十篇中、短篇小说。他以"百科全书式"的人生探索和掺和着迷惘与追求、痛苦与激愤的复杂情感世界，显示出超越南方地域文化特征的思想和精神内涵，形成了自己别具特色的创作风格。

小编有话

夜空是美的，因其辽阔高远；彼岸花是美的，因其难以触及；梦幻是美的，因其不能实现。当有一天，令我们刻骨铭心、心驰神往的美丽真正出现在我们面前时，我们是欣喜若狂，还是因想象中的美好变成了丑陋的梦魇而失声尖叫？如何正确地理解梦想的意义，面对着梦想的破灭而不断前进？当面对梦想和现实的巨大落差时，我们该如何自处？读了美国作家托马斯·沃尔夫的《远与近》后，相信你会从中找到答案。

远与近(节选)

在小镇郊外离铁路不远的土坡上，有一座装有别致的绿色百叶窗的洁白的小木屋。屋子的一侧是个园子，里面的几块菜地构成整齐的图案，还有一个在八月末结着熟葡萄的架子。屋前有三棵大橡树，夏天它们以浓密的树荫遮蔽着小屋。另一侧，生机盎然地长着一溜鲜花，成为这座小木屋与邻居的界线。整个环境弥漫着一种整齐、节俭而又朴素的舒适气氛。

每天下午两点过几分，就有一辆区间特快列车路过这里……

二十多年来，每当这列火车驶近小屋时，司机就拉响汽笛。听见这信号，便有一个女人出现在小屋后面的门廊里并向他挥手。最初，她身边偎依着一个很小的孩子；现在这孩子已经长成一个体态丰满的姑娘，每天，她仍旧和母亲一块儿到门廊处去向他招手。

司机就这样常年开着车。他老了，头发变得灰白。他曾经驾驶着他那重载的、满员的巨大火车，上万次地穿越大地。他自己的孩子已经长大成人，而且结了婚。曾有四次，在前方的轨道上，他看见酿成悲剧的可怕的黑点，凝聚着恐惧的阴影，像炮弹一样朝着车头直射过来——一次是一辆轻便马车，车上挤满一排排面容惊恐的孩子；另一次，一辆蹩脚的汽车在铁轨上抛锚，车上的人都吓得呆若木鸡；还有一次，一个衣衫褴褛的流浪汉走在铁路边，他又老又聋，完全听不见鸣笛的警告；又有一次，有人忽然尖叫着从车窗里跳了出去。这一切他都看见了，懂得了，凡是像他这样的人所能了解的悲哀、欢乐、危险以及劳累，他都遇到过……

但是，不管他见过什么样的危险和悲剧，它们在他脑海里留下的印象都不如那座小屋和那挥动胳膊大胆而自由地向他招手的女人来得深刻。这印象美好而持久，超然于一切变更和毁灭之上……

……他认为自己已完全了解了她们的生活，直至她们一天中的每一小时、每一分、每一秒。最后，他决定将来当他退休时，他一定要去寻找她们，对她们说说话儿。因为他的生活和她们已经如此紧密地融成一体了。

这一天来到了。司机终于走下火车，踏上月台，到达了那两个女人居住的小镇。他在铁轨上往返的岁月终结了，他现在只是铁路公司里享受养老金的职工，没有什么工作要做了。他慢慢地踱出车站走到街上。小镇里的一切都显得这么不熟悉，就像他以前从未见过它一样。他走着走着，渐渐生出一种困惑、慌乱的感觉。这果真是他经过了上万次的那个小镇吗？这些房屋难道真是他从驾驶室的高窗向外看到的那些房屋吗？一切就像梦中的城市那样生疏、嘈杂。他走着，茫然失措的感觉愈加强烈了。

……他终于站在他所搜寻的那座房屋面前了。他一看就知道自己找对了地方。他看到屋前那高大的橡树、花坛、菜园和葡萄架，以及远处闪光的铁轨。

是的，这正是他所要找寻的那座房子，他开车多次经过的那块地方，他怀着如此幸福的感情所一心向往的目的地。那么现在，他既然已经找到了它，他既然已经来到这儿，为什么他的手还畏缩着不敢推门？为什么这城镇、这道路、这土地、这通往他热爱之地的入口，却变成像某些丑恶的梦境中的景色一样那么陌生呢？为什么现在他感到这么彷徨、怀疑和绝望呢？

最后……他敲了敲门，很快便听见大厅里有脚步声。门开了，一个女人站在他面前。

顷刻间，他感到一阵极度的失望和伤心，而且后悔来到这儿。他一眼就认出：现在站在面前以一种不信任的目光看着自己的女人，正是原来那个曾经向他招过千万次手的女人。但她的面容却生硬而消瘦，脸上的肌肉因松弛而无力地垂着，形成黄黄的褶皱，两只小眼睛里充满猜疑，胆怯地、惴惴不安地打量着他。看到这般情景，听到那不友好的言语，所有那一切，那种他从她的招手中所领悟到的那股大胆、自由和亲热劲儿，立即消失得无影无踪。

现在，他试图解释，告诉她自己是谁，为什么会来到这儿。他觉得自己的声音听上去不但不真实，而且可怕。但他还是支支吾吾地说下去，顽固地抑制着涌上心头的那种悔恨、慌乱和疑惧交集之感。这种感觉在他的心中不断地上涌，淹没了他当初的全部欢乐，并使得他为自己那充满希望和温情的举动感到羞愧。

最后，这女人几乎是不情愿地邀请他进屋，高声而刺耳地叫进了她的女儿。他感到一阵难堪，坐在一间又小又丑的客厅里，竭力找一些话说，而两个女人看着他，目光里含有呆滞的、困惑不解的敌意和阴沉的、畏怯的拘谨。

后来他结结巴巴地简单说了声"再见"，便离开了。他沿着小路走了，再顺着大道走到镇上。突然间，他意识到自己已经是一个老人了。对着那伸向远方的熟悉的铁轨时，他内心曾是那样勇敢，而且充满自信；现在，在这片陌生而又不容置疑的大地面前，他心里充满了怀疑、恐惧和厌倦。那块土地离他不过一箭之遥，然而他没有看过一眼，也不了解。他明白了，他刚失去了光闪闪的铁路的一切魔力。那条明亮的铁轨引向的远景，还有他怀着希望追求着的美好的小小世界里那一块幻想的角落，也都一去不复返，再也寻不到了。

师生在场

师：《远与近》是托马斯·沃尔夫的优秀作品，风格清新隽永、浪漫忧伤，不仅具有丰富的美学内涵，而且体现着作者对社会、人生多方面的思考。同学们通读完小说，思考小说第一自然段的描写有什么作用。

生A：这段描写交代了故事发生的地点，即人物活动的环境；同时也渲染了一种美的氛围，为下文写司机充满希望的心情做铺垫。

生B：我认为这段描写与小说所要表达的主旨形成鲜明对比，有很强的反衬作用，以和谐的自然环境反衬后文冷漠的社会环境。

师：作者在塑造司机这个人物形象时，为什么要设置"司机曾目睹轨道上酿成的四次悲剧"和"小屋母女给司机留下深刻印象"这两个情节？

生C：因为作者意欲塑造一个面对危险与悲哀的现实，仍充满对美好生活的憧憬与追求的人物形象，所以，通过"轨道上的四次悲剧"这个情节，作者暗示了司机是生活在充满危险与悲哀的现实中的。

生D：通过"小屋与母女"的情节，作者表现了司机虽然在恶劣的环境中，但没有失去对幸福和快乐的憧憬与追求。

师：小说是如何通过对比来展现主人公的心理落差的？你认为作品反映了怎样的一种思考？

生E：作品前半部分，写远观小屋与母女时，司机心中充满了美好而幸福的感受；作品后半部分，写司机在近距离与小屋和母女俩接触后，却感到极度的失望与伤心。

生 F：远的东西总是美好的，而近的东西往往是丑陋的。

生 G：理想与现实的距离是永远不可超越的。虚幻的东西虽然遥远，但却很美好；真实的东西虽然近在咫尺，但却充满恐惧与悲剧。

师：无论是在生活中，还是在工作中，我们都不得不面对理想与现实之间的距离。故事中司机前后的感情变化，让我们不得不思考人生中的得与失。花开花落终有时，一切都有它的所得和所失。大千世界，莽莽苍苍，我们能够拥有的毕竟有限，无止尽的欲求会埋葬原本的快乐与幸福。

一吐为快

距离产生美，风景永远在远处。远处的美景，是头脑中幻想的映射，自我的期待为那原本不甚光彩的景象镀上了温润的色泽。梦想变成现实后，往往都会有一瞬间的落寞。月满则亏，水满则溢。当我们懂得了这个道理后，我们就会免去很多人生的烦恼。拥有美好的梦想，却不产生过多的期待，怀揣前进的动力，却不幻想不可能得到的报偿。在人生的列车上，我们都看到了窗外的美景，但只有必将到达的终点，才是我们每个人注定的远方。

拓展阅读

托马斯·沃尔夫经典名句

1. 他曾经失落，但是世间的所有人生历程无不是失落，瞬间的依恋、片刻的分离、无数幽灵幻影的闪现、高天上激情饱满的群星的忧伤——这一切无不是失落。

——《天使，望故乡》

2. 他现在学会了把自己机械地投射在社会面前，让人家接受他的外表，而把自己的心灵深藏起来不让外界侵犯。

——《天使，望故乡》

3. 生命蜕去了重重雨雪的覆盖，大地涌出它从不枯竭的那股活力。人们的心头流淌过无尽的渴望、无声的允诺、说不清的欲望。嗓子有些哽咽，眼睛也被什么迷住了，大地上隐隐传来雄壮的号角声。

——《天使，望故乡》

4. "到何处去，本？到何处去找我的世界？""无处可找，"本说，"你就是你自己的世界。"

——《天使，望故乡》

5. 河流从他门前缓缓流过，几经波折又流回到原来的地方。

——《天才捕手》

6. 有人觉得我粗鲁，觉得我浮夸，觉得我癫狂，我终其一生没有朋友，直到遇见你！

——《天才捕手》

7. 因为世界需要诗歌，不然这些人活着还有什么意义。

——《天才捕手》

斯坦贝克

斯坦贝克(1902—1968)，美国著名小说家、新闻记者和社会批评家。1962年斯坦贝克因"通过现实主义的、富于想象的创作，表现出同情的幽默和对社会的敏锐的观察"而荣获诺贝尔文学奖。代表作品有《人与鼠》《愤怒的葡萄》《月亮下去了》《伊甸之东》《我们不满的冬天》等。

小编有话

这是一个真善美的小世界，在故事中我们看到的是美好、像诗一样的人性。这里的一切都和谐安宁、素朴自然、健康而有活力，是充满着爱与美的人间乐土。无论是婴儿吮奶时的甜蜜，还是煎咸肉和烤面包散发出的香味，都充满了温情、信任、关爱。重峦叠嶂，朝霞染翠，钟灵毓秀，美不胜收，在这片美好的湖光山色里，主人公背起行囊继续前进，那一顿早餐带给他的不仅仅是疲惫旅途中的休憩，更是一次梦想与生命的洗礼。

早 餐(节选)

我每想起这件事，心中总有一种愉快、满足之感……

那是凌晨时分，东边的山峦仍是一片蓝黑色，但山背后却已晨曦微露，一抹淡淡的红色渲染着山峦的边缘。当这缕红色的光往高空移升时，它的色泽越变越冷，越淡，越暗，当它接近西边天际时，就逐渐和漆黑的天空融为一体了。

天很冷，虽然算不得刺骨严寒，但也冻得我弓背缩肩，拖曳着双足，把两手搓热后插进裤兜里。我置身其中的这座山谷，泥土现在呈拂晓时特有的灰紫色。我沿着一条乡间土路往前走，突然看见前方有一座颜色比泥土略淡的帐篷，帐篷旁，橘红色的火苗在一只生锈的小铁炉的缝隙中闪烁。短而粗的烟筒喷出一股灰色的浓烟，烟柱向上直直升起，过了好一会才在空中飘散。

我看见火炉旁有位青年妇女，不，是位姑娘。她身穿一件褪色的布衣裙，外面罩着一件背心。我走近后才发现她那只弯曲着的胳膊正搂抱着一个婴儿，婴儿的头暖暖和和地包在背心里面，小嘴正在吮奶。这位母亲不停地转来转去，一会儿掀开长锈的炉盖以加强通风，一会儿拉开烤箱上的门，而那个婴儿一直在吮奶。婴儿既不影响她干活，也没影响她转动时轻捷优美的姿态，因为她每个动作都准确而娴熟……

我走近时，一股煎咸肉和烤面包的香味扑面而来，我认为这是世界上最令人感到愉快和温暖的气味。这时，东边的天空已亮起来，我走近火炉，伸出手去烤火，一触到暖气，全身立刻震颤一下。突然帐篷的门帘向上一掀，走出个青年，后面跟着一位长者。他俩都穿着崭新的粗蓝布长裤和钉着闪亮的铜纽扣的粗蓝布外套。两人长得十分相像，都是瘦长脸。

年轻的蓄着黑短髭，年长的蓄着花白短髭……二人默默地站在一起望着逐渐亮起来的东方，他们一同打了一个哈欠，一同看着山边的亮处。他们一回身看见了我……两人一同来到火炉边烤手。

姑娘不停地干活，她把脸避开，聚精会神地干手里的活。她那梳得平平整整的长发扎成一束垂在背后，干活时，发束随着她的动作甩来甩去。她把几只马口铁水杯、几只铁盘和几份刀叉放在一只大包装箱上，然后从油锅里捞出煎好的咸肉片，放在一只平底大铁盘上，卷曲起来沙沙作响的咸肉片看上去又松又脆。她打开生锈的铁烤箱，取出一只正方形的盘子，盘子上面摆满用发酵粉发得松松的大面包。热面包香气扑鼻，两位男人深深地吸了口气……

年长的人回头问我："你吃过早饭吗？"

"没有。"

"那就跟我们一起吃吧。"这就是邀请了，我同他们一块走到包装箱旁，围着箱子蹲在地上。青年问道："你也去摘棉花吗?"

"不。"

"我们已经摘了十二天了。"

姑娘从火炉那边说："还领到了新衣服呢。"

两个男人低头瞧着新衣裤，一同笑了。

姑娘摆上那盘咸肉，大个的黑面包，一碗咸肉汁和一壶咖啡，然后自己也蹲在纸箱旁。婴儿的头部暖暖和和地包在背心里面，还在吮奶，我听见小嘴吮奶时的咂咂声。

……那位长者把嘴填得满满的，细细咀嚼了很久才咽下去。于是他说："全能的上帝，真好吃!"接着他又把嘴填满。

年轻人说："我们吃了十二天好的了!"

这里，每个人都在狼吞虎咽，都把再次放在自己盘子上的面包和咸肉又一下子吃得精光，一直吃得肚里饱饱的、身上暖暖的……

曙光现在有了色彩，但这种发红的亮光反而使天空显得更寒冷。那两个男人面对东方，晨曦把他们的脸照得闪闪发亮……

两位男人把杯里的咖啡渣泼在地上，一同站起身。年长的人说："该走了。"

年轻人转向我："你要是愿意摘棉花，我们可以帮个忙。"

"不啦，我还得赶路。谢谢你们的早餐!"

长者摆了摆手："不用谢，你来我们很高兴!"他们俩一同走了。东方的天际这时正燃起一片火红的朝霞，我独自顺着那条乡间土路继续向前走去。

……

师生在场

师:斯坦贝克的许多小说的场景都取自他的家乡萨林纳斯山谷，那里的农民和土地有一种天然的默契，土地就是家，就是一切。他的小说具有永恒的诗性和美。我们学习的《早餐》这篇小说就是如此。统观全文，请同学们简要分析小说中的女人形象。

生 A：外表美丽。年轻，长发飘逸，姿态"轻捷优美"。

生 B：俭朴勤劳。穿着"褪色的布衣裙"，天冷早起，"不停地"干活，且动作准确娴熟。

生 C：做事认真。头发"梳得平平整整"，干活"聚精会神"。

生 D：慈爱知足。干活时不忘抱好孩子，且让孩子舒服地吃奶。因领到粗布新衣而感到满足。

师：这篇小说表现了底层劳动人民的善良、质朴的品格，塑造了"斯坦贝克式的英雄"形象。小说在结构安排上很有特色，请同学们简要说明。

生 E：全文采用倒叙手法。文章开头就是这一句话，"我每想起这件事，心中总有一种愉快、满足之感"，下文都是围绕此来写，采用了倒叙的叙述方式，从上下结构来看，是总领全文。

生 F：开头设置悬念，吸引读者，后文予以叙述，介绍美事。

生 G：主体按照双线推进。一条线为时间线——"凌晨时分""东边的天空已亮起来""曙光现在有了色彩""东方的天际这时正燃起一片火红的朝霞"。一条线为情感线——"全身立刻震颤一下""身上是暖暖的"。

师：小说中的"我"认为这件事具有无与伦比的美，请同学们探究文中"美"的内涵。

生 H：人物美。小说中的女人年轻，透露出一种美感。

生 I：环境美。天气虽然寒冷，但山区晨曦却给人美感。

生 J：人情美。母子之间的融合，父子之间的默契，陌生者之间的关切。

生 K：哲理美。劳动创造美，新生展现美，底层闪耀质朴纯真美。

一吐为快

人的一生都走在路上，面对着沿途经过的清山秀水，目的地在哪里似乎也不那么重要了。每个人心中都有自己的理想乡，也都在去往那一片伊甸园的路上不断跋涉。让我们坚守自己的初心，怀揣美好的期待，走上一片光明的坦途，在不断前进的觉悟和勇气下，继续追求更美好的未来。

拓展阅读

斯坦贝克经典名句

1. 住惯了的地方是很难离开的，想惯了的道理也很难丢掉。

——《愤怒的葡萄》

2. 不存过高的希望，就不会让失望给搞垮。

——《愤怒的葡萄》

3. 少数人手里集中了财产，就会给人夺去；多数人到了饥寒交迫的时候，就会用武力夺取他们需要的东西。还有个小小的事实，镇压的结果徒然加强被镇压者的力量，使他们团结起来。

——《愤怒的葡萄》

4. 是我们丈量的，也是我们开垦的。我们在这块土地上出世，在这块土地上卖命，在这块土地上死去。所有权应该拿这些作为凭证，不该凭一张文契。

——《愤怒的葡萄》

5. 这种事我见的多了——一个人跟另一个人说话，根本不在乎他听不听或是懂不懂。

——《人与鼠》

6. 人生在世最难的一件事，也许就是单纯地观察并接受真相。我们总是会依着自己的希望、预期和恐惧来扭曲影像。

——《俄罗斯纪行》

海因里希·伯尔

海因里希·伯尔(1917－1985)，德国优秀作家，诺贝尔文学奖获得者，享有广泛的声誉。代表作品有《小丑之见》《列车正点到达》《亚当，你在哪里》等。

小编有话

《我的昂贵的腿》讲述了一位在战争中失去一条腿的退役军人要求政府部门提高他的抚恤金的故事。小说以写实的手法展现了战后小人物的生存环境，反映了当时的残酷现实，通过作者冷静的描述，我们看到了战争结束后的众生相，但不论是在战争中牺牲的人，抑或是幸存下来继续建设祖国的人，都是生而平等、需要尊重的。

我的昂贵的腿

这下子我就业在望了。他们寄了一张明信片给我，叫我到局里去一趟，我便遵命前往。局里的人既亲切又和气。他们拿出我的档案卡片，说了一声："嗯。"我也回了声："嗯。"

"哪一条腿?"有一个官员问道。

"右腿。"

"整条腿?"

"整条。"

"嗯。"他又哼了一声，开始查阅各种各样的单子。我总算可以坐下来了。

他终于翻出一张单子，看来正是他所要找的。他说："我看这里有适合您干的事，一件美差。您可以坐着干，到共和广场上一个公共厕所里去擦皮鞋。您看怎么样啊？"

"我不会擦皮鞋，我一向因为皮鞋擦不亮，引得大家侧目相看。"

"您可以学嘛，"他说，"什么事情都可以学会的。天下事难不倒德国人。您只要同意，可以免费上一期学习班。"

"嗯。"我哼了一声。

"那么同意了？"

"不，"我说，"我不干。我要求提高我的抚恤金。"

"您疯啦。"他回答时语气既亲切又温和。

"我没疯，谁也赔不起我的腿，我连多卖些烟都不行，他们现在制造了种种麻烦。"

那个人把身子往后仰，一直靠到椅子背上，深深地吸了一口气。"亲爱的朋友啊，"他感慨地说，"您这条腿可真叫贵得要命。我知道您今年二十九岁，身体很好，除了这条腿以外没有一点毛病。您可以活到七十岁。请您算一算，每月七十马克抚恤金，一年十二个月，那就是四十一乘十二乘七十。您算一下，不计利息就要多少钱。您不要以为只有您丢掉了一条腿。看来能够长寿的也不仅仅是您一个。现在您还要提高抚恤金呐！对不起，您真是疯了。"

"先生，"我说，我也照样往椅子背上一靠，深深地吸了一口气，"我看您大大低估了我的腿的代价。我的腿要昂贵得多，这是一条非常昂贵的腿。还得说一下，我不仅身体健康，而且很遗憾，头脑也很健全。请您注意。"

"我的时间很紧。"

"请您注意！"我说，"我丢了这条腿，救了好些人的命，他们至今还在领取优厚的退休金。当时情况是这样的：我单枪匹马埋伏在前沿某个地方，奉命注意敌人何时来到，这样就可以让别人及时溜掉。后面司令部已经在打点东西，他们既不愿意跑得太早，也不愿意溜得太晚。原先我们是两个人在前沿，但是那一个被敌人打死了，他不必再花费你们的钱。他虽然已经结婚成家，但是您别怕，他的妻子身体健康，可以干活。那个人的性命可真便宜。他当兵才四个星期，所以只花了你们一张通知阵亡的明信片和一点点口粮的钱。他在那个时候算得上是个勇敢的士兵，他至少是真正给敌人打死的。后来就只剩我一个人在那里，并且害怕起来，天很冷，我也想溜之大吉，嘿，我正要溜的时候，突然……"

"我的时间很紧。"那个人说着，开始找他的铅笔。

"不，请您听下去，"我说，"现在刚刚讲到有意思的地方。正当我要溜的时候，我的腿出了问题，我只得躺在那里。我想，既然溜不掉了，就把情况向后面报告吧。我报告了敌人的动静，他们就全都逃跑了，规规矩矩地一级跟着一级，先是师部，然后是团部，再后是营部，依此类推，始终规规矩矩地一级跟着一级溜走。只有一件混账事，那就是他们忘了把我带走，您懂吗？他们跑得太仓皇。真是件混账事情，要不是我丢了这条腿，他们全都没命了，将军、上校、少校，一级一级数下去，全都得完蛋，那您就不必给他们退休金了。好，您算算看，我的腿值多少钱。那位将军才五十二岁，上校四十八岁，少校五十岁，他们个个没有一点毛病，身体健康，头脑健全。他们那种军事生活使得他们至少可以像兴登堡一样活到八十岁。您计算一下：一百六十马克乘十二乘三十，完全可以估计他们平均还要活三十年，您看对吗？所以，我的腿成了一条贵得吓人的腿，成了一条我所能想象的最最昂贵的腿，您看是不是？"

"您真疯啦。"那个人说。

"没有，"我回答说，"我没有疯。对不起，我身体健康，头脑健全，遗憾的是，我在这条腿出毛病前两分钟没被打死。那样的话，就可以节省好多钱啦。"

"您到底接受这项差使不？"那个人问道。

"不。"我说完就走了。

师生在场

师：《我的昂贵的腿》的作者运用第一人称揭示了小人物的内心世

界，客观冷静地讲述了"我"的遭遇。小说反映了怎样的社会现实？表达了作者怎样的思想情感？请同学们谈谈自己的看法。

生 A：当时的社会现实就是那些生活条件优越的人们思想丑陋，作风官僚化，根本不知道那些在战争中牺牲的、伤残的人们用鲜血和生命换来的幸福生活来之不易。

生 B：小说通过"我"这样一个在战争中积极为国而战、战后却得不到公正对待的小人物形象，反映了以"我"为代表的一批人战后遭遇的种种不如意，鞭笞了社会的不公。

师：小说多次提到局里的工作人员说"您疯啦""您真疯啦"这样的话语，这样写有哪些作用？请同学们概括说明一下。

生 C：集中揭示了人物之间的矛盾，使情节的内在逻辑更加合理；加速情节发展，通过工作人员这种带有嘲讽语气的话语推动小说达到高潮。

生 D：和"我"一再强调的"头脑也很健全"形成对比，突出了小说的批判主题。

师：小说的题目是《我的昂贵的腿》，但主要内容是围绕是否接受在厕所里擦皮鞋这样一件差事而展开的，如果以《差事》为题，你认为是否合适？请同学们谈谈自己的观点和理由。

生 E：我认为以《差事》为题不合适。"差事"这个词限制太少，范畴太大。如果以《差事》为题，就凸显不出小说"战争后"的背景。因为整篇小说都是由"我"在战争中失去一条腿引发出来的，小说的情节靠"我的昂贵的腿"推动发展。

生 F：我也认为以《差事》为题不合适。"我的昂贵的腿"最终没能得到应有的补偿，恰当地突出了小说的批判主题。同时，以反讽味极浓的《我的昂贵的腿》为题，能够引起读者的阅读兴趣。

生 G：我觉得以《差事》为题合适。小说的主要内容是围绕安排差事与拒绝差事展开的，以《差事》为题，更能够凸显出"差事"的反讽效果，能够更好地表现德国战后小人物的悲剧，与小说内容更吻合。

生 H：我也觉得以《差事》为题合适。这样能够更贴近小说的情节，更有利于情节的发展。

一吐为快

伯尔的一生都在与人类的缺点进行斗争，他声讨战争，批评国家与社会，也批评大众传媒和教会："我们的任务就是告诫人们，人不仅仅是为了受人管辖而生存，我们这个世界的创伤不仅仅是浮表的，也绝非无足轻重可以任人所欲。"卢梭也曾慷慨激昂地说："人人生而平等。"生命不分贵贱，每一个独立的个体都具有光荣的价值，也正因为如此，每一个生命都需要得到尊重。

拓展阅读

为了看书不吃面包

书店还没有开门，一个瘦小的孩子已经等在书店门口了。他有一头浓密的头发，一双闪着智慧的大眼睛，他苍白的脸色显示出营养不良，他穿着单薄的衣服，在寒风中瑟瑟发抖。书店门前有一大排台阶，为了增加一点热量，他便一级一级地从台阶上跳下去又跳上来，慢慢地，身上感到暖和一点了。来往的行人看见这个小孩在台阶上跳来跳去，都很奇怪地看他几眼。这个小男孩名叫海因里希·伯尔，是小镇上伯尔木匠家的第八个小孩。他是这个书店的常客。每天一放学，他便往书店跑。节假日，做完父亲交给他的活以后，他几乎整天泡在书店里。可他只看不买。书店里的店员都认识他了，知道他家里很穷，买不起书，也从不阻止他，让他尽情地在书的海洋中遨游，一来新书，书店里的店员还会向他介绍。

小伯尔的父亲是一个木匠，专门给当地的教堂雕刻一些手工艺品。父亲每天都要让小伯尔给教堂送一次雕像，再把钱带回来供一家人吃用。每次父亲都要留给小伯尔一点零钱，让他第二天上学时在路上买面包吃。小伯尔十分爱惜他那少得可怜的钱。他每天买一个最小的面包吃，把省下来的钱很小心地放到一个铁罐里，再把铁罐藏在一个别人都不知道的地方。小伯尔决定存了足够数量的钱以后，就去买一本他最喜爱的书。

　　要是把所有的钱都省下来，那么他两三天以后就可以买本书了。对呀，何不把买面包的钱都省下来，这样，两三天后一本崭新的书就是他的了。想到几天后他将拥有一本自己的新书，小伯尔不由得兴奋起来。就这样坚持了三天，他终于存够了买一本新书的钱。他把铁罐里的钱倒出来，仔细地数了一遍又一遍。"足够买一本新书了。"他自言自语道。他把钱又放回到铁罐中，抱着小铁罐朝书店走去。来到书店，他大声地对书店里的店员说："阿姨，我要买一本新书。"店员奇怪地看着他，说："孩子，你有那么多钱吗?""我有，阿姨你看。"说着，他把小铁罐高高地举了起来，摇了摇，铁罐里的硬币发出清脆的响声。"你哪来那么多钱呢?"店员不相信似的问他。"我省下来的面包钱呢。"店员叹了口气，说："可怜的孩子。"说着，她便去书架上拿了小伯尔最喜爱的《格林童话》。买了新书后，小伯尔别提有多高兴了。他把新书紧紧地抱在胸前，生怕它逃走了似的，一路蹦蹦跳跳地回到家。回到家里，他找了一张牛皮纸，小心地把书的封皮包起来。他把新书放在鼻子底下，久久地闻着书页中散发的油墨芳香。"这本书是我的啦，我有了一本新书了。"他有点不敢相信似的喃喃自语着。晚上他把新书放在枕头底下，美美地睡着了。

　　长大以后，爱书的小伯尔终于成了一个写书的人，还获得了诺贝尔文学奖。

马尔克斯

马尔克斯(1927—2014)，哥伦比亚作家、记者和社会活动家，拉丁美洲魔幻现实主义文学的代表人物，1982年诺贝尔文学奖得主。

作为一个赢得广泛赞誉的小说家，他被誉为"20世纪文学标杆"。马尔克斯将现实主义与幻想结合起来，创造了一部风云变幻的哥伦比亚和整个南美大陆的神话般的历史。代表作有《百年孤独》《霍乱时期的爱情》。

小编有话

在马孔多这个有些混乱的小镇上，一名牙科医生和一个嗜血的军人正面相遇了，当枪口遇上冰冷的镊子，究竟是扳机扣响还是相安无事？在马尔克斯冷静的描写下，两股社会力量之间的矛盾冲突暗潮汹涌，没有硝烟的战场上杀意弥漫，是救死扶伤的医生终于挽救了这暴戾的军人，还是高大的兵士射杀了可怜的医生？让我们追随作家，走进那周一早上风云变幻的牙科诊所，亲眼看看发生在那两个人之间的故事……

有这么一天

星期一清早，天气暖和、无雨。堂奥雷利奥·埃斯科瓦尔六点钟就敞开了诊所的门。他是一位没有营业执照的牙科医生，每天总起得很早。他从玻璃橱里取出一只还在石膏模子上装着的假牙，又把一束工具放在桌上，像展览似的由大到小摆好。他上着一件无领条花衬衫，颈部扣着一只金扣儿；下穿一条长裤，裤腰扎一根松紧带儿。他腰板儿硬实，身材细瘦，目光轻易不东张西望，像个聋子似的。

把所用的东西准备好后，他把磨床拉向弹簧椅，坐下来磨假牙。他好像没有考虑他在做的事情，但是手脚一直在不停地忙碌着，即使不使用磨床也不停地蹬着踏板。

八点过后，他停了一会儿，从窗口望了望天空，看见两只兀鹰在邻居家的屋顶上沉静地晒太阳。他一面想着午饭前可能又要下雨，一面又继续干他的活计。他的十一岁的儿子的反常的叫声把他从专心致志的神态中惊醒：

"爸爸！"

"干吗？"

"镇长说你能不能给他拔个牙？"

"告诉他，我不在。"

他正在磨一只金牙，把牙拿到眼前，眯着眼睛察看着。

他儿子的声音又从小小的接待室里传来。

"他说你在家，他听见你说话了。"

牙科医生继续察看着那颗金牙，直到把活儿做完、把牙放在桌上后才说：

"好多了。"

他又踏动了磨床。接着从一个小纸盒里取出一个安着几颗牙齿的牙桥，开始磨金套。那纸盒里盛着等着他做的活儿。

"爸爸！"

"什么事？"

他的神情依然如故。

"他说你要是不给他拔牙，他就让你吃子弹。"

他不慌不忙、心平气和地停下蹬踏板的脚。把磨床从椅子前推开，把桌子下面的抽屉拉出来，驳壳枪就放在抽屉里。

"哼！"他说，"让他进来对我开枪好了。"

他转了一下椅子，让自己面对房门，一只手按着抽屉沿儿。镇长出现在门口：他已经把左脸刮光，右脸却有五天未刮了，看上去又肿又疼。牙科医生从他那双黯淡无光的眼睛里看出，他准有许多个夜晚疼得不曾合眼了。他用手指尖把抽屉关上，温和地说：

"请坐吧。"

"早晨好！"镇长说。

"早晨好！"牙科医生说。

当用具在沸水里消毒的时候，镇长把脑袋靠在了椅枕垫上，觉得好多了。他闻到一股冰冷的气息。这是一间简陋的诊室：一把旧木椅，一台脚踏磨床和一个装着圆形的瓷把手的玻璃橱。椅子对面的窗上挂着一幅一人高的布窗帘。当听到牙科医生走到他身边来的时候，镇长脚后跟蹬地，张开了嘴。

堂奥雷利奥·埃斯科瓦尔把他的脸扳向亮处，察看过损坏的臼齿后，用手谨慎地按了按下颌。

"你不能打麻药了。"

"为什么？"

"因为牙床化脓了。"

镇长望了望他的眼睛。

"好吧。"他说，露出一丝苦笑。牙科医生没有说话。他把煮用具的浅口锅端到手术台上，用凉了的镊子把用具夹出来，动作还是不慌不忙。然后用脚尖把痰盂挪过来，又在脸盆里洗了手。做这一切时，他一眼也不看坐在椅子上的镇长。但是镇长却紧紧地用眼睛盯着他。

那是一颗下牙床上的智齿。牙科医生叉开双腿，用热乎乎的拔牙钳夹住臼齿。镇长双手抓着椅子的扶手，把全身的力量都集中在脚上，觉得腰部一阵透心凉，但是他没有叹气。牙科医生只是扭动着手腕。他没有怨恨，更准确地说，他是怀着一种酸楚的心情说：

"中尉，你在这儿杀了二十个人了。"

镇长感觉到下牙骨上发出一阵吱咯声，他的双眼顿时涌满了泪水。但是直到知道牙齿拔下来他才舒了一口气。这时，他透过朦胧泪眼看见了拔下来的牙。在痛苦之中，他觉得那颗牙齿是那么古怪，他怎么也不理解那五个夜晚会使他受到那般折磨。他把身子俯向痰盂，嘴里喘着粗气，身上渗出了汗水，他解开了军衣扣，又伸手到裤兜里摸手帕。牙科医生递给他一块干净布。

"擦擦眼泪吧!"他说。

镇长擦了擦眼。他的痛苦减轻了。牙科医生洗手的时候,他看见了残破的天花板和一个落满灰尘、挂着蜘蛛卵和死昆虫的蜘蛛网。牙科医生一面擦手一面走回来。

"你要记住,"他说,"回去要用盐水漱口。"

镇长站起来,没精打采地行了个军礼,大步向门口走去,军服的扣子也没扣。

"给我记上账吧。"他说。

"给你还是给镇公所?"

镇长没有看他,关上门,在铁栅栏外面说:

"都一样!"

师生在场

师:世界文学色彩绚烂、百花齐放,但真正称得上经典作品的却不是很多。多数作品会随着时间的流逝而消失;只有极少数作家的作品得以沉淀并传承下来。马尔克斯的作品无疑是 20 世纪留给后世的一尊金鼎,今天我们阅读了他的小小说《有这么一天》。请同学们概括堂奥雷利奥·埃斯科瓦尔的形象特点。

生 A:医术精湛,认真负责。刚直不阿,坚强冷静。勤劳善良,医德高尚。

师:你认为本文的主要人物是哪一个?请同学们结合文本说明理由。

生 B:我觉得是埃斯科瓦尔。他是作者着墨最多的人物,小说从职业、肖像、语言、动作、心理、细节等多方面刻画了这个形象。

生 C:我也觉得是埃斯科瓦尔。因为他是贯穿全文始终的角色,有了埃斯科瓦尔才引出了诊所、镇长和他儿子。故事通过对他的刻画,表达了对美好人性的呼唤。写镇长和他儿子,都是为了衬托埃斯科瓦尔。

生 D：我觉得故事的主要人物是镇长。镇长是作者从正面和侧面两个角度着力刻画的一个形象。从正面，运用了语言、动作、心理、神态、细节描写等手法；从侧面，牙医儿子叫声"反常"、牙医拒诊是为了侧面刻画镇长的形象。

生 E：我也觉得本文的主要人物是镇长。通过对镇长的刻画，小说揭露了当时社会的黑暗与混乱，表达了人们对安定和谐社会的向往，体现了作者的创作意图。

一吐为快

医生的职业道德就是救死扶伤，哪怕对方是一个杀人如麻的恶棍，也要遵从自己的信仰。宽容和爱，使医生的形象顿时高大。面对着因牙痛而狼狈不堪的镇长，埃斯科瓦尔仿佛是从天上降临的圣人，怀揣着厌恶的感情却不得不为镇长认真动手术，他用自己的行为诠释了一个医生的道德。镇长面对着这位医生，也不知不觉地受到了感化，相信他以后在扣动扳机前，脑海中必定会浮现出这个医生的身影吧。

拓展阅读

马尔克斯经典名句

1. 过去都是假的，回忆是一条没有归途的路，以往的一切春天都无法复原，即使最狂热最坚贞的爱情，归根结底也不过是一种瞬息即逝的现实，唯有孤独永恒。

——《百年孤独》

2. 生命中曾经有过的所有喧嚣，都将用寂寞来偿还。

——《百年孤独》

3. 我去旅行，是因为我决定了要去，并不是因为对风景的兴趣。

——《霍乱时期的爱情》

4. 任何年龄段的女人，都有她在那个年龄阶段所呈现出来的无法复刻的美。她因年龄而减损的，又因性格而弥补回来，更因勤劳赢得了更多。

——《霍乱时期的爱情》

5. 他只要看到那个女孩就感到心满意足了。渐渐地，他把她理想化了，把一些不可能的美德和想象出来的情感都安在她的身上。

——《霍乱时期的爱情》

6. 诗歌是平凡生活中的神秘力量，可以烹煮食物，点燃爱火，任人幻想。

——《我不是来演讲的》

7. 学会享受寂寞，那会让你学会思考自我。

——《没有人给他写信的上校》

彼得·哈米尔

彼得·哈米尔(1935—)，美国著名新闻工作者、小说家、剧作家、教育家。哈米尔在报纸上共发表了100多篇短篇小说。

小编有话

日本早年电影《幸福的黄手帕》，当年曾在亚洲地区引起了广泛好评。2007年，美国好莱坞一家电影公司重新拍摄美国版《黄手帕》。这两部影片均改编自彼得·哈米尔的小说《回家》。《回家》并未因时间的流逝而被人们忘怀，反而被不断改编赋予新意，这充分说明了《回家》巨大的生命力和魅力。"露从今夜白，月是故乡明"，归来吧，浪迹天涯的游子，故乡张开怀抱，正等着满身风尘的你从远方走来。

回 家

他们一行共六个人，三个小伙子，三个姑娘，正动身去佛州的某海滨小城度假。他们的纸袋里装的是三明治和酒，在三十四街搭上了长途汽车。纽约城阴冷的春天在他们的身后悄然隐去。现在，他们渴望金色的沙滩和滚滚的海潮。

车过新泽西，他们发现车上有个人像是被"定身法"定住似的一动不动。他叫温葛——坐在这帮年轻人面前，风尘仆仆的脸像张面罩，叫人猜不透他的真实年龄。他身穿一套不合身的朴素的棕色衣服，手指被烟熏得黄黄的，嘴里老在嚼着什么，坐在那儿，一声不吭。

深夜，汽车在一家名叫霍华特·琼森的饭馆门口停下，除了温葛，大家都下了车。年轻人对他感到诧异起来，都在试图想象他的生活：说不定他是个船长；说不定他是和妻子吵架了才跑出来的；他也可能是个回家的老兵。

当大家都回到汽车上时，有个女孩坐到了温葛的身边，跟他搭讪起来。

"我们正要到佛罗里达去，"姑娘爽朗地说，"您也去那儿吗？"

"我不知道。"温葛说。

"我从来没有到过那地方，"姑娘说，"听说那儿很美！"

"是的。"他低声说。他脸上的表情让人觉得，他似乎在努力忘记一件他极不愿想起的事情。

"你在那儿住吗？"

"我在杰克逊维尔海军军部那儿住。"

"喝点酒吗？"她问。

温葛笑了笑，接过酒瓶猛喝了一口。向她表示谢意之后，他重新又恢复了沉默。过了一会儿，温葛晃着脑袋打起瞌睡来，姑娘回到了原来的那几个年轻人那边去了。

第二天清晨，当他们醒来的时候，汽车已经停在了另外一家霍华特·琼森饭店的门前。这次温葛下车进饭店了。先前和温葛谈话的那姑娘一再请他跟他们一起用餐。年轻人兴致勃勃地讨论着如何在海滩上露营，温葛却显得有些拘谨。他只点了一杯黑咖啡，心神烦乱地抽起烟来。

当他们回到汽车上时，姑娘再次坐到了温葛的身旁。过了一会儿，他开始痛苦地、缓缓地对她说起了自己的心事。他在纽约的牢房里度过了四年，现在正要回家去。

"你有妻子吗？"

"不知道。"

"怎么会不知道？"她吃了一惊。

"唉！我在牢里写信给妻子，对她说：'玛莎，如果你不能等我，我理解。'"我说我将离家很久，要是她无法忍受，要是孩子们经常问她为什么没有了爸爸——那会刺痛她的心的，那么，她可以把我忘却而另找一个丈夫。真的，她算得上是个好女人。我告诉她不用给我回信，什么都不用，而她后来也的确没有给我写过信。三年半了，一直音信全无。

"那么，你现在回家，她也不知道吗？"

"是的，"他难为情地说，"上星期当我得知我将提前出狱时，我写信告诉她：如果她已改嫁，我能原谅她，不过要是她仍然独身一人，要是她还不厌弃我，那她应该让我知道。我们一直住在布朗斯威克镇，等一会进了镇子，你们就可以看到一棵大橡树，我告诉她：如果她要我回家，就可以在树上挂一条黄手绢，我看到了就下车回家；假如她不要我回去，那她完全可以忘记此事，手绢也不要挂，而我也将继续往前走。"

"喔唷，"女孩叫了起来，"喔唷。"

姑娘感到十分惊奇，并把事情告诉了伙伴们。温葛拿出他的妻子和三个孩子的照片给他们看。距布朗斯威克镇只有二十里了，年轻人赶忙坐到右边靠窗的位置上，等待着那大橡树扑入眼帘。

温葛心怯地不敢再向窗外观望。他重新板起了一张木然的脸，似乎正努力使自己在又一次的失望中昂起头。只差十里了、五里了，车上一片静悄悄。

突然，所有的年轻人都从他们的座位上站起来，高呼着、喝彩着和叫喊着，还跳起舞来，最后在胜利和欢腾中挥舞着紧握的拳头。人人都这样高兴，唯独温葛坐在那儿，不知所措，凝望着那棵橡树。橡树上挂满了黄手绢，二十条、三十条，也许有几百条。那些美丽的黄手绢好像在微风中飘扬着的一面面欢迎他的旗帜。

在年轻人的呼喊声中，老囚犯慢慢从座位上站起身，走下汽车，径直往家里走去。

师生在场

师：小说《回家》全文悬念迭出，结构紧凑，语言精练生动，主题令人深思。文章虽没有华丽的辞藻，但朴实的对话却展现了作品特有的魅力。小说中多次用到对比的手法，请同学们简要分析一下。

生 A：温葛外在的冷漠平静、一言不发与内心深处的波涛汹涌、起伏跌宕形成对比。

生 B：温葛心里对妻子的爱恋、归家的渴望与不知妻子是否接纳他的恐惧形成对比。

生 C：几个年轻人的热情好奇与温葛的冷漠安静形成对比。

生 D：见到黄手帕时年轻人的激动与温葛的冷静的外在表现形成对比。

师：请同学们简析"黄手帕"在小说中的作用。

生 E：黄手帕推动情节的发展，是小说高潮的爆发点。它是温葛之妻坚守爱情、婚姻的象征，是她善良浪漫、忠贞于爱情的旗帜。

生 F：黄手帕的出现与否牵动着温葛与年轻人的心，关乎温葛与其妻的爱情归宿。

师：刚才同学们的回答都不错。黄手帕象征着宽恕和对久别归来的亲人的欢迎。这篇小说有两个题目：《回家》和《幸福的黄手帕》。请同学们分别说说各自的妙处。

生 G：《回家》一题是对小说情节的概括，并且一语双关，既指刑满释放后的温葛从阴冷的纽约赶往温暖的佛罗里达，是身体的回家；也指温葛刑满释放后改过自新，重新去爱，翻开人生崭新的一页，是心灵的回家。

生 H：《幸福的黄手帕》一题很有诗意，富有象征意义。挂满橡树的黄手帕是对久别归来的亲人的欢迎，象征了妻子对丈夫的谅解、期盼与爱恋。《幸福的黄手帕》一题还凸显了妻子人性的美好与善良，揭示了文章的主题。

一吐为快

"微凉的风吹着我凌乱的头发 /手中行囊折磨我沉重的步伐 /突然看见车站里熟悉的画面 /装满游子的梦想 /还有莫名的忧伤 /回家的渴望又让我热泪满眶。"一曲《回家》，听得我们热泪满眶。

人生最温暖、最美好的事情就是回家。家乡是游子口中最沉重、最温暖的名字，每一个浪迹天涯的游子都在等待着故乡一声声"归来"的呼唤。一双脚走遍天涯海角，终抵不过故乡的暮暮朝朝；一个人浪迹山高水长，终比不上故乡的小河流淌。

拓展阅读

哈米尔小传

哈米尔于 1935 年 6 月 24 日出生在纽约布鲁克林。他来自一个有天主教背景的北爱尔兰移民家庭。父亲在布鲁克林区的一场半职业足球赛中失去了一条腿。母亲在北爱尔兰高中毕业后，于 1929 年股市崩盘的当天到达纽约。他们 1933 年结婚后，父亲在一个食品杂货店当柜员，也在照明工具厂打工。母亲在百货商店工作，也兼职做家庭护士助手。

哈米尔小时候就读于教会学校，11 岁时就开始当报童补贴家用。他后来考入了曼哈顿一所著名的中学，但 15 岁时中途辍学，在海军船厂当学徒工人。直到 59 年后，已经成长为著名作家的哈米尔才被他的中学授予了荣誉毕业证。他后来进入了视觉艺术的夜校，期望通过学习漫画成为一名画家。1952 年，他参加了美国海军，退伍后，在墨西哥城市学院学习了一年。哈米尔曾在西班牙、爱尔兰、圣胡安、波多黎各、罗马、洛杉矶、新墨西哥等众多国家和地区生活过。

作为美国著名的记者、小说家、剧作家、教育家，他的一生涉猎广泛。最广为人知的是他在《纽约时报》的记者生涯中所撰写的系列专栏，捕捉了那个时代纽约社会的独特风味。作为小说家，他共创作了 10 部小说和 2 本小说集。他的第一部作品是惊悚小说《耶稣基督的谋杀》，出版于 1968 年，讲述了在复活节星期日刺杀教皇的故事。之后他写了一部半自传体小说，记录了自己年轻时在布鲁克林的生活，称为《礼物》。纽约是他小说故事的主要背景城市，包括《八月的雪》《永远》《北江》和《小报城》。哈米尔在报纸上共发表了 100 多篇短篇小说，已出版的短篇小说集有《隐形城市：纽约速写》和《东京速写》。

2005 年，哈米尔被"美国国家专栏作家协会"授予终身成就奖。2010 年，圣约翰大学授予他文学荣誉博士学位。

莫利·卡拉汉

莫利·卡拉汉(1903—1990)，加拿大现实主义小说家、戏剧家。代表作品有《绝没了结》《他们将继承地球》《天堂余乐》《一个宜人的独处地方》《重新接近太阳》《犹大的时代》。

如何培养出好孩子，可能是每一位母亲都在思考的问题。是"棍棒当道"还是"蜜枣为先"？教育方式的多种多样令人眼花缭乱，但对于每一位母亲来说，"教育的起点和终点都是自我教育"。面对一个崭新的生命，母亲是孩子人生中的第一位老师，作为引路人，每一位母亲都应当不断地丰富自己，提升自己。母亲要用恰当的方式教育孩子，让他在充满爱和关怀的氛围中长大，成为一个勇敢、尽责、有担当的人。

别难过，妈妈(节选)

下班的时间就要到了，杂货铺就要关门了，阿尔弗雷多·希金斯穿上外套正准备回家，刚出门就撞上了老板卡尔先生。卡尔先生上下打量了阿尔弗雷多几眼，用极低的声调说："等等，阿尔弗雷多，就一会儿。"

他说得那么小声，这反倒让阿尔弗雷多不知所措了。

"怎么了，卡尔先生？"

"我想你最好还是把兜里的东西留下再走。"卡尔先生说。

阿尔弗雷多开始有一丝慌乱，但随即很惊讶地说："东西！……什么东西？我不明白您在说些什么。"

"一个粉盒，一支口红，还有至少两支牙膏，阿尔弗雷多，还要我说得更清楚些吗？"卡尔先生冷冷地说。

"我真不明白您是什么意思。"阿尔弗雷多回答道，"您要不就是说我疯了吧……"他的脸腾地一下子红了。

阿尔弗雷多在卡尔先生冷峻的目光注视下，已不知所措，根本不敢正视老板。又过了一会儿，阿尔弗雷多把手伸进口袋交出了东西。

……

"……我知道你这样干已经很久了。我不喜欢警察，但我要叫警察。不过在此之前我想打电话给你的父亲，告诉他我要把他的宝贝儿子送进监狱。"卡尔先生说着，向电话走去，脸上的笑容古怪极了。

阿尔弗雷多知道爸爸上夜班，但妈妈一定在家。他想象着待会儿的情景：妈妈迫不及待地闯进门来，怒气冲冲，眼里噙着泪花；他想上前解释，可她一把推开了他。噢，那太难堪了！尽管如此，他还是盼着妈妈快来，好在卡尔先生叫警察之前把他接回去。

终于，有人敲门了，卡尔先生开了门。

"请进，您是希金斯太太吧？"他脸上毫无表情。

"我是希金斯太太，阿尔弗雷多的母亲。"希金斯太太大方地做着自我介绍，笑容可掬地和卡尔先生握手。

见此情景，卡尔先生一下子怔住了，他怎么也没想到她会那样从容不迫，落落大方。

"阿尔弗雷多遇到麻烦了，是吗？"她很从容地问。

"是的，太太。您儿子从我店里偷东西，不过都是些牙膏、口红之类的小玩意儿。"

"你干吗要干这种事？"她以略带伤感的口吻问儿子，并平静地看着他。

"我需要钱，妈妈。"

"钱？你要钱有什么用？跟坏孩子学坏吗？"

希金斯太太转过身来，在卡尔先生肩上轻轻拍了拍，就像她非常理解他那样，然后说："要是你愿意听我一句话的话……"语气坚定，但忽然又停住了，她把头转到了一边，好像不该再往下说了。

"您打算怎么处理这件事呢，卡尔先生?"希金斯太太转过身来，依然笑容可掬地望着卡尔先生。

"我? 我本想叫警察，那才是我该做的。"

……

"我本来无权过问您如何处理这件事，不过我总觉得对于一个男孩来说，有时候给他点忠告比惩罚更有必要。"

在阿尔弗雷多眼里，今晚妈妈好像完全是个陌生人。瞧，她笑得那么自然，神情那么和蔼可亲。

"我不知道您是否介意让我把他带回去，"她补充道，"像他这么大的孩子，有头脑的没几个。"

卡尔先生原以为希金斯太太会被吓得六神无主，一边流着泪，一边为她儿子求情。然而，事实却与此完全相反。她的沉着反倒使他自己感到很内疚。

"当然可以，"他说，"我不想太不近情理。告诉您儿子别再上这儿来了，至于今晚的事嘛，就让它过去吧。您看这样行吗，希金斯太太?"……

他们的手紧紧握在一起，就像交情深厚的老朋友一样。

……

走出杂货铺，希金斯太太迈着大步，眼睛直勾勾地盯着前方。两人都默默无语。过了一会儿，阿尔弗雷多终于忍不住开口了："感谢上帝，结果是这样!"

"求你安静一会儿，别说话，阿尔弗雷多。"

到了家。希金斯太太脱了外套，看也不看儿子一眼。

"你不是好孩子，阿尔弗雷多，你为什么总是没完没了地闯祸呢? 上帝饶恕他吧! 你还傻愣着干什么? 快睡去吧，今晚的事别告诉你爸爸。"说完她进了厨房。

"妈妈太伟大了!"阿尔弗雷多自言自语道，他觉得应该立即去对她说她有多么了不起。

他走向厨房，妈妈正在喝茶，但那情景，让他大吃一惊：妈妈失魂落魄地坐在那儿，神态糟糕透了，根本不是杂货铺里那个沉着冷静的妈妈。她颤抖地端起茶杯，茶溅到了桌上，嘴唇紧张地抿着，似乎一下子老了许多。

阿尔弗雷多站在那里默默地看着，一声也不吭，他突然有股想哭的冲动。从那双颤巍巍的手上，那一条条刻在她脸上的皱纹里，他仿佛看到了妈妈内心所有的痛苦。他忽然意识到自己长大了。

今晚，阿尔弗雷多第一次认识了妈妈。

师生在场

师：作家卡拉汉被誉为当代加拿大文坛上的一束鲜花，他的作品给人以清香与感动。他喜欢通过细小的物品揭示人与人的关系、社会现象以及社会问题。他还能出色地通过作品中小孩的视野去观察大人的世界。同学们通读完小小说《别难过，妈妈》后思考故事中的希金斯太太是一个怎样的形象。请同学们简要分析一下。

生A：遇事沉着冷静，大方从容。得知阿尔弗雷多闯祸后，希金斯太太没有吓得六神无主，流泪求情，而是大方地做自我介绍，笑容可掬地与卡尔先生握手、交谈。

生B：保护孩子的尊严，教育孩子有方。在阿尔弗雷多闯祸后，希金斯太太不是怒气冲冲地当着卡尔先生的面训斥他，而是平静地询问，给恐惧中的孩子以安慰，维护孩子的自尊。

生C：敢于担当，坚强。希金斯太太为闯祸的儿子解围，独自承担伤感和恐惧。

师：小说的题目是《别难过，妈妈》，也有版本将其译为《另一个妈妈》，你认为哪一个更合适？请同学们结合文本，谈谈自己的观点和理由。

生D：我觉得《别难过，妈妈》更合适。《别难过，妈妈》具有强烈的抒情色彩，突出了妈妈对阿尔弗雷多的影响力、感召力，表达了阿尔弗雷多看到妈妈紧张、失魂落魄的样子后愧疚、痛苦、悔恨的心理；

又传达出更为丰富的言外之意:"妈妈"的伟大之举,让"他"真正意识到了自己的错误,理解了做人的责任,真正地长大了。

生 E:我也觉得《别难过,妈妈》更合适。小说的情节是以阿尔弗雷多为主体来展开的,而"别难过,妈妈"是阿尔弗雷多的心里话,以此为题目正与此保持一致。

生 F:我同意上面同学的观点。以《别难过,妈妈》为题目,在结构上与结尾"他仿佛看到了妈妈内心所有的痛苦。他忽然意识到自己长大了"相呼应,浑然一体,体现了小说结构的完整性。

生 G:我觉得以《另一个妈妈》为题更合适。从情节上说,小说主要写了阿尔弗雷多眼中两个妈妈的形象,用《另一个妈妈》为题目,突出了阿尔弗雷多对妈妈的言行感到意外,使妈妈这一形象更丰满。

生 H:我也觉得以《另一个妈妈》为题更合适。从主题上看,小说意在表现妈妈的伟大。妈妈来到之前阿尔弗雷多对妈妈的想象与妈妈到来时阿尔弗雷多看到的妈妈的形象相对比,妈妈的从容冷静与失魂落魄相对比,意在告诉我们:母亲虽然柔弱,却能在孩子闯祸时,勇敢地担当起所有的责任,坚强地面对所有未知的恐惧,无私地帮助孩子走出困境,使其长大成人。这就是一个平凡母亲的伟大。从结构上看,以《另一个妈妈》为题与"今晚妈妈好像完全是个陌生人""今晚,阿尔弗雷多第一次认识了妈妈"相照应,突出阿尔弗雷多对妈妈有了更深刻的理解。

一吐为快

"母亲啊!你是荷叶,我是红莲,心中的雨点来了,除了你,谁是我在无遮拦天空下的荫蔽?"从呱呱坠地到咿呀学语,从懵懂未开到立业成人,在我们成长的过程中母亲付出了毕生的精力和心血。乌鸦反哺,羊羔跪乳,我们该如何报答母亲的养育之恩呢?陪伴她、照顾她、理解她,让成长的速度追上母亲老去的速度。莫留下"树欲静而风不止,子欲养而亲不待"的遗憾。

拓展阅读

莫利·卡拉汉小传

莫利·卡拉汉，1903 年生于加拿大安大略省多伦多市，并长年居住于这个城市。卡拉汉的父母是英国移民，信奉天主教。卡拉汉中学毕业后，进入著名的天主教学院多伦多大学的圣·迈克尔学院。家庭和学院的影响，成为他信仰天主教的重要因素。

在圣·迈克尔学院读书期间，卡拉汉曾到多伦多明星报社任记者。这使他有机会与欧内斯特·海明威结识，并与他结为挚友。当时，海明威正在该报社任记者。这两名以前不曾相识的青年，一见如故。他们探讨人生，相互鼓励，交流文稿。

在作家海明威的影响下，卡拉汉 1926 年开始发表短篇小说。1928 年出版长篇小说《奇怪的亡命之徒》。1929 年出版短篇小说集《家乡的商船》。20 世纪 30 年代他创作的小说有《绝没了结》《坎坷的历程》《我最心爱的人》《他们将继承地球》《天堂余乐》以及短篇小说集《无福消受》《四月来临》；此外还有剧本《重返家园》和《去找乔治》。

第二次世界大战期间，卡拉汉曾在加拿大皇家海军服役。1948 年后他陆续发表了长篇小说《大学运动队的故事》和《卢克·鲍德温的誓言》。前者以多伦多大学生活为背景，后者揭露了少年犯罪问题。长篇小说《爱的得失》描写了战后蒙特利尔的都市生活。

卡拉汉的作品大多写现代都市生活，以朴素而明确的语言描写小人物，特别是那些不能适应复杂的现实社会的结局不幸的小人物。写作风格自然质朴、简洁明快，笔下人物多为社会中下层，且刻画深刻、栩栩如生，与海明威和另一个美国作家舍伍德·安德森的风格颇为相近。他的短篇小说集含有浓郁的家乡风情，被誉为当代加拿大文坛上的一束鲜花。

加拿大文学评论家、作家富兰克·W. 华特教授认为："卡拉汉是一位有天才的短篇小说作家。他的几本小说和三部短篇小说集，把蒙特利尔和多伦多的城市世界描写得栩栩如生，这是加拿大文学前所未见的。"

列夫·托尔斯泰

列夫·托尔斯泰(1828—1910),19 世纪俄国伟大的批判现实主义作家、思想家、哲学家,他被称颂为具有"最清醒的现实主义"的"天才艺术家"。主要作品有长篇小说《战争与和平》《安娜·卡列尼娜》《复活》等,他的作品描写了俄国革命时人民的顽强抗争,因此被称为"俄国革命的镜子"。列宁曾称赞他创作了世界文学中"第一流"的作品。

小编有话

一个孩子有多大的力量去拯救一个即将被处决的人呢?而且这个人还是大家共同的敌人,一个不杀他难以平息群众愤怒的敌人,然而小说中的这个孩子却做到了。在《孩子的力量》这篇小说中,作家以朴实的语言叙述了发生在执行俘虏死刑路上的一个片段,读后感人至深,又令人深思。小说场景单一,可那一波三折的情节却深深吸引着读者的注意,小说中人物在特定场景所折射出的人性光芒,会一直照亮并温暖你我的心。

孩子的力量

"打死他!……枪毙他!……把这个坏蛋立刻枪毙!……打死他!……割断凶手的喉咙!……打死他,打死他!"人群大声叫嚷,有男人,有女人。

一大群人押着一个被捆绑的人在街上走着。这个人身材高大,腰板挺直,步伐坚定,高高地昂起头。他那漂亮刚毅的脸上现出对周围人群蔑视和憎恨的神色。

这是一个在人民反对政府的战争中站在政府一边的人。他被抓获，现在押去处决。

"有什么办法呢！力量并不总在我们一边。有什么办法呢？现在是他们的天下。死就死吧，看来只能这样了。"他想，耸耸肩膀，对人群不断的叫嚷报以冷冷的一笑。

"他是警察，今天早晨还向我们开过枪！"人群嚷道。

但人群并没有停下来，仍押着他往前走。当他们来到那条还横着昨天在军警的枪口下遇难者尸体的街上时，人群狂怒了。

"不要拖延时间！就在这儿枪毙那无赖，还把他押到哪儿去？"人群嚷道。

被俘的人阴沉着脸，只是把头昂得更高。他憎恨群众似乎超过群众对他的憎恨。

"把所有的人统统打死！打死密探！打死皇帝！打死神父！打死这些坏蛋！打死，立刻打死！"妇女们尖声叫道。

但领头的人决定把他押到广场上去，去那里解决他。

离广场已经不远，在一片肃静中，从人群后面传来一个孩子的哭叫声。

"爸爸！爸爸！"一个六岁的男孩边哭边叫，推开人群往俘虏那边挤去，"爸爸！他们要把你怎么样？等一等，等一等，把我也带去，带去……"

孩子旁边的人群停止了叫喊，他们仿佛受到强大的冲击，人群分开来，让孩子往父亲那边挤去。

"瞧这孩子多可爱啊！"一个女人说。

"你要找谁呀？"另一个女人向男孩俯下身去，问。

"我要爸爸！放我到爸爸那儿去！"男孩尖声回答，"你们想把爸爸怎么样？"

"回家去，孩子，回到妈妈那儿去。"一个男人对孩子说。

俘虏已听见孩子的声音，也听见人家对他说的话。他的脸色越发阴沉了。

"他没有母亲!"他对那个叫孩子去找母亲的人说。

男孩在人群里一直往前挤,挤到父亲身边,爬到他身上去。

人群一直在叫着:"打死他!吊死他!枪毙坏蛋!"

"你干吗从家里跑出来?"父亲对孩子说。

"他们要拿你怎么样?"孩子问。

"你这么办。"父亲说。

"什么?"

"你认识卡秋莎吗?"

"那个邻居阿姨吗? 怎么不认识。"

"好吧,你先到她那儿去,待在那里。我……我就来。"

"你不去,我也不去。"男孩说着哭起来。

"你为什么不去?"

"他们会打你的。"

"不会,他们不会的,他们就是这样。"

俘虏放下男孩,走到人群中那个发号施令的人跟前。

"听我说,"他说,"你们要打死我,不论怎样都行,也不论在什么地方,但就是不要当着他的面。"他指指男孩,"你们放开我两分钟,抓住我的一只手,我就对他说,我跟您一起去溜达溜达,您是我的朋友,这样他就会走了。到那时……到那时你们要怎么打死我,就怎么打死我。"

领头的人同意了。

然后俘虏又抱起孩子说:"乖孩子,到卡秋莎阿姨那儿去。"

"你呢?"

"你瞧,我同这位朋友一起溜达溜达,我们再溜达一会儿,你先去,我就来。你去吧,乖孩子。"

男孩盯住父亲,头一会儿转向这边,一会儿转向那边,接着思索起来。

"去吧,好孩子,我就来。"

"你一定来吗?"

男孩听从父亲的话。一个女人把他从人群里带出去。

等孩子看不见了，俘虏说："现在我准备好了，你们打死我吧。"

这时候发生了一件完全意想不到和难以理解的事。在所有这些一时变得残酷、对人充满仇恨的人身上，同一个神灵觉醒了。一个女人说："我说，把他放了吧。"

"上帝保佑，"又一个人说，"放了他。"

"放了他，放了他！"人群叫喊起来。

那个骄傲而冷酷的人刚才还在憎恨群众，竟双手蒙住脸放声大哭起来。他是个有罪的人，但从人群里跑出去，却没有人拦住他。

师生在场

师：列夫·托尔斯泰是 19 世纪末 20 世纪初俄国伟大的文学家，他的文学作品在世界文学中占有重要的地位。今天我们学习的是选自《哈吉穆拉特》的一篇《孩子的力量》。通读全文，请同学们谈谈自己理解的小说中"警察"的形象。

生 A：小说中的"警察"是反动政府的帮凶，仇恨并伤害民众。

生 B：他也是一个有温情的父亲，不愿伤害孩子。

生 C：他是一个最终醒悟的常人，虽冷酷傲慢但人性未泯灭。

师：请同学们思考探究，小说标题《孩子的力量》的内涵与作用。

生 D：《孩子的力量》的内涵我是这样理解的，孩子的力量就是爱的力量、同情的力量、包容的力量。

生 E：我觉得也是人性的力量，善的力量。孩子不愿让父亲受苦受折磨是爱，是人性；父亲不愿让孩子受伤害是爱，是人性；民众不愿让孩子受连累是爱，是人性；民众被父子之爱所感动是爱，是人性。

生 F：我认为用《孩子的力量》做标题，更形象、醒目，更能激发读者的阅读兴趣。

生 G：用《孩子的力量》做标题，揭示了小说中推动情节发展的关键人物，正是由于孩子的出现才融化了仇恨与冷血，打破了大家的对立。

生 H：用《孩子的力量》做标题，凝聚了小说的主旨内核，即爱与人性的力量。

师：托尔斯泰反对暴力革命，宣扬博爱和自我修身，主张从道德伦理中寻求解决社会矛盾的出路，他在作品中始终寻求、探究新的生活，清醒与软弱、奋斗与彷徨、呼喊与苦闷，始终错综交织，带给我们的是无尽的思考。

一吐为快

某些重大事件出现转机有时是因为看似一件微不足道的小事的发生，就如小说中那个孩子的突然出现。孩子的哭喊和孤独无助让作为刑犯的父亲重新认识到了自己的过错，唤起了他的良知和责任感，同时也唤起了暴怒群众心底的爱和同情，使他们丢弃了冷漠和仇恨，重拾人性的善良和美好。文中孩子的力量折射出的便是人性真善美的力量，真善美的力量也是世上最强有力的武器。

拓展阅读

托尔斯泰逸闻趣事

（一）

托尔斯泰在圣彼得堡广场上，看到一个乞丐，衣衫褴褛，托尔斯泰就给他钱，有人告诉托尔斯泰，说那人是个骗子，托尔斯泰说："我不是捐给他钱，我是捐给道义！"

（二）

有个青年总想一举成名。他去请教托尔斯泰。托尔斯泰诚恳地对年轻人说："人好比分数，分子就是他自己实在有的那么大小，而分母就是他把自己想象的那么大小。分母愈大，分数就愈小，如果分母是无穷大，分数就等于零了。"

（三）

一次，托尔斯泰长途旅行时，路过一个小火车站。他想到车站上走走，便来到月台上。这时，一列客车正要开动，汽笛已经拉响了。

托尔斯泰正在月台上慢慢走着，忽然，一位女士从列车车窗冲他直喊："老头儿！老头儿！快替我到候车室把我的手提包取来，我忘记提过来了。"

原来，这位女士见托尔斯泰衣着俭朴，还沾了不少尘土，把他当作车站的搬运工了。

托尔斯泰急忙跑进候车室拿来提包，递给了这位女士。

女士感激地说："谢谢啦！"随手递给托尔斯泰一枚硬币，"这是赏给你的。"

托尔斯泰接过硬币，瞧了瞧，装进了口袋。

正巧，女士身边有个旅客认出了这个风尘仆仆的"搬运工"，就大声对女士叫道："太太，您知道您赏钱给谁了吗？他就是列夫·托尔斯泰呀！"

"啊！老天爷呀！"女士惊呼起来，"我这是在干什么事呀！"她对托尔斯泰急切地解释说："托尔斯泰先生！托尔斯泰先生！看在上帝的面儿上，请别计较！请把硬币还给我吧，我怎么会给您小费，多不好意思！我这是干出什么事来啦。"

"太太，您干吗这么激动？"托尔斯泰平静地说，"您又没做什么坏事！这个硬币是我挣来的，我得收下。"

汽笛再次长鸣，列车缓缓开动，带走了那位惶惑不安的女士。

托尔斯泰微笑着，目送列车远去，又继续他的旅行了。

赤川次郎

赤川次郎(1948—　　)，日本超级畅销书作家。28岁发表《幽灵列车》获日本新人奖。其后他年均创作17部推理小说，迄今为止已出版了400多部长篇系列推理小说。在日本评出的28本畅销书中，赤川次郎的作品就占了8部。日本《朝日周刊》撰文评论："在今天的日本，谁不看赤川次郎的书，他就不知道什么是现代生活。"

小编有话

如何使自己的家庭稳定，如何使夫妻关系和谐，如何回答儿女们越来越尖锐的问题，作为一个母亲，一个妻子，一个女人，故事的主人公绫子为我们提供了答案。整个故事貌似是悲剧，但字里行间散发出一种人性之美。绫子的宽容与善良温暖着整个家庭，在平静如水的岁月里，幸福的生活仍然在继续……

妈妈的秘密

千万不能让丈夫知道。

绫子拿着那个小包，站在桥上。夜深人静，河水在黑暗中悄无声息地流淌着。

它能带走这秘密吧。

小包飞快落入河中。回家吧，明天丈夫住院，得起个大早呢。

绫子疾步往回走。轻轻打开后门，穿过厨房，溜进卧室——丈夫站在那里！丈夫满脸愤怒。

"上哪儿去了?""这……""哼,是把见不得人的东西扔到河里了吧!"丈夫真的动了气。绫子的脸也变白了。

"扔了什么? 说!"绫子忍不住反问一句:"你怀疑我什么?""我替你说吧——是北山的信!"绫子睁大了眼睛。接着,慢慢将视线移至脚下。

"跟那家伙勾搭上啦!""啪",一记沉重的耳光。绫子头晕目眩,一头栽倒在床上。

好不容易抬起头时,女儿有纪子正怯生生地站在床边,黑黑的瞳仁里充满了恐惧和疑惑。

"我到底是谁的孩子?"有纪子问,"是爸爸的,还是叫北山的那个人的?"

"你为什么问这个?"

"想知道。"

良久,绫子没有作声。微风吹拂着她那业已大部分变白的头发。

"好,"绫子终于开口了,"那就告诉你吧。"

"和我结婚前,你爸爸爱着一个人,她叫……"

晶美,并不出众。在中学,比他低一年级。当时很迷恋他的绫子,偏偏和晶美又是最好的同性朋友。不过,这两个女孩儿那时都还不到敢向异性吐露爱心的年龄。因此,也就没有发生什么争"郎"大战。论家庭背景,绫子占上风,晶美死了父亲,与母亲二人相依为命,度日维艰。她自然穿不起绫子身上的漂亮衣裤,也不善于玩耍。不过,绫子知道,晶美特有的那种清纯、温柔和娴静是谁也学不到手的。

那件事发生在一个炎热的暑假。

晶美突然跑到了绫子家。他正巧也在。紧追而至的是一群恶煞似的男仆,他们的主人是当地首富,晶美的母亲在那家干活。

"让那个女孩儿滚出来!"男仆们叫嚣说,他们小姐放在梳妆台上的宝石不见了,晶美当时正进府找她母亲,偷宝石者必是晶美无疑……他,发怒了,让晶美躲进里屋,他转身直奔门口,跟那帮男仆大吵起来。

大概是被他那不要命的样子吓住了,男仆们嘟嘟哝哝着回去了。本来他们也没有充分的证据。

他走向面色惨白、颤抖不已的晶美，温柔地拉起她的手……然而，那件事并未结束。暑假期间，晶美偷盗宝石的传言飞遍整个镇子。新学期开始后，没一个人愿跟她说话。她母亲也失去了工作，娘儿俩的日子更难过了。他则明明确确地爱起了晶美。那不是出于怜悯或同情，而是纯粹发自内心深处的诚挚之情。绫子一如既往地关心着晶美，同时暗暗在心里发誓：委屈自己，成全他们。

然而，单靠一个学生的爱情，是无法支撑母女俩的生计的。这件事终于画上了一个句号——晚秋的一个黄昏，晶美和她母亲一同投河自尽了。

"后来，你爸爸倒插门到了咱们家，再后来，就有了你。"绫子停顿了一下，"不过，你爸爸在心里一直思念着晶美。我只是他的妻子，晶美才是他的恋人，而且只有她一个……"有纪子长长地叹了口气。

"可这与你扔到河里的东西有什么关系呢？""我打扫里屋的时候，发现了塞在天棚上的宝石，就把它偷偷地扔进了河里。""是，是这样……"有纪子几乎喘不过气来。"晶美被人追到咱们家，趁你爸爸跟人吵架的当儿，踩着板凳，把宝石塞到了天棚里。"

"那你为什么不告诉爸爸呢？"绫子莞尔一笑："我那时已经得知，晶美的不幸使你爸爸在身心方面所受的沉重打击和极度悲痛该有多大。对你爸爸来说，晶美是完美无瑕的女性偶像。如果告诉他真实情况，你想会发生什么事儿？""妈妈！"有纪子紧紧地抱住了母亲。

"您才是最爱爸爸的人啊。"

绫子的脸微微发红。

师生在场

师：赤川次郎以善于用细腻的笔触描写人物的内心世界而饮誉文坛，受到全世界读者的欢迎。读了此文，请同学们说说"妈妈的秘密"到底是什么呢？

生 A：妈妈发现晶美真的偷了宝石，妈妈把宝石扔进了河里。

生 B：妈妈对爸爸几十年如一日的深埋在心中只求奉献不求回报

的爱。

师：本文在情节构思上颇有独到之处，请同学们简要分析一下。

生 C：小说先设置悬念，制造一个妈妈的秘密，然后写丈夫动气，女儿追问，层层推进。

生 D：小说自然巧妙地用插叙的方法让时光倒流，回到青春岁月，展开丰富复杂的感情纠葛。整个故事情节集中紧凑，让我们一气读完，便荡气回肠，感受到巨大的艺术冲击力。

生 E：小说最后出人意料地揭示出宝石的秘密，让读者在"欧·亨利式"的结尾中顿悟、体会、感受妈妈的秘密。

师：请同学们概括本文主人公的形象，并谈谈你对这一形象的看法。

生 F：文中的妈妈是一位善良、宽容的人。妈妈知道了宝石的秘密后，一直为晶美保密，没有告诉丈夫，不忍心破坏晶美在丈夫心目中的美好形象。

生 G：文中的妈妈是一位忍辱负重、具有仁爱之心的东方女性。面对丈夫的指责，她没有解释，她不忍心伤了丈夫的心。

一吐为快

"且行且珍惜"已经成了时下热门的流行用语，要想在婚姻这条漫漫修行路上走到最后，就需要双方对这段来之不易的缘分倍加珍惜，勇敢担负起自己的责任。在爱面前，丈夫的需要也是妻子的需要，妻子给予丈夫的爱，最终也会得到爱的回报。彼此欣赏，互相珍惜，承担责任，荣辱与共，或许就是婚姻生活幸福的真谛。

拓展阅读

赤川次郎创作之谜

赤川次郎 1948 年生于日本九州。他从小喜欢古典音乐与漫画，功课并不出众。高中毕业后他考取了大学，到一家机械学会当校对，工作并不紧张，有大量的时间读书。赤川次郎便迷上了侦探小说，柯南道尔成了他文学上的启蒙老师。他28岁发表《幽灵列车》，获日本新人奖，从此，便一发不可收拾了。赤川次郎缘何创造出如此辉煌的业绩呢？

1978年赤川次郎从公司离职后，毅然握笔从文踏上了创作生涯。此后，赤川次郎几乎每天通宵达旦，从晚上11点笔耕至清晨6点，这样的写作模式持续23年如一日。

赤川次郎年轻时，一晚最多写过百页稿纸。他不用传真机送稿，也不通过邮局寄稿，每天清晨将稿件放入东京都的寓所一楼入口处的信报箱内，而后，由集英社文艺编辑部的村田登志红从报箱将稿件取走，每天上午箱内总是放置有写给5家出版社的稿件信封。村田登志红说："每次所取的稿件最少也有5张稿纸，多时能有30张。要知道，每一天都是这样，难能可贵啊。每当我看到信报箱内堆满了稿件时，就深为赤川次郎彻夜笔耕、坚韧不拔的精神所感动。赤川次郎崇拜德国的赫尔曼·黑塞和托马斯·曼两位作家，他认为他们具有非凡的精神力量。"赤川次郎烟酒不沾，讲谈社文艺图书第三出版部长宇山秀雄回忆同赤川次郎的法国之行时说："入住饭店后，每天我们几个人一起闲聊到深夜11点，而赤川次郎最迟10点必定返回自己的房间撰稿。正是因为他沉浸在文学创作的世界中，所以他不必借助烟酒聊天消磨时光。"

赤川次郎的推理小说作品的总体节奏感恰到好处，读者爱不释手，2～3小时即可读完他的一本书。角川书店书籍事业部经理大和正隆指出："读者大有先睹为快之感，因为他们已被赤川次郎的小说深深吸引。多少年来，赤川次郎的小说原稿章节系列紧凑衔接，从未断档，这不能不说是一种旷世才能。"

赤川次郎从未有过辍笔的念头，经常有人问起他："生活源泉来自何处？"这种疑问并非无的放矢。他说："中国的《水浒传》等小说，都是描写普通人物而流传千古，大人物一出现便令人不快。无论何时何地，我执意要写普通的人，这样的故事和话题绝无枯竭之忧，普通的老百姓是永恒的文学创作源泉。"